[美] 伊丽莎白·霍尔 著
王捷 译

黑曜石之眼

In the
Blue
Hour

上海文艺出版社
Shanghai Literature and Art Publishing House

序言

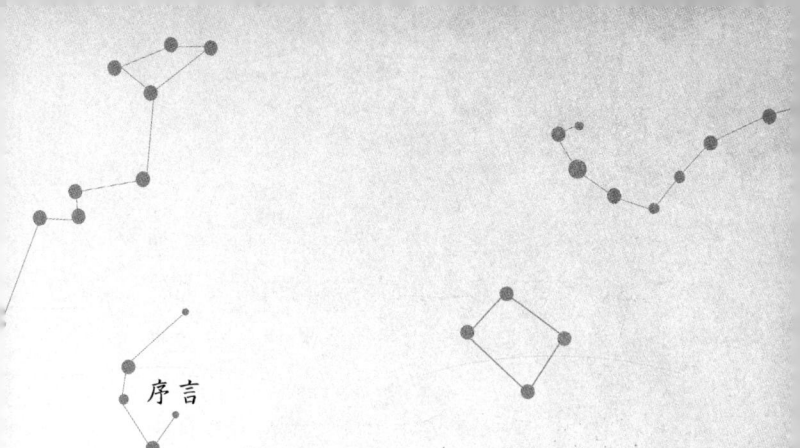

夜幕在等待着什么。她能听见片片雪花飘落到地上的声音,和躲在松树林里猫头鹰的叫声。在某处,隐藏在深深寂静的深处,她能听到自己的心跳声。心跳合着拍子似的计分数秒,慢慢地放缓节奏。远处传来了汽车的声音,正沿着隘口的山坡往上行驶。行驶压过一块块雪的嘎吱嘎吱声,混杂着接触潮湿地面的拍打声,轮胎闷沉的声音越来越近了。

从上空俯视,车子看上去像一颗灰色的珍珠,沿着山的一边滚动。伊莉斯凝望着她的银色汽车绕过拉韦塔山口的转弯处,就好像她是天空的一部分,是月亮星辰的一分子。她能够看到地上被压实的雪和裹着厚厚冰雪的树。厚厚的雪片继续飘落,像母亲给孩子紧紧裹上厚厚的毯子一样,严严实实地包裹着整个世界。

天空一片深灰黑色,一如月光皎洁的午夜的颜色。月亮因云彩的来回飘动而时不时地消失在这夜色里。大雾弥漫了整个峡谷,笼罩着整个道路,模糊了银色汽车前行的视线。而后大雾又会退去,月亮又会在雾气变化时露出脸,

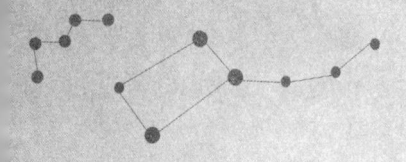

柔和的月光照在雪上像是洒了一地的珍珠，照在结了冰的路上像是铺满钻石般的闪闪发亮。越过白霜满地的山口时，车顶上那淡淡的光也在试图闪耀着。

从上方梦幻般的某个有利位置，伊莉斯痴迷地注视着这辆没能在下一个弯道转弯的汽车。轮胎打滑，因在冰上找不到一处可以附着产生摩擦的地方滑向旁道，又滑到山路的边缘，迅速地从山的一边坠落下去。那短暂的、永恒的一刻，车像是一只忘了振翅的银色小鸟悬挂在夜空中。

车子下沉，慢慢坠落到下面的峡谷中。云朵虽然遮挡了伊莉斯的视线，她能够听到在这寒冬，车子撞击岩石和树木、金属刮擦时发出的刺耳的破碎声。她听到了树枝折断的声音，听到了重击岩石声音，感受到因受到巨大冲击而震颤的大地。汽车在峡谷的树林里迂迂回回地滚落到河边。她听到汽车引擎发出的犹如心跳的滴答声。她听见被撞毁的水箱发出蒸汽的嘶嘶声响。她听到了河流和着冰雪低唱般的潺潺声，她听到小鸟拍打翅膀扑腾着冲出峡谷的声音，眼看着它飞入茫茫夜色中。

伊莉斯，从上面看到这一切的发生，感觉不到心痛。

第一章

伊莉斯用钥匙费劲地打开迈克尔工作室的门锁，推开门。她走进房间，慢慢地深深呼了一口气。尽管被尘封了七个月，空气里仍然透着丝丝甜味，伴着浓烈的混合着雪松、鼠尾草、松树和泥土的芳香。房间里到处弥漫着和迈克尔交织在一起，无法分离的味道。

工作室和他离开时一样，没有任何变化。木刨花四处散落在水泥地上。占了整个北面的墙的长工作台整齐地摆放着他的雕刻工具：手锯，凿子，刷子，小金属筛。工作台的一角放着一块块各种木头——雪松，矮松，狐尾松树——这些都是他每次外出从树林里捡回来的。伊莉斯用手指慢慢抚摸着这些木头粗糙的边缘，一度无法呼吸。它们似乎在等待迈克尔去雕琢根节弯曲的部分，等待迈克尔去挖掘它们的内在价值。等待，像情人那样等待心爱的人归来。等待，正如这几个月她一直在等待迈克尔那样。

伊莉斯转过身。房间中央的桌上放着他去世那天在雕刻的那件作品。那是一只乌鸦，两英尺高，骄傲而完美地站立在那儿。它的头微微地转向一边，目光穿越过肩注视着远方。伊莉斯摸着乌鸦折起的双翅，轻触着它凹陷的尾羽。每一片羽毛上精美的线条都由迈克尔的凿子倾注心血地雕刻而成。他把整件作品染成深咖啡色，并镶嵌上两块黑曜石做眼睛。这双眼睛完美无瑕，并且当伊莉斯围绕着它时一直追随着她。当伊莉斯后退时，当她在房间里走动时，这双眼睛好像一直警惕地看着这个金发的入侵者。

其他作品也是四处散落。在一张桌上，一只红尾鹰的头和肩由一块雪松根雕刻而成。雪松的自然色非常完美，因为伊莉斯一眼就能看出迈克尔没有给这块雪松染色。她抽回她的手，沿着桌子发现一块褪了色的灰松，一只小山雀从其深处跃然而生。

现实打击了她：然而她并没有哭。她的双眼已经干涸了。这段日子、这些月以来，她一直回避来这儿，不看他的作品，不去他曾待很长时间的商店。因为她确信这会令她悲痛欲绝——她会忍不住倒在地上啜泣不已，无法再重新站立起来。相反，伊莉斯举手投足之间感到冷静和宁静，就像训练有素的舞者。迈克尔曾经倾注在雕刻作品上的所有的爱，他的鸟们，仿佛仍然在空中盘旋，紧紧围绕着她。这儿很平静，有着他们太过安静的家从未有过的那种平静。

工作室有三面幕墙,伊莉斯转身注视外面。光线昏暗。落日泛着玫瑰色、杏黄色与黄褐色,正在逐渐消失,光线在天空中泛着血色。伊莉斯静静地站在那儿,在乌鸦旁,看着外面的颜色慢慢褪去。几个月来,她不忍来这儿,而现在她又不想离开。她能闻到空气中迈克尔的味道;她能感受到他工作时总是弥漫在他四周的宁静气氛。她转身又环视了一眼工作室。

她的目光停留在乌鸦的黑曜石眼睛上。"哦,迈克尔。"她对着黑玻璃耳语。她盯着那只鸟,陷入其中的一刻,仍然如此频繁,她几乎要相信迈克尔仍然活着,相信她只要一转角,迈克尔就会在那里等着她。被困在疑惑的狭窄空间里,当什么都没有改变时,一切仍有希望。

伊莉斯叹了口气走向门边,迈了出去并从身后关上门,拿钥匙锁上了门。这是她在这群山中唯一锁上的东西。仅有的一个她认为需要保护的地方。他们的家是如此的与世隔绝,如此远离小镇,这些年来他们一直住在那儿,仅有几个来访者。他们常开玩笑说,如果出售这个屋子,他们可能找不出前门的钥匙。因为如此与世隔绝所以感到很安全。

现在,随着迈克尔的离开,这种感觉不一样了。伊莉斯感到孤独与脆弱、与世间隔离,而不是安全和被保护。她转身,沿着通往上面小屋的路走着。

天色渐渐暗下来变成深冰蓝色。外祖母曾称此刻为蓝色时光。此时是生者与死者两个世界之间最接近的时刻，此时也使抓住与死去的人之间的最细纽带成为可能。伊莉斯静静地站在那儿，目光搜寻着周围漆黑森林的深处。

她还记得七岁时，在深蓝暮色中和外祖母一起站在外面。像浓雾般的凝重寂静，就在母亲去世后笼罩着她们。她俩都静静地站在那儿，在暮色中肃静——对伊莉斯母亲的回忆触动了她们的脸庞和胳膊，后脑勺的头发都竖了起来。

伊莉斯哆嗦了。与死者交流的想法把她吓回了现实。她知道所有关于行尸走肉、幽灵以及小哭孃的事，等在水边的女人，时刻准备着抓走那些在外面待到太晚或者靠河边很近玩耍的孩子们。这些想法使她颤抖起来，和祖母一起站在蓝光中，等待着死去的母亲的幽灵来打破这寂静。

孩提时，此事从未发生在她身上。但现在她回想起那些傍晚，不明白比尤莱为何如此想与罗斯交流。当比尤莱自己的女儿罗斯还在世时，她从未有许多话想对伊莉斯的母亲说。这难道就是她为何这么多个傍晚，在暮色中，或是站在花园里，或是靠着客厅的窗边坐着，凝视着渐渐入夜的天空的原因？

伊莉斯开始走上通往小屋的小路。她的靴子踩在碎石上发出嘎吱嘎吱的声音。一阵柔和的微风在树顶低声轻语，叹息着从她头顶坠入峡谷的群山中。她把毛线衣往瘦瘦的身上拉得更紧些。

后脑勺的头发都被吹起来了，感觉就好像她被谁注视着。从上方门廊的深处传来了阵阵叮当的钟声。伊莉斯停下来慢慢转身。她细看着周围树丛里的黑影。它们都已经失去了深度，只有扁平的黑影，映衬在漆黑的深蓝色中。她又回头看着工作室。透过玻璃窗，那只乌鸦的黑眼睛仍在闪闪地看着她。

那一刻，周围的声音似乎变响了。杨木的枯叶在微风中沙沙作响，互相碰撞着发出如响板一样的咔哒声。小溪流水潺潺，开始感受到即将到来的冬天冰冷的拥抱。沿着山坡，她听见一只孤独的土狼在暮色中哀嚎，紧接着几秒钟后传来山里一户人家的狗吠声。

伊莉斯转了一圈，目光扫视着周围漆黑的树林。"迈克尔？"她轻声呼唤着他的名字，就像柔和的呼吸，几乎听不见的一缕空气。

过去几个月里，许多次，她沿着小路走去商店，想要告诉迈克尔一些消息。许多次，每走几步她会停留片刻，努力回忆。许多次，她转过头，想着已经看见他，就站在柴堆外，或者沿着门廊台阶拾级而上。仿佛一直以来他所做过的一切的回忆就在此刻留下了印记，使他能量的影子逐渐消失。有时她转过头或者做其他动作，某个不可名状的东西恰好出现在她视线的边缘。但是当她一转向那里，那东西就走了，用它的幻影来捉弄她，使她不能相信自己的感觉。

伊莉斯强迫自己慢慢呼气，从容地、一步步地朝门廊走去。门廊栏杆，身后小屋的黑木头，头上的屋顶——都包裹着她给她一种安全感。她站在栏杆旁,轻松地呼吸,再一次仔细看着树林。

风停了。现在空气也静止了,厚重而安静。她盯着黑暗处片刻,为自己的愚蠢摇摇头。然后她转身走进屋。纱门在她后面合上,时钟随着摆动发出叮当声。

"肯恩?我是伊莉斯……伊莉斯·布鲁克斯。"伊莉斯站在厨房里,手拿电话,看着窗外的漆黑一片。她的手指心不在焉地在餐桌上来回地上下摸索。几个月来,她一直很害怕打这个电话。

"伊莉斯!真高兴听到你的声音。过得怎么样?"

伊莉斯咬着下嘴唇。她从未信任过肯恩·布莱克。她几乎确信他根本不会在乎她是如何坚持下来的。肯恩在圣达非拥有一个画廊,一个高格调、迎合高层次消费者的地方,充斥着金钱、虚荣与华而不实。伊莉斯在画廊里,或者与肯恩和他瘦瘦的、金发花瓶般打扮考究的妻子在一起一直感到不自在。但是肯恩几年来一直出售迈克尔的作品,而且迈克尔很久之前就知道,当谈到那些把本土艺术出售给有钱游客的人们时,保持沉默并坚持自己的判断的重要性。

"我正在尽力。"伊莉斯透着牙缝喃喃自语道。

"太好了。很高兴听你这么说。"

停顿片刻,好似肯恩在开口问第二个问题前计算着恰当的秒数。"伊莉斯……你有机会去看过工作室

了吗？"她几乎笑出声来。布莱克先生直接谈到生意了。直接说回到他最感兴趣的：钱，以及赚更多钱的可能性。

伊莉斯咽了下口水。"是的，我去了。"

"有没有我们可以放到画廊出售的东西？我两周前卖了迈克尔最后一件作品。你知道他的作品一直很畅销。价格一路走高自从……"

伊莉斯在他说完那可怕的话之前打断了他。"没有，肯恩。什么也没有。他只有几件作品刚刚开始……没有什么能拿到画廊里的作品。"伊莉斯尽可能使语气平缓。她从来不擅长说谎。乌鸦的眼睛又回看她了。那件作品已经完工了，但是伊莉斯知道在她内心深处她不能与它分离，无论她多需要钱。那只乌鸦就感觉是仍把迈克尔留在她身边的一根线，是他离开之前最后一次触摸过的作品。

"嗯，我可以发誓迈克尔告诉我他有件作品几乎已经完工了。"停了好长一会儿，仿佛他期待着如果等待足够长的时间她的回答就能够改变。他咳嗽了一下。"伊莉斯？你钱够花吗？我知道你现在一定很困难，现在……好吧……"

她感觉她在咬紧下巴。她的钱是否够花根本就不关他的事。而且无论她的生活有多糟糕，她都不会向肯恩·布莱克倾吐心声的。"我在尽力。"

"那好吧。感谢你去了工作室。收藏家们一直在追着我，你知道的。但是……如果没有其他的东西，那就没有了。"

伊莉斯感觉她的心在跳跃。"抱歉。"

"保持联系,伊莉斯。如果有任何我能做的……"肯恩的声音渐渐轻了下去。伊莉斯几乎能够感觉到他的脑袋已经开始运转,计算着迈克尔的哪件作品他能重新获得,并且再卖出更好的价钱。"伊莉斯,如果有作品要问世,请务必告诉我,好吗?"

"好的。"伊莉斯按下了电话上的"结束"键,把它放在厨房柜台上。她的肩放松了下来,她走到窗边,站在那儿,看着外面的夜色。身后的屋子漆黑一片,非常安静。自从迈克尔七个月前去世后,她几乎从不开灯,不开电视和收音机。她感到在黑暗中,在寂静中,以某种方式,能够离他更近些。

伊莉斯裹紧了胸前的毛线衣,双臂交叉在身体前。一轮银色的新月挂在西面的天空中,伴随着旁边的金星,像是情侣在夜晚外出散步。它们把天空变成柔和的黑色背景,洒到她脸上的柔和的光,映在玻璃窗上。那光恰好照在她金色的长发上,恰好照在她脸颊的泪珠上,就像小小的、完美的月长石。

第二章

"快上车。"莫妮卡站在厨房里,双手叉腰,一双乌黑的眼睛闪闪放光,做出一副随时准备开战的姿势。

伊莉斯看了一眼莫妮卡,目光又落回到面前的咖啡杯上,手指摆弄着杯子的边缘。"莫,我……"话没有说完她就停了下来。小学一年级她就认识了莫妮卡,她很了解莫妮卡,知道这眼神的意义。反对莫妮卡是件费神的事情,伊莉斯恐怕吃不消。

莫妮卡·马德里身高只有五点一英尺,就算是吃完感恩节大餐体重才勉强达到一百磅。但是她性格十分坚韧。也许是因为她身材娇小,也许因为她和三个哥哥一起长大,她变成了一个斗士。莫妮卡既遗传了她的陶斯印第安部落母亲的特点,又继承了阿帕切族父亲的特质。她留着齐肩黑发,有一双伊莉斯见过的最乌黑发亮的眼睛。这双眼睛深邃无比,从不透露下面到底隐藏着什么，就像一潭井水。现在它们正放着光，等着伊莉斯说些什么——说些什么都可以。莫妮卡仍然保持着一副战斗的架势，这个时候跟她反着来几乎不可能。六岁时，伊莉斯就第一次见识到了莫妮卡性格中的这一面，并且给她留下了难以忘怀的深刻印象。

那时伊莉斯和母亲刚刚搬回阿马利亚。阿马利亚小镇位于新墨西哥州，伊莉斯的母亲在这里长大。比尤莱外祖母仍然住在一个有四间房的土坯房里。而伊莉斯的生活却发生了天翻地覆的变化。先是父亲在一桩车祸中丧生，当时她年仅五岁。父亲的去世，使伊莉斯失去了往日有父亲陪伴时的欢笑、温暖和安全感；使得这个往日幸福完整的家庭变得支离破碎。她甚至还没来得及接受父亲去世的噩耗，母亲就打包好行李，装上车，启程搬回了新墨西哥州。

母亲变得沉默寡言，没有了以往爽朗的笑声，甚至连个微笑都没有，她似乎根本就没有注意到自己还有个女儿。从田纳西州到新墨西哥州，一路上整个行程沉默得像一场祷告：没有广播，没有歌声，没有说笑。而从前父亲和她们一起在车里时，一路上总是充满了欢声笑语。伊莉斯仍然记得父亲过去常常给她和母亲唱一首狂暴版的《嘿，美人》，逗得她和母亲笑得前仰后合。而如今只剩下车轮摩擦路面发出的呜呜声，停车加油时汽油进入油箱发出的咕噜声，以及伊莉斯的牛津鞋踏在加油站卫生间冰冷的油毡

地上发出的踢踏声。

她们离开了伊莉斯熟悉的一切。阿马利亚小镇坐落于新墨西哥州北部的桑格里克利斯托山区,与田纳西州的山区完全不同。这儿空气干燥浑浊:搬到阿马利亚的一个月来,伊莉斯每天都流鼻血。伊莉斯向远处望去,满眼都是山艾树、藜科灌木和印度落芒草。每次冒险出门只要走上十多英尺,伊莉斯的运动鞋上就扎满了仙人掌的刺。而这里到处荒芜一片,尘土飞扬,映射了她离开树木繁茂、郁郁葱葱、家庭幸福美好田纳西后的生活写照。

比尤莱外祖母的土坯房狭小拥挤。伊莉斯和母亲搬回来以后住在一间狭小的卧室里。卧室的墙壁刷成了鲜蓝色,地面铺的油地毡在与墙的接缝处向下弯曲,墙壁上厚厚的土坯砖已经有些年头了。卧室很漂亮,有两张铺着雪尼尔花线床单的铁床。但是和沉默寡言的母亲待在卧室里比去教堂做礼拜还要令人沮丧。伊莉斯感到沉重压抑,几乎不能呼吸。哀伤的气氛令人窒息。

比尤莱外祖母和她的女儿一样沉默寡言。她和罗斯从不亲近,比尤莱似乎对女儿搬回来感到很惊讶,而且还拖着个头高挑、且十分安静的伊莉斯。罗斯搬回来并不是渴望和自己的母亲住在一起,而是因为她没有其他地方可去。

安静和沉默充斥着伊莉斯的生活。饭桌上从没有谈天说地,偶尔也只有只言片语:"把盐递给我。""玉米饼呢？""我来洗碗。"除此之外，伊莉斯只听到刀叉与陶盘的碰撞声和咀嚼吞咽声。伊莉斯经常坐在餐桌旁把盘子里的食物叉来叉去，期待着有人能跟她说句话。她多么希望能听到父亲的声音，听父亲给她讲这一天的经历。她多么希望抬起头可以看见父亲冲她眨眨他那闪闪发光的蓝眼睛。她又是多么希望能听到父亲的笑声，看到母亲舒展笑颜和父亲一起哈哈大笑。

学校的生活同样不尽如人意。一年级已经开学两个月，伊莉斯仍然觉得自己就像一只迁徙到沙漠里的火烈鸟，格格不入。年仅六岁的她身材高挑，皮肤白皙，长着金黄色的头发和蓝色的眼睛。她不说西班牙语，而其他一年级学生都操着一口流利地道的西班牙语。她穿着小圆领长方格连衣裙和蕾丝边的白色套袜，而其他人都穿着牛仔裤。但是伊莉斯太高了，这个小镇上的杰西潘尼卖场不会费心卖像她这样修长体型的衣服。伊莉斯觉得不知所措，她的着装拉开了她和其他同学之间的距离。

课间休息时分，伊莉斯沿着操场的边缘散步。她穿着黑白相间的平底鞋，边走边踢路上的红色砾石，手里摆弄着毛衣上的纽扣。这是比尤莱亲手织的灰色粗毛衣，她坚信暖和实用比手感柔软外观漂亮要重要得多。

莫妮卡爬在攀登架上，膝盖向后弯曲紧钩着最高的一根杆子，倒挂在上面。她的头发披下来，就像乌鸦蓝黑色的羽毛。其他的女孩子都梳着长长的辫子，而莫妮卡只留了齐耳短发。虽然只有六岁，但莫妮卡就像一个假小子般从不关注她的头发，也从不穿裙子。伊莉斯只见过她穿牛仔裤，抢购来的牛仔衬衫和三个哥哥传下来的穿旧的衣服。

劳埃德·邦克是班里公认的恶霸。他大摇大摆地走过来，后面紧跟着他的两个小弟查理和格伦。跟伊莉斯一样，劳埃德身材高大，而且体格健壮结实。他的脸上和胳膊上长满了雀斑。暗红色的头发一缕缕地翘着，母亲的梳子和水都没能征服它。很久之前，劳埃德的母亲已经放弃试图驯服儿子的头发和脾气。

"呦，呦，呦。"劳埃德的声音和姿势极其夸张，具有舞台风格，意图告诉查理、格伦还有其他在旁观看的人，他才是这里的老大。"大家快看看这个挂在树上的印第安猴子。"

莫妮卡从攀登架上翻过来，跳到地面上，轻轻地抻了抻脚。垂在两侧的手紧紧地攥了攥又松开，黑色的眼睛闪闪发亮。她至少比劳埃德矮一个头，体重也比劳埃德轻许多磅，但是她似乎并不在意。

"你刚刚嚷嚷什么？"莫妮卡的声音低得几乎听不到。

"我说……"劳埃德一字一字地说着，享受着那一刻他的权势和他们周围聚集的目光，"看看这个印第安猴子。"

他微微侧过身，冲着站在他右后方的查理咧嘴一笑。"我猜猜是哪个更糟糕呢？是猴子？还是印第安？"他伸出一根手指放到下巴上，仰起头若有所思。"又或者……一样糟糕？"

查理和格伦哈哈大笑。

劳埃德转回身去对着莫妮卡，眼睛睁得又大又圆。"哪怕是脏兮兮的墨西哥人都比印第安人好，想不出还有什么比印第安人更差劲的。也许我应该打电话给约翰·韦恩，告诉他这里有个印第安野人要杀掉。"

莫妮卡跳起身，整个人撞向劳埃德。劳埃德向后一跌，摔倒在碎石路上。莫妮卡骑坐在他的胸口，左一拳右一拳揍他的脸。孩子们都尖叫着围过来。

瓦尔迪兹老师急匆匆地赶过来，大喊："住手！立刻住手！"她拨开围成一圈的孩子们，拉开正对着劳埃德又踢又打的莫妮卡。劳埃德从地上坐起来，鼻子嘴巴里流满了血，滴到衬衫上。一边的查理和格伦大气不敢出。

"我还会再教训你，狗娘养的！"莫妮卡冲着劳埃德喊道。

"够了！莫妮卡。"瓦尔迪兹老师晃了晃莫妮卡。她走过去帮劳埃德站起来，还没去扶，他就自己从地上颤颤巍巍地爬了起来。"好了，姑娘，我们走吧。劳埃德，跟上。你得去护士那儿。"

劳埃德跟在一边，瓦尔迪兹老师一脸严肃地把莫妮卡让到另一边，紧紧地拽着莫妮卡的胳膊，走向办公室。"竟然能说出这种话。"她掐着莫妮卡的上臂，

气喘吁吁地说。上课铃响了,所有人都排好队,满脸庄重地看着劳埃德和莫妮卡走向门口。

"瓦尔迪兹老师?"伊莉斯不敢相信是自己在说话,但的确是她在说话——在他们跟着老师走进教室之前,她说了出来。瓦尔迪兹老师转过身看着门口排成队的孩子们。伊莉斯向前一步走出来。

"瓦尔迪兹老师?"伊莉斯先看了一眼莫妮卡,又瞥了一眼还在流血的劳埃德。

"怎么了?"

伊莉斯深吸一口气。"他……劳埃德……骂了莫妮卡,所以莫妮卡才揍他的。"

莫妮卡睁大了眼睛。她自己都不会为自己辩解,她知道把事实说出来根本无济于事。一个印第安人的一句话还没有一块碎石子有价值,试图去解释根本就不会有任何好处。

"是吗?"瓦尔迪兹老师看了一眼劳埃德,劳埃德正盯着伊莉斯,眼睛里充满了怒火。"骂了什么?"

"他骂莫妮卡是……"伊莉斯顿了顿,再次看着劳埃德。劳埃德恶狠狠地盯着伊莉斯,咬牙切齿。她又看着老师。"他骂莫妮卡是肮脏的印第安人。"

瓦尔迪兹老师撅起嘴,转向莫妮卡。"莫妮卡,是这样吗?"

莫妮卡紧紧地闭着嘴巴不回答。

"劳埃德?"

劳埃德怒气冲冲地盯着伊莉斯。

"还有人听到吗?"瓦尔迪兹老师扫了一眼一年级的队伍。有几个学生低下头看着地面,脚搓着地上的碎石子。虽然开学时间不长,劳埃德已经建立了强大的势力。

"瓦尔迪兹老师?"是埃斯佩兰萨·蒙德拉贡在说话。她是一个瘦弱的女孩,和伊莉斯一样文静,但是身材瘦小单薄,很少说话。"我也听到了。"

其他的孩子们也勇敢起来,开始点头。

"好了,小伙子,走吧。你俩都要受罚。"老师转过身,手按在劳埃德的肩胛骨上,用力地捏了他。

那天下午放学后,伊莉斯沿着红土路缓缓地向着外祖母家走去。她感到很孤独,感到失去父亲的悲痛,也感到无法适应在这个既陌生又干燥的地方生活,所有的一切让伊莉斯的心情沉重不已。她不能融入学校的生活,但是至少班级里还有欢声笑语,有声音。她几乎迈不动腿,不能逼迫自己回到外祖母那死寂的家,面对两个沉默的女人。

莫妮卡快步跑到她的身边。"为什么替我说话?"她问。"我不需要一个白人女孩来拯救我。"

伊莉斯停下来,看着这个身材娇小、深色皮肤的女孩,耸了耸肩。

"现在他肯定会伺机找你麻烦,你知道的。"莫妮卡说。

伊莉斯转过身,看着路。"但是他对所有人都那么坏。这不公平……他挑起了事端,你却要承担责

任。"

莫妮卡大笑起来。"公平?你可真行。"

两个女孩沿着马路向前走。

"不过别担心,"莫妮卡继续说。"如果他找你麻烦,我来摆平他。"

伊莉斯侧目看了一眼莫妮卡。莫妮卡比伊莉斯矮一个头,跟伊莉斯一样瘦小单薄。但是莫妮卡瘦得像一根金属线,紧绷而坚韧。而伊莉斯瘦得看起来就像树枝,轻轻一折就断了。

莫妮卡边跑边喊:"我会告诉我的哥哥们,让他们也帮你提防着。"沿着路约摸跑了一百码她停下来,转过身冲着伊莉斯咧嘴一笑,又朝着伊莉斯仰了仰头,便转身跑开了。

"我可不是来听你说不的。"莫妮卡语气强硬。

伊莉斯从咖啡杯上抬起眼睛。"莫,我只是……只是不想出门,你能理解我吗?我不想挤在人堆里。"

"我不管你是不是想出门。"

伊莉斯呼了口气。

"听着,莉斯。"莫妮卡走近厨房的餐桌,语气和眼神温柔下来。"我知道你悲痛万分。我也很思念他。"莫妮卡开始哽咽。迈克尔是她的表哥,他们从小一起长大。她深吸了一口气。"但是你已经几个月没有出门了,到了陶斯你也可以像在这儿一样伤心难过嘛。"

伊莉斯叹了口气。一旦莫妮卡下定了决心,和她争论就变得毫无意义。"好,好,我去,但是我可保不准会让你难受一整天。"

"没事。"莫妮卡一本正经地说。"如果你想的话,你就尽管让我难受。你最清楚了,白人女人对我的操控可是完全不管用的。"她对着她的朋友微微一笑。"所以……是你自己走到车上,还是我把你扔进去?"

第三章

她们驱车前往陶斯。那是一个美好的秋日,天空一望无际,万里无云,就像蓝色的水晶。山坡上,山杨树热闹非凡,橘色和金黄色的树叶在秋风中摇曳飞舞。田野里,紫菀竞相开放,紫色花朵与金花矮灌木的黄色花朵形成了鲜明的对比。车里弥漫着沙漠鼠尾草的味道。伊莉斯觉得精神振奋了许多。她爱这一路的风景,爱这片土地,即使她已经在这片土地上生活了四十多年。

莫妮卡开着本田,车速达到八十迈。她打开音乐,在座椅上扭动身体,高声唱起桑塔纳乐队的歌。她记得桑塔纳乐队《超自然》专辑里的每首歌的每一句歌词,伊莉斯无奈地笑了笑。莫妮卡热情地拥抱生活,努力抓住一切她想要的,和伊莉斯对待生活的态度截然不同。

伊莉斯转过身去,正好看到她们甩掉了一辆老旧的白色货车疾驰而去。伊莉斯紧紧地把脚抵在副驾驶底座上。

莫妮卡轻轻松松就超过了那辆卡车,丝毫没有减速。"他妈哪个蠢货规定要限速。"她吹了一个泡泡,又啪地一声把泡泡吸回嘴里。"顺便跟你说一下,莉斯,刹车在我这边。"她看见伊莉斯的脚仍然紧紧地踩着车底,好像这样真的能让车减速似的。

伊莉斯笑了笑。接着好像挨了一闷棍似的,短暂的释怀烟消云散。她想到迈克尔开着银灰色的车冲出积雪湿滑的山路,坠落在空中,脸上的笑容顿时消失了。

莫妮卡看了一眼她的朋友,向前倾身调小音乐声。

"我本来可以阻止他的,莫。"

"什么,你在说什么?"

伊莉斯全身颤抖,好像三月那个雪夜的寒冷钻进了车里。她凝视车窗外。"迈克尔,我本来可以阻止他的,但是我没有。"

"伊莉斯,我知道你也很崩溃,但这可就过分了,你怎么可能阻止得了他?"

时间一分一秒地过去。深埋在心底的秘密,再挖出来就会让人痛苦。伊莉斯的嗓子灼烧般疼痛。"我梦到了,那场车祸。"

莫妮卡踩着油门的脚轻轻地松了松,全身的毛孔都屏气凝神。

伊莉斯叹了口气。"大约在事故发生的一个月前,我做了个梦。梦到我在黑夜中沿着公路开车。我甚至能看到车头灯照亮前方的路。当时正在下雪，公路上积了大片的雪，结了厚厚的冰。然而这辆车就在通道顶端的附近，忽然就开出了弯道。没有突发事故，也不是为了避免撞到鹿急转弯，只是车开到一块冰面上，车胎打滑，冲出公路，坠入峡谷中。"

"你看到迈克尔在里面？"

"没有，这就是问题所在。我看到我的车坠落悬崖，但是我看不见车里的人。"伊莉斯再次看着莫妮卡。"我从梦中惊醒，就好像知道如果我在那场梦中再多停留片刻，我就再也醒不来。我的心怦怦直跳。在我梦到事故之后的几周，我一直认为是我——我才是那个要死去的人。"伊莉斯扭头看向窗外。"我没有告诉迈克尔这件事情。"

莫妮卡沉默无声，仔细体味着故事中的每一个字。

伊莉斯咽了下口水。"后来，大约在我做了那个梦的一个星期后，我中午出去散步。就在这一片，沿着麋鹿草地往前走，我看到了一只猫头鹰停在黄松树上。就在正午，它停在那棵黄松树的枝头，盯着我，看着我向它走去。甚至当我经过它身边继续向前走的时候还转过头来看着我。"

莫妮卡全身颤抖不停。她的整个家族都十分惧怕猫头鹰。一天早晨，莫妮卡开车差点撞到一只猫头鹰，就在同一天她的父亲死于心肌梗死。对马德里家族来说，猫头鹰就是死亡的预兆。

"我吓坏了，莫。所有那些听到过的有关于猫头鹰的事，猫头鹰与神灵世界、死亡的联系，我不住地发抖，确信我快要死了。"

伊莉斯低头看着大腿，两手交叉。"我没有跟迈克尔说一个字，我以为所有的征兆都是指向我，我是那个要死去的人，我不想让他担心。"

莫妮卡缓缓地吐了口气，看着前面延伸向远方的公路。

"我完全错了，那个梦，那只猫头鹰……我全理解错了，我搞砸了一切。"伊莉斯抬起头，看着车窗外向后远去的藜科灌木丛，紫色的紫菀和黄色的金花矮灌木的影子一闪而过。一行泪水滑过伊莉斯的脸颊。

"那天，就是事故发生的那天，我甚至完全没有想起那个梦。我忙着编织，为拿捏不准颜色的事情而沮丧。别的办法也不起作用，我只好拆了花了三小时织出来的织物。这时迈克尔急匆匆地从他的店回来，因为他待在那儿工作了很长时间。他从楼梯旁的挂钩上取下我的车钥匙抓在手里，站在门口跟我说他的卡车发动不了，开会要迟了。他说他要开我的车去。"

"我甚至都没有看他一眼，莫。我一心扑在手头的事上。我可能嘟囔了一句怎么搞的，但是，好吧。"

坐在车里的两人都沉默不语，一行泪水顺着伊莉斯的脸颊流下。"我压根没有想到那场梦，后来我做

好了晚餐，读了会书，大约在十点的时候上床睡觉。凌晨一点左右惊醒时，我才明白这一切。"

伊莉斯转过脸对着她的朋友，与莫妮卡对视了片刻。"我才明白我全理解错了——那个梦的含义。我知道他要离开了——很可能那一刻已经离开了。"伊莉斯咽了下口水。"州巡警来的时候，我正坐在门廊里。"

伊莉斯拭去脸上的泪水。距迈克尔去世已经过了七个月，这是她第一次跟别人提起那个梦。罪恶感就像坚硬的盔甲把她浑身上下包裹得无法呼吸。

"莉斯，梦是最难解读的，就连韦斯叔叔也这么说。你不要如此自责。"韦斯叔叔是莫妮卡的太叔公，他是陶斯印第安部落里德高望重的老人家。

伊莉斯耸耸肩。"但我为什么没把这件事告诉他，莫？我一向跟他无所不谈，你知道他对梦……对幻像很了解，他可能知道其中的寓意。或者至少他会更谨慎一些，也许那晚他就不会开车经过那条山路。"伊莉斯深吸了一口气。"我甚至都没有说一句再见。"

莫妮卡仍然沉默不语。对莫妮卡和整个家族来说，梦和猫头鹰都具有重要的意义。信息的传递方式多种多样，知识的来源也多种多样。

迈克尔，和家族里的每个人一样，对梦境和幻像深信不疑，而且还一直关注着这些。他完全相信神灵的存在，整个家族也是如此。他们在外面的小碗里留下食物给神灵享用，他们为植物和动物的灵魂敬奉烟草，为他们祈祷、歌唱、击鼓。过节时他们参加在陶斯印第安部落以及迈克尔的出生地——阿帕奇的杰卡里拉保留地举行的仪式。

迈克尔聆听大自然的声音：树、鸟、石头。他相信获取信息的渠道有很多种，而其中最重要的一个就是聆听身边事物的灵魂。他告诉伊莉斯，白人坚信科学依据和逻辑顺序，但是印第安人，几乎所有的土著文化，都认为有无数种途径来获取知识。

很多年来，伊莉斯观察了迈克尔、莫妮卡和他们整个家族，被他们与神灵世界的沟通所深深地吸引。但是她自己从来没有感受过这种沟通。她尝试过，也曾经花很长时间待在外面的静谧处，努力想听明白神灵在诉说什么。但是无论如何，她都不具备这种智慧。那种声音，那些神灵。她从不十分确定她听到的是神灵还是她自己脑海中的杂音。

现在她忍不住责备自己。"如果我早把这件事情告诉他……也许他现在还活着。"

"就算你告诉他或许也无济于事，韦斯叔叔说了人各有命，逃也逃不掉。"

两个女人坐在车里沉默不语，看着前面的路。

伊莉斯打破了沉默，声音低沉，几乎相当于耳语。"有时……黄昏时……我觉得他就在屋外的某个地方，看着我，等着我。"伊莉斯垂下眼睛看着自己的手，无助地放在大腿上。"就好像他有话要说。我转过头去，就像……"她转过头对着莫妮卡，为自己的话感

到难为情。"就像树丛里有动静,但我说不清楚在哪里……也看不到,总是差一点看到又消失了。"

莫妮卡看了一眼伊莉斯,伊莉斯转而又看向车窗外的鼠尾草。

"有时午夜醒来……我就仔细聆听。分不清是真的听到了什么,还是只是在做梦。"伊莉斯继续看着窗外。"有时我觉得我听见院子里有汽车在车道上停下来,还有迈克尔上楼梯的脚步声。"

她转过脸来对着莫妮卡。"起初,我会起身去瞧瞧,看看楼梯,看看厨房……走到前门看看外面。"伊莉斯再次低下头看着双手。"当然,什么也没有,什么也看不到。"

她顿了良久,继续说。"我不开电视,不听收音机,不开灯,保持房间完全昏暗,安静,只是为了……"伊莉斯重重地叹了口气。说出压抑在心底的罪恶秘密,她如释重负。"只是为了万一他有什么想对我说的。"

"我似乎现在一直在做的就两件事:等待、聆听。"

莫妮卡深深地呼了口气,眼睛直直地看着她前面的弯道。顿了片刻,平复一下沉重的心情。"唉,这就是你的问题了。也许你应该起身去给他做个三明治。"

第四章

陶斯的秋天令人陶醉。棕色的土坯房坐落在群山和峡谷中,紧挨着一条条河谷,在秋日金光灿灿的阳光照耀下红彤彤一片。黄灿灿的杨木树映衬着清澈碧蓝的天空,夺目耀眼。野地里的李树硕果累累,沉甸甸的果实坠弯了枝头。鸟儿盘旋而下,划过天空,穿过枝头,发出清脆的尖叫声,为眼前的盛宴喜不自禁。

她们把车停在瓜达卢佩圣母旁边的停车场,穿过本特街广场,朝着基特卡森公园走去。空中回荡着音乐。秋风阵阵飘荡着,传来烤红番薯的香味,就如杨木树一样,都是新墨西哥州的秋天必不可少的部分。伊莉斯吸了口气,沉醉在秋日的颜色、芳香和声音中。虽然当时她极力反对出门,但这趟旅行还是让她振奋了精神。她挺直了身子,仰起头,好像一个演木偶戏

的人提着线把她整个人都拉直了。

她们走进公园里的工艺品集市，停在一个摆着几箱手工制作香皂的摊位前。两人各挑选了一块软软的香皂球，闻了闻，有柠檬、栀子花以及薰衣草的香味。

"看这儿，美女，你需要这个。"莫妮卡拿着一块丁香味的香皂球放到伊莉斯的鼻子前。"你再窝在那个小房子里，就要臭得像一只年老的熊了。"

"好东西。"伊莉斯拿着淡紫色的香皂球凑近鼻子，闭上眼睛，又立刻拿开。"不要丁香的，它让我想到死亡。"

莫妮卡打量了伊莉斯片刻。"好，不要丁香的。"莫妮卡选了三块香皂，抽出一张二十美元的纸币。"这几个怎么样？"

"拜托，莫妮，我身上没那么臭吧。"

"这么说是因为你已经习惯了你身上的气味，你应该站在我这里闻一下。"

伊莉斯笑了笑，朝她吐了吐舌头。

她们穿梭在一个个摊位间，有卖首饰的、皮包的、针织披肩的。人们三三两两，踩在夏末时节的草地上，在摊位间徘徊闲逛。一棵杨木树上传来乌鸦的啼叫声，伊莉斯用手遮在眼的上方挡住阳光循声望去。

"哇，真棒，我找的就是它，"莫妮卡说着，眼睛直勾勾地盯着路对面的一个摊位。"要不要一杯柠檬汽水，你这个臭烘烘的小婊子。"

"请注意，马德里小姐，再这样说话我要揍你了。"

莫妮卡笑了笑,这话听起来才像伊莉斯嘛。在遭到迈克尔去世的打击之前,伊莉斯总是这样你一句我一句地和她说笑。

"我好害怕哦,浑身上下都在发抖,我要坐下来缓一缓。"莫妮抬起手背放额头,假装要昏倒。然后笑着穿过人群,朝着鲜榨柠檬汁的摊位走去。

伊莉斯忽然瞥见她前面一个深色头发的男人,头发梳在脑后束成一个长长的马尾。她的心脏几乎要停止跳动。他跟迈克尔一样有一头浓密乌黑的长头发。他是一个音乐家,正吹着长木笛,侧对着伊莉斯。空气中回荡着安第斯音乐,夹杂着长笛声、吉他声和如心跳般的鼓声。伊莉斯感到悲伤又一次袭上心头。就在几分钟前,艺术展会的声音、味道、以及活跃的气氛才刚让她振奋精神。而那位留着乌黑长发的音乐家立刻又让她想到了迈克尔。她重重地叹了口气,转过身,试图将注意力转移到右边摆满石头和水晶首饰的摊位上。

一个坐在桌子后面的女人引起了伊莉斯的注意。她穿着在陶斯随处可见的吉卜赛服装:土黄色飘逸的长裙,肩上裹着一条红、黄、橙、粉四色的手工针织披肩。脖颈上披散着脑后的圆发髻上散落下的一缕缕浓密的椒盐色头发。

伊莉斯的目光落到桌子上的耳环上。黄水晶、玛瑙、石榴石在阳光下闪闪发光。她伸出手摸着一个玛瑙耳环。

"他一直都在你身边,你知道的。"那个女人小声说。

伊莉斯抬起头看着她,这个女人有一双乌黑的大眼睛。她皮肤光洁,眼神镇定,神情安详,好像已经历经世事,没有什么事可以扰乱她内心的平静。

"什么?"

"你的丈夫,他没有真正地离开你。"

伊莉斯盯着她,心头一紧。

那个女人朝远处看了片刻,扫视了一眼人群。"那个男人?"她把头偏向那个扎着乌黑长马尾辫、正在吹长笛的音乐家。"吹长笛的那个?长得像你丈夫是吗?"

伊莉斯几乎不能呼吸。

"他是一个——"她闭上眼睛,身子前后微微摇晃——"安静、温柔的男人。"她依然紧闭双眼,抬起手一直摆动着,好像手里操作着什么工具一样。"他是做手工活的,是吗?"她突然睁开眼睛,盯着伊莉斯。

伊莉斯咽了下口水。迅速抬起仍放在玛瑙耳环上的手,好像那块石头通了某种电流,可以让这个女人看穿她的生活。

那个女人再次闭上了眼睛。"……我看到一辆汽车,冲出公路坠入空中。"她站起身来,眼睛仍然紧闭,一只手拍了拍胸口,长叹一声。"是意外事故?"

伊莉斯直视着她乌黑的眼睛,听着她的话出了神。她听不到音乐,听不到身后人群的嘈杂声。除了这双眼睛和这个女人说的话,她感受不到周围的一切。这些话就像浓浓的糖浆,缓缓地流出。

"他有些事想告诉你。"那个女人把身体凑到伊莉斯面前低声说,眼睛突然睁得大大的。

"原来你在这里,小怨妇。"莫妮卡出现在伊莉斯的身边,手里端着一个红色的纸杯,纸杯外壁贴着可口可乐的标签,闪闪发光。空气中飘来一阵鲜榨柠檬汁的清香。

伊莉斯没有接过纸杯,目不转睛地看着站在桌子后面的女人,几乎没有注意到身边的莫妮卡和眼睛余光里的亮红色纸杯。

女人从衣袖里抽出一张名片递给伊莉斯。"记得来找我。"

伊莉斯接过名片拿在手里,扫了一眼,没仔细去看内容,只注意到这是一张淡紫色的纸片。伊莉斯几乎不能呼吸。她故意慢慢地转过身去,好像不得不奋力挣脱她和那个女人之间绑的线,如一只被困在蜘蛛网中的小虫。

"你们刚刚聊了什么?"她们走开时,莫妮卡轻声问道。

"我不知道,"伊莉斯吸了口气。她停下脚步,看了一眼手里的淡紫色卡片。"上面说她可以读塔罗牌。"

"天哪,陶斯郡的每个人都觉得自己可以通灵,都是狗屁。"莫妮卡用力吸着吸管。

"莫？"伊莉斯看着莫妮卡的眼睛。"她知道迈克尔的事情。"

莫妮卡不以为然地撅了撅嘴巴。"她知道迈克尔的事情是什么意思？"

"老实说，连那场事故她都知道，她说……他仍然在我身边。"

"他还在你身边？她说的？"

伊莉斯点点头。

"好吧，那又怎样？这没什么。她可以对任何一个走到她身边的人这么说，总会有某个方面凑巧，父亲、叔叔，谁都至少有一个亲人去世。'他还在你身边！'哇，真是让我佩服，算得好准。"莫妮卡眼里流露出厌恶的神情。

"她知道迈克尔是个艺术家。"伊莉斯突然停下来，身后有个女人撞了她一下，杯子里的柠檬汽水洒出来。

"让我看看。"莫妮卡抽走了伊莉斯手中紧攥着的名片。

莫妮卡看了一眼名片。"切莱斯蒂娜·雷德伯德，又一个装神弄鬼的人。这些白人都想取一个本地名字。"莫妮卡的眼睛里闪过一丝怒火。"每个人都想做印第安人，想取印第安名字，想行印第安礼节，想拥有自己的私人巫医。可他们就是不愿意雇佣我们，在餐厅里不愿意为我们服务或是和我们做邻居，或是……"

伊莉斯停下脚步，想起那天迈克尔独自去圣达菲后回家。那天他把几件作品送到圣达菲的画廊。伊莉斯忙着赶一件快到完工期的织品，就没有和迈克尔一起去。迈克尔一大早驱车前往圣达菲，把东西送到后便开车回家。他停在格兰德河旁边的一家餐厅，这家餐厅有露天的桌子，他和伊莉斯都很喜欢。但是那次他坐了二十分钟，看着女服务员为在他后面进来的几桌客人都点了单。

在她又一次大摇大摆地从迈克尔桌边走过时，还把脸转向另一边只当迈克尔根本不存在，迈克尔叫住了她。"小姐？能给我来一碗红辣椒吗？"

她停下来打量迈克尔。她看到迈克尔留着一头乌黑的长发，头发梳在脑后束成一个马尾用一根红皮套绑起来。她看到迈克尔穿着牛仔裤，磨旧的靴子和泛白的牛仔衬衫。"嗯。"她哼着鼻子说。"你吃得起吗？"

这让迈克尔从头冷到脚。他来过这家餐厅无数次，虽然从来没有像这次一样独自过来。这位女服务员不知道他是谁，不知道他是位在圣达菲崭露头角的艺术家，不知道他已经有二十多年没有醉酒过，不知道他在山上拥有自己的房子，并且没有任何债务。而她看到的只有暗色的皮肤，乌黑的眼睛，又长又黑的头发。她看到的只是一个印第安人，而她对印第安人有许多偏见。

伊莉斯记得迈克尔当晚回来时，怒气冲冲，甚至说更糟糕。被一个对自己一无所知的女人品头论足,这不可理喻,难以容忍。仅仅因为他的穿着和外貌就看不起他不想让他在店里消费。

伊莉斯又看了一眼切莱斯蒂娜。"你怎么知道她是白人?"

"气味,你们白人身上的气味闻起来很奇怪。"

伊莉斯看着切莱斯蒂娜,她正在招呼两个看水晶的十几岁女孩。她呼了口气。"可是,不管她到底是谁,她知道许多迈克尔的事情。"说着伊莉斯又看着莫妮卡。

莫妮卡把名片还给伊莉斯,转过身又看了一眼切莱斯蒂娜。"她知道?还是她猜的?因为你从来不擅长隐藏任何情绪,你的那张脸总是暴露了所有的事。"

"可能吧。"伊莉斯摸着卡片。

"她就是想骗你的钱。"

"你说什么呢?我没有付一分钱给她。"

莫妮卡停下脚步,冲着伊莉斯挑了挑眉毛。"现在还没有而已。"

伊莉斯笑了笑。"哦,我懂了。现在你在预测未来呢?"

莫妮卡耸耸肩。"一种新时代的骗术。先跟你说一些每个人都符合的大致情况引你上钩,然后下一步你知道的,你就会走进她家里,留下钱。"

"这已经不是新时代的骗术了,你知道的。读塔罗牌至少从古埃及时期就有了,"伊莉斯抗议道。她不明白自己为什么要为那个女人辩解。她停下来看着莫妮卡。"所以你的意思是了解事物的唯一方法就是理性……科学?"

"当然不是,那是西方的思维方式。"

"那有什么区别?读塔罗牌和……我不知道……是梦……还是幻象。"

"他们不一样,莉斯。"莫妮卡再次停下脚步,岔开双脚,端起一副要斗争的架势。"如果有些事情你需要知道——它就会出现在你面前,直接出现在你面前。在梦里或是幻象里,或在蒸汗屋里。这是我们为什么要求神启示的原因。当然,当你遇到麻烦时,山里也有一位巫医,会为你祈祷,并随时准备好帮助你。但你要自己去山里找他。"莫妮卡又瞥了一眼切莱斯蒂娜的摊位。切莱斯蒂娜正好也在看着她。"你需要知道的会出现在你面前,而不是通过某个精神不正常装神弄鬼的人转告你。"

莫妮卡转过身,又怒目而视地瞪着伊莉斯。"你不需要自称有通灵术的人或是会读塔罗牌的人,也不需要水晶球。你不需要别人告诉你,这就是不同之处。"

伊莉斯吐了口气,肩膀低垂着。"也许不同吧,但是我没能正确地理解那个梦。"她的眼睛掠过人群,尽力控制自己的情绪。"等到我理解时,已经迟了。"

莫妮卡的神情柔和下来。她把一只手搭在伊莉斯的前臂上。"也许你注定不用去理解,也许它只是……

我不知道……通过一种方式向你显现什么。也许只是告诉你,你实际知道的比你认为自己知道的要多得多。又或许它的意义不是你想的那样。"

伊莉斯耸耸肩。"也许吧。"她看向公园里的树丛。

她们静静地站着,发丝在阳光中飞舞。莫妮卡抬起头用肘轻轻推了推伊莉斯。

"要不要去基特卡森公园墓地那儿解个手?"

第五章

"伊莉斯?"

她猛地睁开眼睛,呼吸急促,又急忙屏住呼吸。伊莉斯躺在黑暗中,竖起耳朵不放过一个声响。连续几晚,她从睡梦中醒来时都觉得自己听到了迈克尔在叫她的名字。她一动不动地躺在床上,全神贯注地听着。

她把左手放到迈克尔以前睡的那边。那一侧的床单摸起来冰冷,没有一丝温度,这又一次让她痛彻心扉。每次醒来,迈克尔离去的这个事实都会给她带来新的痛苦。她仍然没有从巨大的打击中走出来,回忆似洪水决堤般向她涌来,好像他的离去就发生在昨天。迈克尔死了,他不会再回来了。她再也听不到他上楼的脚步声,感受不到他在工作室工作到深夜后回来躺倒在床上的重量。她再也听不到迈克尔轻声唤着她的名字看看她是不是醒着,如果醒着就跟她聊聊

他的想法。

伊莉斯坐起身，看了一眼时钟，是凌晨三点，但是她清楚试图继续睡觉是毫无意义的。每次她半夜惊醒，猛地想起生活中出现的变故，就再也合不上眼。她穿上毛衣和拖鞋，走下楼梯。

走到楼梯底部，她停下来透过前门的窗户看着迈克尔的工作室。皎洁的月光照在工作室的窗户上，在那短暂的一瞬间，她觉得迈克尔正在那里熬夜工作。他是只夜猫子，有时会待在工作室里一直到清晨。伊莉斯站在那儿，看着月光，轻轻地移了移身体以找到一个更好的角度。好一会儿工夫，她才反应过来那只是月亮反射在玻璃上的光线，叹了口气。

她轻手轻脚地走进厨房，开始磨咖啡，疲惫让她的动作迟钝起来。她舀了几勺咖啡豆放到研磨机里，按下按钮。研磨机的噪音打破了屋里的寂静，那个声音，让她听着入了神，又轻声唤着她的名字。"伊莉斯？"

她把手指从研磨机上移开，仔细地听，脊背一阵阵发凉。伊莉斯转身走回窗户，看着外面的工作室。什么也没有，没有动静，没有灯光，没有声响。

半英里外那户人家的狗开始叫起来——狗不停地狂叫通常意味着有熊潜入。伊莉斯侧耳聆听。这个时节通常熊不会再出来了。她又一次全身颤抖，过去就像一根冰冷的手指，顺着她的脊背摩挲着。那一声轻轻的呼唤，微弱得像呼吸一样，却让伊莉斯觉得她不是孤身一人。

她的世界又一次被搅得天翻地覆，和在阿马利亚的第一年一样，那一年是一年级。父亲的去世给伊莉斯造成了巨大的创伤，原本熟悉的家变得面目全非。她融入不了新班级，和其他十四个同学合不来。她和一个以前从未谋面的外祖母住在一起，而这位外祖母很少说话，不论遇到什么事从来不表露任何情绪。

伊莉斯还记得，就在搬到这个陌生的西南小镇的几周后，放学回家的路上，她心情激动，迫不及待地想回家告诉母亲自己在学校里学唱了一首西班牙歌曲，是《老麦克唐纳》的西班牙语版本。她一路上哼唱着这首歌，"在美丽的大牧场，我有一只小鸭子。他们看到我来了，小鸭呱呱呱。多么可爱的小鸭子。"

她蹦蹦跳跳地走进狭小的蓝色卧室，看到母亲坐在椅子上，呆呆地看着窗外。自从她们搬回新墨西哥州，罗斯就像一尊石雕，没有一点生气。在田纳西州时，母亲就是她生活的全部，而现在的母亲和以前大不相同。伊莉斯的心凉了半截，双臂发抖。她没有告诉母亲学校的事情，没有唱她练了一路的那首歌。

她静静地转过身走到外面，爬到一棵杨木树的树杈上。她把膝盖紧紧地贴在胸前，伸出手臂环抱住膝盖。她多么希望此刻能回到田纳西州；多么希望生活回到过去；多么希望能和她的小狗蜷缩在一起；多么希望他们一家人乘着父亲天蓝色的渔船出海。

她记得自己坐在小船中间的底板上，心不在焉地钓鱼。因为父亲非常热爱钓鱼。她记得父亲把虫子穿到鱼钩上。她可真讨厌看到挤出虫子内脏的那一幕，而父亲此时会哈哈大笑。坐在船尾的母亲也跟着笑起来。母亲举着一把伞遮在头上，避免白皙的皮肤暴露在阳光下。伊莉斯记得她循着母亲的笑声望过去，笑声回荡在湖面上激起层层涟漪。她记得母亲回过头，牙齿洁白发亮，脖子修长白皙。那时，罗斯还是个活泼有生气的妈妈，一个会一边干活一边大笑、玩闹和唱歌的妈妈。

如今在这里，在阿马利亚，欢笑声已经成为被遗忘许久的回忆。这里的土地干裂，长满了枯草，一片深深浅浅的棕灰色，了无生机，和她们称呼为比尤莱的女人生活在一起感受相似。她既不像母亲也不像外祖母。罗斯和她母亲之间始终很生疏，好像两人都被淀粉浆过完全变了一个人：僵硬而沉默寡言。伊莉斯能够感觉到在这种隔阂下隐藏着什么不言而喻、令人不安的东西，但是她不知道这究竟是什么。她只知道这座房子太过安静，母亲沉浸在无声的世界中让她无处可逃。而她的外祖母不能，或者说也不愿意去消除鸿沟，主动接触她们两人中的任何一个。

冬天来临，雪花飞舞，寒冷包围了这座原本就冰冷无比的房子。罗斯开始咳嗽。有好几次，伊莉斯从学校回来看到她躺在床上，面对着房间的墙壁，侧卧着蜷成一团。

二月末的一个下午，天气转暖，天空明亮湛蓝，伊莉斯在放学回家的路上撞见了比尤莱。"跟我走。"她命令道。伊莉斯跟着比尤莱沿着一条土路向前走。比尤莱从来不过问她学校的生活，不关心她好不好，即使今天她们单独相处了一段时间，依然如此。一路上她们一言不发，走到位于土路尽头的一座土坯房。房子周围长着几棵高大的老杨木树，旁边有一条小溪穿过，冰面下的河水涓涓流淌。房子是土棕色，但是门和窗沿涂成了明亮的蓝绿色。一条木桩扎成的篱笆围成了侧院，木桩只有几英寸粗，直直地插在土里。院子里长满了植被，郁郁葱葱，看起来比比尤莱的家要有生气得多。篱笆边上满地都是醋栗树丛，房子周围围着一圈矮松和雪松。她和比尤莱踏上由粗壮、削了树皮的圆木支撑的门廊。纱门忽然打开了，莫妮卡和她的哥哥从屋子里跑出来，他们身后的纱门砰地一声又关上。

"嗨。"莫妮卡边跑边喊，很明显忙着躲她哥哥而无暇跟伊莉斯打招呼，只能跑过时叫了一嗓子。

看着追逐的两人沿着路冲出去后，伊莉斯回过头来，突然发觉自己对视着一个女人的眼睛，这个女人可以说是她见过的最漂亮的女人。莫妮卡的妈妈，洛雷娜，正站在门口。她身材娇小，但是轮廓精致，乌黑的眼睛温柔似水，似树叶上融化的一摊雪水。

"你一定是伊莉斯吧。"她笑盈盈地道。"莫妮卡把你的事情都告诉了我。"

伊莉斯脸颊绯红，笑颜盈盈。她和比尤莱走进屋内。前厅温暖舒适，弥漫着矮松的香味，角落的壁炉里堆着红色的木炭。厅里还摆着几把椅子和一张沙发，上面都铺着条纹羊毛毯。地板上铺着一块同样颜色的灰棕色毯子，毯子上布满了青绿色、深红色的条纹。

比尤莱和伊莉斯跟着洛雷娜走进厨房，坐到涂着亮黄色油漆的木椅上。伊莉斯坐在椅子上动来动去，观察这把椅子的木工、亮黄色油漆和椅背板条上精致的树叶图案。这是她几个月以来见过的最鲜艳的颜色，黄色带来的温暖和空气中的温馨让她心情好多了。

"这些椅子是我丈夫做的，"洛雷娜说。"他很擅长漆刷，你们觉得呢？"

伊莉斯点点头，在洛雷娜面前她完全说不出话来。

"喝咖啡吗？"洛雷娜举着一个灰色的搪瓷咖啡壶，这个咖啡壶明显已经用了有些时日了。

"好的，谢谢。"比尤莱轻声说。

"伊莉斯呢？要咖啡吗？"

伊莉斯惊呆了，在这之前从来没有人给过她咖啡。她迅速地看了一眼比尤莱，比尤莱点了点头，只是轻轻地颔首，伊莉斯开心地笑了。"好的，谢谢。"

洛雷娜为她拿来一个绿色的毛玻璃马克杯，杯子里装满了冲好的咖啡，加了很多奶和糖。伊莉斯到现在还能记得那杯咖啡给她带来的美妙感受。她双手端握着杯子，她曾经看到妈妈这么握着杯子，俯身凑到杯口闻着香味，那香味浓郁、醇厚、质朴。她突然觉得自己长大了。她在木椅上挺了挺腰板坐直,看着坐在对面的这个迷人的女人。

"她的母亲,"比尤莱看了一眼伊莉斯,开口说,"咳嗽咳得很厉害,肺部积了很多痰,有时都能听到她肺部的痰鸣声。"

洛雷娜的眼睛里充满了伤感和忧郁,她关切地点了点头。"是的,悲伤郁结在肺部。"

"医生说……"比尤莱停下来,声音哽咽。这哽咽声使伊莉斯抬起头望着外祖母。比尤莱转过身去,清了清喉咙,接着说。"医生说只能看病情的发展了——他们已经尽力了。"

洛雷娜看了一眼伊莉斯,又看着比尤莱。她伸出她那又小又黑的手握住比尤莱长满斑点攥成拳头的手。伊莉斯惊讶无比,在这之前她从来没有见过任何人摸过外祖母。比尤莱没有躲开,没有后退。她那双布满皱纹、苍白的双手被洛雷娜修长、棕色的手握着。"她已经失去了继续活下去的意志。"洛雷娜轻声说。

比尤莱点点头,再次把脸转过去。伊莉斯觉得她看到外祖母的脸颊上有泪光闪烁,听到了外祖母的哽咽。伊莉斯心生恐惧,心里开始打鼓。比尤莱从来不表露任何情绪,伊莉斯对房间里的气氛高度警觉起来。

洛雷娜隔着桌子看着伊莉斯。然后站起身来,走到一个旧的红色柜子前,柜子上的油漆已经剥落,露出油漆下面灰棕色的木头。"我给你一些东西能让她好受点,"她说着,把手伸进柜子拿出两瓶小小的棕色瓶子,小到一个拳头就可以握住。"这个能缓解她的咳嗽,可以帮助她好好休息。"她站在比尤莱的身旁,把手放在她的肩膀上。"我没有药剂能缓解她的悲伤,最好的办法就是,如果可能的话,带她出去走走。她需要接触大自然才能康复。"

比尤莱摇了摇头。"我已经尽力了,她说她只想休息。"

洛雷娜抿了抿嘴,点点头。"那就把外面的东西搬进家,雪松枝、松果、干草,或者一些干花,一切你们能找到的。把这些放到她的床上,房间里。床头边可以放一些有香味的植物,雪松,或者松树。"

比尤莱点点头。

突然后门砰的一声被撞开,莫妮卡跳进房间,脸蛋因为奔跑涨得通红,眼睛里闪烁着胜利的光芒,她成功地躲过了哥哥的追逐。

伊莉斯等着洛雷娜说些什么,等着她告诉莫妮卡慢点跑,关上门,或是不要在房间里奔跑。比尤莱就会这么做。过去罗斯仍然还在意这些时,她也会这么做。但是洛雷娜却只是对着女儿笑一笑,站起来把门关上。

"想不想看我们家的小羊羔?"莫妮卡问伊莉斯。

伊莉斯记得那天下午晚些时候和外祖母一起走回家,路上忍不住蹦蹦跳跳。看到莫妮卡住的地方,见到她美丽的母亲,喝了从小到大的第一杯咖啡,看到出生一周的小羊羔紧紧地依偎在羊妈妈身边,一切都是那么美好。她完全忘记了就在几个小时之前她还因为恐惧全身发抖。

这只是个开始。很快，几乎每个下午她都在莫妮卡家里度过，包括周六。她喜欢这里。莫妮卡和她的哥哥们像无拘无束的野马驹，一直在奔跑、嬉笑、打闹。他们骑马、钓鱼、在山上徒步。他们扮演牛仔和印第安人，但是在他们的游戏中，最后总是印第安人获胜。晚上，一家人围坐在前厅土坯砌成的火炉边，吃着松果，听莫妮卡的父亲讲阿帕奇的杰卡里拉人的故事，他是在那里长大的。

伊莉斯彻彻底底地爱上了莫妮卡的妈妈。洛雷娜乌黑的大眼睛洞察一切；古铜色的皮肤光彩照人。除了回陶斯村的娘家探亲，其他时间她乌黑的长发或是蓬松地披在肩上，或是梳成一条长长的辫子。伊莉斯喜欢看洛雷娜把头发在颈背后盘成一个发髻，用一条红色的印花布扎起来的样子。她告诉伊莉斯在普韦布洛印第安地区，只有年轻的未婚女孩才能把头发披下来，一旦女孩出嫁了，就要把头发盘起来。晚上，他们依偎在手工编织的毯子里取暖，把毯子盖在腿上或者肩上。就是从那时起，伊莉斯摸着洛雷娜自己纺纱、染色、编织的羊毛，沉浸在马德里一家人的温馨和陪伴下，萌发了对编织的热爱。

从生长在平原上的落芒草、藜科灌木、金花矮灌木到长在山里的艾草和苋菜，洛雷娜认识每一种植物，并知道它们的用途。她向伊莉斯展示了如何把鼠尾草和雪松碎片绑成小条熏香；她自己做茶；做一种颜色看起来令人不舒服的黄色酊剂，闻起来像臭鼬。但是所有人都来找她，向她请教一些解决问题的建议，这些问题通常都是和健康或生活有关。她告诉伊莉斯，当她在外面漫步，寻找一些能治病的草药时，只要静静地站着仔细聆听，植物就会告诉她所需要知道的信息。"植物是我的朋友。如果你发现了治疗某种疾病的植物，它就会说，'快摘我，快摘我。'它几乎要发出光来，因为它为自己有所用处而感到激动兴奋。"

洛雷娜似乎无所不能。伊莉斯喜欢看洛雷娜在拉坯轮上工作，用黑色的云母黏土做罐子。做好的罐子放在木板上，在高山阳光的照射下风干，然后她在后院的大坑里烧一个火堆，把陶罐埋在木屑里。她只用杨木烧陶罐，杨木烧起来浓烟滚滚，气味难闻，所有人都被浓得似羊毛的烟呛得直咳嗽。"这烟就像有人在火上撒尿了似的。"莫妮卡最年长的哥哥说。杨木不如矮松，矮松烧起来温度高又干净，他们通常烧矮松来给房子供热，但是用来烧陶罐的话，慢火浓烟最好不过。

马德里一家人的房子里洋溢着欢声笑语，充满了活力，大家讲故事、说笑话，屋子里弥漫着做菜的香味。即便如此，洛雷娜总是摸一下伊莉斯，有时只是抚摸她浅色的头发或是揉一揉她的肩胛骨。伊莉斯爱这里，这里和比尤莱那充满冰冷的沉默和难以言喻的紧张气氛的屋子完全不同。

春天快要过去时,罗斯悄悄离开了人世,去天堂和她的丈夫重逢。坟墓前,是洛雷娜站在伊莉斯的后面,手放在伊莉斯的肩头。是洛雷娜带着伊莉斯走了很长的路,穿过田野和树林,并告诉伊莉斯可以通过身边的一切事物来聆听父母的灵魂。"你可以向他们寻求帮助,"她告诉伊莉斯。"他们会保佑你,看顾你。"

但是伊莉斯从来没有和母亲或父亲的灵魂说过话,也从来没有向他们要过什么。她几乎记不起父亲的模样了,而母亲事实上在离开之前很久就不和她亲近,一直沉默不语。伊莉斯已经学会了不依赖父母。即使有机会和他们说话,也不知道要说些什么。

而关于迈克尔则是另一个故事。她认识迈克尔是在一年级刚刚结束的那个暑假,母亲去世后不久。他和哥哥安德烈斯每个暑假都会来阿马利亚和莫妮卡一家共度几个星期。孩子们是堂兄弟姐妹,他们的父亲是兄弟,一起在阿帕奇的杰卡里拉保留地长大。从一年级开始,每个暑假,伊莉斯都加入到他们的探险中。她和迈克尔几乎一起长大,她一直把迈克尔当成哥哥,除此以外没有别的感情,至少在六年级结束后的那个暑假之前是这样。

那是七月初美好的一天。山谷底部已经热浪滚滚,而在这里,在高高的桑格里克利斯托山区,空气仍像清晨般的凉爽。伊莉斯在后院帮着比尤莱除去番茄的杂草。她听到重重的马蹄声从远处传来,光着的脚底板都能感受到地面的震动，她抬起头看到两匹马朝着篱笆跑来。莫妮卡坐在她哥哥纳西索的后面，骑在一匹棕白条纹的马上。迈克尔骑在一匹灰色斑点种马上，这马还没有忘记自己曾经是一匹种马的威风。他们在篱笆前停下来时，那匹灰色的马朝着一边一跃而起。迈克尔坐在高高的马背上，后背挺直。他的马背上没有马鞍。那年他十四岁，比以前更加安静，忧郁。伊莉斯站起来，搓了搓手上的泥。

"我们要去湖边，妈妈想要几条鳟鱼做晚饭，你要一起来吗？"莫妮卡冲着下面喊道。

伊莉斯看着坐在花园红土上的比尤莱。灰色的长发在颈背部梳成发髻；戴着一顶破旧的草帽遮住她的眼睛和脸。她看着伊莉斯点了点头。"我可只想要虹鳟鱼，"她大声说。"别给我抓那些小鱼回来，抓到小鱼就把它们放回去。"

伊莉斯浅浅一笑跑进屋子拿起鞋子。她在一边奔跑着穿过院子一边套着鞋子，左倒右歪的。跑到两匹马跟前停了下来，不知道接下来要做什么。这时迈克尔弯下腰，伸出手，她抓着迈克尔的手顺势翻到马背上。

就在那一刻，她非常清楚地明白，他成了她人生不可或缺的一部分，深深地刻进了她的心脏，她的血管，她的骨髓，再也容不下别人。就像，她清楚地熟知雪松和鼠尾草的味道，以及乌鸦飞过屋顶时的叫声一样。

这份爱埋在她心里，融进了她的血液，就算迈克尔变成了一个怪物也未曾改变过。那年冬天，他的哥哥安德烈斯死了，只有十七岁。他没有开车，但是和同车的另外四个孩子一样喝得醉醺醺。迈克尔从此完全变了一个人。第二年夏天他回到阿马利亚时，变得郁郁寡欢、阴沉灰暗、脾气暴躁、令人讨厌，就像午后在山间咆哮的雷暴雨。大家去钓鱼时他猛灌啤酒，眼圈总是红红的。有时他会忘了洗澡，一条牛仔裤和牛仔衬衫一穿就是两三天。伊莉斯不喜欢他这样。但是她知道那个内心深处真实的他——那个如果不经历这些痛苦的话他应有的模样。

她理解痛苦的滋味，理解失去的滋味。年龄还小时，她就已经尝尽了这些滋味。她看着他，等着他，满怀希望，小声地对着一些不认识的神灵祷告，希望迈克尔能早日恢复。

八月，他离开了阿马利亚，没有和他极度悲伤的母亲一起回到保留地达尔西，而是逃到了洛杉矶。后来他们听本地的一些小道消息说他染上了毒瘾，神志不清，连发生了什么都不知道。

她和迈克尔一别就是七年没有再见。那年她二十岁，刚刚送走了比尤莱，她最后一个有血缘关系的亲人，也是她和家庭的最后一个联系。她在比尤莱土坯房的后院中打扫凸起的花坛。高中毕业以后她和莫妮卡离开了阿马利亚。她们搬到了阿尔伯克基，考进了新墨西哥大学。一个学期以后莫妮卡选择退学，她说城市生活不适合她。伊莉斯一个人继续孤独地留下来,直到春假来临。她回到外祖母的家乡,回到莫妮卡、她的哥哥们、母亲和父亲的家乡,舍不得离开。现在她在当地的一家咖啡馆当服务员,独自住在比尤莱的老房子里。

她坐在铁路的枕木上,目不转睛地盯着去年番茄枯黄的枝藤。一个影子落在花园里。她转过身,是他,坐在高高的马背上,还是他很多年前骑的那头灰色的骟马。那马已经失去了许多野性,静静地站着,眼睛盯着伊莉斯。

"嘿。"迈克尔打招呼。

伊莉斯抬起手放在眼睛上方挡住太阳光。"嘿。"他看起来变化很大,留着几乎及腰的长发,扎成一个马尾。他个头更高了,肩膀宽阔,下巴透着阳刚之气。

"知道比尤莱去世的消息我很难过。"

伊莉斯咽了咽口水点了点头。

他没有从马背上下来,只是身体前倾,把胳膊搭在马脖子上。他的目光由东边的山峰转向枯槁一片的花园,由花园又继而转向那间土坯房。但他唯独没有看伊莉斯一眼。

伊莉斯打破了这长久的沉默。"你什么时候回来的?"

"回到达尔西快一个月了,妈妈想看看莫妮卡一家人,所以昨天就开车过来了。"

伊莉斯点点头,低头看着面前干枯的茎秆。"你妈妈还好吗?"

迈克尔笑了笑。"她很高兴我没疯掉。"他转过头看着伊莉斯。伊莉斯能感受到那双眼睛里如从前一般调皮而温柔的目光。

"要不要骑马兜一圈?"

伊莉斯抬头看着他,手放在前额,点了点头。当他弯下腰来拉伊莉斯上马时,她知道他已经好好地回来了。

那天,他们骑着马到处漫游。没有快马疾驰,没有匆忙,随着那只老迈的灰色马穿过仙人掌、鼠尾草和岩石。迈克尔聊了些洛杉矶的事情,聊了在那个满是陌生人的城市,他隐姓埋名,迷失在毒品中的事情。

他们停在红山丘顶,迈克尔解开缰绳,让马儿吃草。他和伊莉斯俯视着下面的山谷,一起漫步着。

"一天清晨,我醒来,像往常一样宿醉一夜,身上臭得令人难以忍受,前一晚我在一条巷子里昏迷过去。这时有一个老头,正在摇我。"迈克尔笑着摇了摇头。"他的脸黝黑,布满了皱纹,眼睛乌黑发亮。他哈哈大笑好像我做了什么滑稽的事情,长长的灰色头发用一条皮带扎在后面。"

"他经营一个位于第九大街一家治疗中心的蒸汗屋。他是拉科塔族人,比较传统。他扶我起来,带我回到他的治疗中心,给了我一杯咖啡。几个小时以后,我和他一起坐在蒸汗屋里。"迈克尔凝视着眼前的美景。"屋里漆黑一片,你知道吗?黑得伸手不见五指。屋子中央的大坑里放置着滚烫的、红得发亮的石头(送进蒸汗屋里的经过加热的石头被视为人类的祖先)。蒸汽灼烧着你的皮肤,炙烤着你的肺。所有的痛苦都喷涌而出,安德烈斯死后压抑在我心头的一切都喷涌而出。"迈克尔用鞋尖踢了踢地上的尘土。

"那个老头一直在唱歌,打鼓,倒水。我们在里面待了几个小时。我一定流了很多汗,至少有一个月喝的酒那么多。"他瞟了一眼伊莉斯。"也可能有七年流的眼泪那么多。"

"那天我出来以后……嗯,就是从那时起,我一滴酒也没有沾过。"迈克尔转过身,俯视他们脚下的山谷。

"我开始帮他干活,砍柴,照看火。我帮着砍柳树,一起建了一个更大的蒸汗屋。他教我唱歌……"迈克尔把手插在衣兜里,深吸了一口气。"塔科塔和杰卡里拉不同,但那种传统民俗,那种古老的智慧,正是我需要的。"

接下来的二十五年里,伊莉斯见证了迈克尔践行那些古老的传统。她亲眼见证了他是多么需要这些传统的生活方式;他和大地、树木、石头是多么的亲近;他是如何聆听鸟儿、风、以及草原上奔跑的麋鹿;他是如何捡起一段枯木,慢慢地在手里转啊转,接着便看到这枯木里困着一个带翅膀的小生命。他好像知道自己一生的使命就是给它们飞翔的翅膀,将它们从束缚中释放出来。

雪松树上传来一阵鸟鸣,伊莉斯发觉自己站在前门盯着外面出神。夜一分一秒地过去,浓浓的回忆袭上心头。她看着树丛,寻找着拍打翅膀的鸟儿。

"哦,迈克尔,"她想。"我不知道该怎么做,我不知道怎么继续前行,我甚至不知道如何迈出第一步。没有你,我应该怎么继续?"在过去的几个月里,这些想法常常冒出来。

伊莉斯转过脸不看门口,试图逃避那些似鬼魅般纠缠她的回忆。黎明微弱的光线洒在地板和楼梯上。那张紫色的名片很显眼,就像一只颜色鲜艳的丛林鸟吸引了她的目光。名片一定是从桌子上掉下来了,伊莉斯弯腰捡起它。"切莱斯蒂娜·雷德伯德。通灵师,塔罗牌解读者,新墨西哥州陶斯村,北普韦布洛大道147号。"伊莉斯翻过名片,仔细地端详。此时,黎明的蓝光已经照亮了整个屋子。

外面,一阵微风拂过松树,吹过门廊的地板发出细小的声音,又像一片羽毛轻轻地掠过椽子上挂着的编钟。那音符飘荡在风中,仿佛是来自另一个世界的钟声在轻轻地呼唤她的名字。

第六章

这家店开在一座破旧的土坯楼里，楼的外围是一圈快散架的尖桩栅栏，离街道有几英尺远，而它周围的商店则离街道更近一些。一棵巨大的杨木树笔直地在大门口站岗，一片片细长的金色叶子飘落到石路上。夏花凋谢了，干涸的幽灵飘荡在小路附近的每一寸土地上。薰衣草、雏菊、亚麻和罂粟花——都在一边脆弱地注视着。大门涂成了鲜亮的淡紫色，如同窗台、门廊，还有敞开的木门。门廊散发出薰衣草般的柔光。一阵微风吹过树叶，飒飒作响，门廊上的许多套编钟也在微风中唱起歌来。

伊莉斯跨过前门。屋子里没人，她缓缓地转身，仔细观察房间的布置。左边是一个玻璃柜台，里面陈列着石头、珠宝和一颗非常漂亮的蓝色水晶球。水晶球的很多棱面仿佛在橱窗里跳舞，犹如芭蕾舞者踮着脚尖在尽情地旋转，在地板、墙壁和天花板上洒满了五光十色的宝石。伊莉斯转过身，她的右边是盛放蜡烛和香火的架子。房间里弥漫着金香木的味道，角落里几支正在燃烧的白色蜡烛，也为这儿添了一点儿栀子花的香味。蜡烛后面，也就是屋子的后墙角处，有个紫色的架子，放满了新出的占卜书籍。

伊莉斯来到书架前面，手指慢慢划过书脊，盯着这些书：《天使百科全书》《月亮占星术》和《巫术——法术和魅力》等。她拿起一本名为《魔法艺术实践指南》的书，快速翻看起来。书中的内容与月相有关，还有倾听植物的心声，观察四季的轮回等——伊莉斯非常惊讶，因为书中的一些标题与她和莫妮卡、迈克尔以及洛雷娜经历过的很相似。她把书从书架上拿下来的时候，完全没有察觉到有人来了。

"我就知道你会来。"

伊莉斯一下子转过身来，猝不及防，心不在焉地把书放回到书架上。

切莱斯蒂娜笔直地站在通往厨房的门口。珠帘在她周围来回舞动，发出咔哒声。她走进前屋，绿色的裙子迎风摆动，银色的耳环闪闪发光。她身着鲜亮的绿紫色花纹的披肩；头发盘在脑后，散下来的几缕银发宛如一束束银色的月光。伊莉斯盯着眼前这个有着深邃的黑眼睛，光滑的皮肤，高高的颧骨的女人，心里琢磨着她到底有多大年纪？她应该有六十多了。

切莱斯蒂娜的黑眼睛几乎眯成了一条缝，像是要洞察一切。这双眼睛丝毫没有透露出她的内心，好像她故意将自己的思想和内心遮掩起来似的。仿佛她竖起了一扇心门,不让任何人接近她的内心世界。

"你开了很远的路啊。"她说。

伊莉斯咽了下口水,点点头。"是的。"

切莱斯蒂娜向前走了一步,身体前倾靠在店里的玻璃柜台上。她观察着伊莉斯,斟酌着话语。"你对这些东西肯定有很多疑问。"切莱斯蒂娜抬起胳膊,指了指水晶球、书和周围的香。"不过这没什么可怕的。听听能有什么坏处?没人能逼你接受你不想接受的东西。我只告诉你我看到的和听到的,你自己判断我说的是不是真的。"她停下来,皱着眉头,凝视着伊莉斯。"每个人都会偶尔需要帮助,一些来自神灵的指引。"

过去几个月里,伊莉斯一直在思考她做的那个梦,她在想怎样才能知道那个梦的含义。那次失误的代价是巨大的。此刻,她并不相信自己能判断对错。她记得今早醒来的时候,感觉有人在叫她的名字,记得从门口转过身,看到落在地板中央的薰衣草名片,似乎是有人故意把它丢在那儿的。她确实需要帮助。

切莱斯蒂娜伸出手撩起珠帘,走向书架后面的小房间。"你说呢?"

这一刻,伊莉斯整个人僵住了,不得不强迫自己呼口气。

"是的。"她小声说道,跟随切莱斯蒂娜穿过珠帘。

房间很小,只有八平方英尺,而且很暗。没有窗户。有几个架子挨着后墙，厚厚的土坯墙上挖了几个壁龛，里面放满了圣人的雕像，有尼诺·德·阿托查、瓜达卢佩圣母，以及圣女贞德。蜡烛的火焰闪烁摇曳着，烛光在他们木刻的脸庞上跳跃。有个架子上放着一个水晶花瓶，里面插满了红色玫瑰花。花瓣散落在圣母的脚下。玫瑰花的香甜味，掺杂着微弱的腐烂迹象，香味充满了整个房间。尼诺·德·阿托查雕像旁放着一瓶朗姆酒，脚边放着半玻璃杯的朗姆酒，一个银质的托盘上放着抽过了的雪茄。

"他喜欢美味的朗姆酒和古巴雪茄，"切莱斯蒂娜解释道。"我想让他开心。"她亲吻了一下自己的指尖，接着便轻轻触摸他的双脚。

房间的中央是一张橡树做的小桌子，两边各放了一把木质椅子，上面还有编织席。桌上铺着一条流苏披肩，放着一根未点燃的蜡烛，一个铜铃，还有一个香炉。

"坐吧。"切莱斯蒂娜指了指其中的一把椅子，低声说道。

伊莉斯一下子坐在椅子上。切莱斯蒂娜点了一根香，坐到她对面。金香木的味道飘到空气中，很快就把隐藏着的玫瑰花香、朗姆酒以及雪茄的味道遮盖住了。她又点了一根火柴，把蜡烛点着了。两个人的脸颊泛起了柔和的金光。

切莱斯蒂娜的所有动作都是那么不紧不慢，悠然自在；丝毫没有让伊莉斯感受到那种烦躁与焦虑。这个年长的女人从裙子的口袋中拿出牌来,捧在手中,紧闭双眼,像是在做祷告。她的身体轻轻地晃动,低沉的嗡嗡声从她身体深处的某个地方发出。每个动作都很缓慢,镇定而又行云流水般流畅。她睁开眼睛,把牌放在桌子上,低声说:"现在我要请出神灵助手了。"她盯着伊莉斯看了许久,然后拿起桌上的铜铃摇了一下,铜铃发出清脆的声音,回荡在狭小的房间里。

伊莉斯坐直了身体,脊背发凉,胳膊上的汗毛都竖起来了。

切莱斯蒂娜也坐直了身子,微微动了动,让自己坐得舒服点儿,然后又闭上了眼睛。她深呼吸之后,指尖放在这幅塔罗牌上,就像它们有什么隐形的线索,能引导她看到其他世界似的。她仍旧双眼紧闭,身体前后摇晃。"他没有受苦。"她小声说道。

伊莉斯简直不能呼吸了。迈克尔那晚究竟感觉如何,承受了多少痛苦,这个问题一直是萦绕在她心头的痛,再加上没有告诉他自己做的那个梦,也没阻止他去那个地方,让伊莉斯感到愧疚万分。

切莱斯蒂娜开始对伊莉斯耳语。"我能看到月光洒在车上,汽车慢慢坠落……坠入下面的峡谷里,但是他不在里面。有只鸟从车子里飞出来……冲向天空。他现在很自由,正和他如此喜爱的鸟儿们一起翱翔。"

伊莉斯发出了声音,像呻吟,也像呜咽。不管她说的是否是真的,迈克尔在痛苦袭来之前就已逃离,能像鸟儿一样自由飞翔,这让伊莉斯感到很欣慰。这情感像迎面而来的火车般冲向伊莉斯,她低头看着蜡烛火焰,眼里充满泪水,身体开始颤抖,眼前的画面也由此扭曲变形了。

切莱斯蒂娜又开始晃动起来。"嗯,"她咕哝着。眼角和嘴角向下耷拉。"我看到你和亡灵世界有太多联系了,"她低语道。"对于你这么个年轻人来说,实在太多了。"

伊莉斯咽了一下口水,眼睛红肿,她努力镇静下来,让身体不再颤抖。

切莱斯蒂娜停了下来,举起手放在胸前。面目扭曲,好像非常痛苦。"胸口疼……"切莱斯蒂娜咳嗽了几声,好像迈克尔遭遇车祸的画面在她的肺里一样。"通过咳嗽,我能闻到玫瑰花香,能闻到有人离你很近。"

她慢慢睁开双眼。

伊莉斯的喉咙里好像有什么东西堵着,她用力咽了下,点点头。"我母亲就叫罗斯。她死于肺炎。"伊莉斯不禁打了个寒战。她现在完全被这个女人迷住了,完全沉浸在她说的话和面部透露出的情绪里。伊莉斯哆嗦了一下,胳膊上又起了一层鸡皮疙瘩。

切莱斯蒂娜又闭上双眼,身体前后摇晃,双手举到二人中间。"我看到……一串串……纱球。你的工作室和毛线打交道吗?"她突然睁开双眼,想从伊莉斯的脸上找出蛛丝马迹,来判断自己看到的是不是真的。伊莉斯点点头。

"但自那晚他死后,你就没有再工作过了,对吗?你的灵感已被堵住了,变得如此寂静。"

伊莉斯的目光落到了大腿上。编织曾经给她带来莫大的慰藉,宁静与平和。她喜欢把毛线握在手中,喜欢编织的节奏,有时还可以发发呆,出出神。但自从迈克尔那晚从拉韦塔山口出发驶向众灵之地后,她就再也不能全身心地投入到那一系列轻柔连贯的动作中了,放置纬线,把纱线打到位,对颜色、图案和质地的处理。她想念编织,如同想念迈克尔一样强烈。她就像一位双腿截肢的患者,失去了曾经让她在世上赖以生存的一切。

切莱斯蒂娜坐在椅子上,一动不动。在这个漫长又紧张的时刻,她保持沉默。伊莉斯坐得更直了,她完全被这个女人已看到的一切迷住了,急切地想听听她接下去会说些什么。

"不仅仅是编织,对吗?"切莱斯蒂娜的眼睛在伊莉斯身上搜寻着些什么。"你的生活乱七八糟。吃不好,睡不香,你不知道该怎么办,不知道要想什么,该做什么。"她停下来,用一种强烈得足以灼烧皮肤的目光,盯着伊莉斯的脸。"几乎就像……瘫痪一样。"

伊莉斯垂下眼睛看着大腿,不敢和她对视。她长叹一声,证实了切莱斯蒂娜说的话是对的。

切莱斯蒂娜继续保持沉默,身体来回晃动。"迄今为止,都是别人在帮你做决定。你自己还从未做过决定。"这个女人突然停住了,盯着两人之间的蜡烛火焰。"你丈夫让你蒙上了一层阴影,对吧?你被它吞没了——迷失在他生命的边缘。在这个世界上,你没有找到自己的路,从未倾听自己内心的声音。"

伊莉斯挺直了后背,心里马上开始抵触。她开始说话,"不是这样的——"但是切莱斯蒂娜举起一只手,示意她别说话。

"你们住在大山里,对吧?"切莱斯蒂娜并没有等待答复和肯定,她好像可以看到这一切,接着她在伊莉斯的眼前来回摇头。"你太孤独了,只与死者为伴,夜不能眠,总是孤孤单单的。"切莱斯蒂娜突然睁开眼看着伊莉斯,目光尖锐而犀利。"太多孤独可能会……暗藏危险。"

伊莉斯强迫自己咽了下口水。这些话在空气中回荡,她感觉到穿越全身颤抖的冲击。她是那么热爱孤独。但没有了迈克尔,她现在所经历的一切,远比孤独糟糕得多。

切莱斯蒂娜继续盯着她,但是目光上移,失去了焦点。"神灵说要将这些牌散开。"切莱斯蒂娜一只手掌呈窝状,放在桌上的塔罗牌上,慢慢地将之呈扇形展开,牌面朝下,弧线状呈现在伊莉斯面前。她的手在这些牌上徘徊了一会儿。眼睛没有看,指尖落下选中了一张牌,从众多牌下抽出了这张,然后翻过来:是梅花九。

切莱斯蒂娜盯着这张牌,然后抬起双眼看着伊莉斯。"你迷失了。你的身边充满了黑暗,风,雨和黑夜。你在暴风雨中迷失了,看不清楚前方的路。你害怕继续前进——担心一失足跌落万丈深渊。"

伊莉斯瑟瑟发抖。这个女人的话太不可思议了,居然和她几个月前梦中的景象如此相似。

"但你必须迈出那一步。原地不动比走错方向还要危险。关键是要行动。当生活中所有事情都脱离常规,变得不对劲的时候,你必须要做出改变了。这就是这张牌传达的意思和信息。即使看不清远方,是时候迈出第一步了。"

切莱斯蒂娜把这张牌收回来,连看也没看,翻开了另一张牌。这次是红桃五放在伊莉斯的面前。"你是不是打算去旅行?"

伊莉斯摇摇头。

"不,"切莱斯蒂娜纠正了她。"你要去旅行。"她闭上双眼,脑袋歪到一边。"穿越黑暗之旅,朝着太阳升起的方向。去东部吧。"

这位老妇人盯着伊莉斯,她们的目光交织在一起。又一次,她没有低头看牌,只是手轻触着牌,在牌面上来回晃动,像低潮时平缓的海浪。她翻开另一张牌,低头看到的是黑桃J。

"你生命中的某个男人,他有双黑色的眼睛。"

伊莉斯整个身体像被电击哆嗦了一下。"是我丈夫吗?"她几乎可以听到自己的心跳声,她在等待着切莱斯蒂娜的回答,她等待着听到迈克尔想说些什么。她非常肯定,这信息来自迈克尔,也知道自己今天驱车来这里是完全有理由的。

切莱斯蒂娜继续盯着这张牌,聚精会神,没有搭理她。最后,她抬起头,摇头说:"我不知道。唯一清楚的就是他是个男人,有双黑色的眼睛。"她把手伸向桌子的对面,放在伊莉斯的手臂上。"但是你要记住,这是个独眼男人,他能帮助你,但也能带你脱离正轨。即便他是你的丈夫。因为深爱我们的人也未必知道什么才是对我们最好的。你可千万要小心,因为这个男人——"她低头看了看面前的牌——"巧舌如簧,是个骗子。"

房间变得非常安静。切莱斯蒂娜坐在那儿,双眼紧闭,开始说话。"你的名字是伊莉斯?"

伊莉斯倒吸了口气。"是的。"

"有人正在另外一个世界呼喊你的名字。"

话音一落,伊莉斯就僵住了。她几乎要停止呼吸了,她清楚地记得今早是怎么醒来的,就是听到有人在喊她的名字。她身上的每一寸肌肤都绷紧了,僵住了,仔细地聆听着。她知道迈克尔打算告诉她些事情,对此她非常确定。

切莱斯蒂娜摇摇头,看着伊莉斯。"我能听到的只有这么多了。有人在喊你的名字。"说完,目光低垂去看她面前桌上的塔罗牌。"神灵说再抽一张,"她低语道。"但由你来选。"

伊莉斯身体前倾,手在牌面上方几英寸高的地方徘徊。她眼睛不看牌，反而盯着切莱斯蒂娜，然后手指落下去。落在一张几乎完全被其他牌遮住的牌的边角上，伊莉斯把它从其他牌下面抽了出来。她翻开牌，放在两人中间。

切莱斯蒂娜倒吸了口气。原来是黑桃A，她盯着这牌看了许久，琢磨着代表的含义。

伊莉斯感觉心跳加速，血液直冲脑门。"什么……这是什么意思？"她小声地问。

切莱斯蒂娜缓缓地呼了口气，目光游走到伊莉斯的脸上。她咽了下口水，用小得几乎听不到的声音说："这是死亡之牌。"

伊莉斯一下子靠在椅背上。"死亡之牌？"她眼睛低垂看着桌子上的这张牌，就好像她自己可以解牌。"是我的死亡？"

切莱斯蒂娜耸了耸肩，脑袋微微倾斜。"死亡之牌有很多含义，可能是你的死亡，可能是你丈夫死后留下的能量残余，也可能是家里其他人。很显然，你身上笼罩了过多的死亡气息。从你今天一进门，我就能感受到你的气味中渗透着死亡的气息。死亡会产生很多黑暗的漩涡，渗透进你的生命里。"

她停下来，又开始研究这张牌。"可能是一个象征意义——例如陈旧生活方式的逝去。如同一条蛇，逐渐蜕皮。这未必是你身体的死亡。塔罗牌……如同梦一样……可以有很多寓意。"

伊莉斯点点头，脑子有点乱。有太多信息让她难以吸收。虽然为时已晚,但她意识到她并不想知道未来会如何。不想知道接下来会发生什么事,同样,这几个月以来,她怨恨那场梦给她带来的沉重负担。她也认识到,无论她得到什么样的警告,有些事情就是无法避免。她后悔来这里了,她想回到自己大山中的小木屋里,安静地一个人待着,没有死亡之牌注视着她。泪水顺着脸颊流了下来,她打了个寒战,好像有点冷。"但是它也可能意味着身体的死亡,不是吗?"

切莱斯蒂娜撅起嘴唇,缓缓地点了点头。

伊莉斯呼了口气,问出了脑子里仅有的一个问题。她梦到汽车坠入山中,死亡之牌就放在她面前的桌上,这些都并非无缘无故。"是我丈夫吗?是不是他带给我的信息?他想告诉我,我快死了?"

切莱斯蒂娜又闭上双眼,无力地靠在椅子上,歪着脑袋,似乎在专心地倾听着。"嗯。"她撅起嘴,又开始摇头晃脑。"是有条信息……但我听不清楚,有人把能量挡住了。和你很亲近的人。贝……贝拉?"她的面部由于太过费力而扭曲,突然她睁开眼睛。"我不太确定是不是这个名字,但她就站在你身后。"

伊莉斯一下子跳了起来,几乎能够感觉到比尤莱正在拍她的肩膀。

"她很愤怒你来我这里,对我也很生气。她不相信所有这些……胡言乱语。"切莱斯蒂娜伸直了头,脸上闪过一丝假笑。"她是位很难弄的老人。"她深呼吸了下。"不好意思。她现在把能量完全挡住了，她就站在那儿，什么信息也传不过来。"

两个人都安静地坐着，谁也不说话。伊莉斯看着蜡烛火焰冒出的热气弯弯曲曲地飘入空中。她闻着玫瑰花、朗姆酒的味道，还有桌上两人中间燃烧着的香的浓烈味道。她对寂静很是敏感，她可以感觉到切莱斯蒂娜的呼吸，能觉察出壁龛中圣人们的目光在打量着她。周围的一切让她感到死亡的存在。仙去的圣人，死去的灵魂，以及枯萎的玫瑰花瓣。死亡顺着她的脖子呼吸，像瘦小的手指爬上了她的胳膊。

切莱斯蒂娜慢慢地舒了口长气，把塔罗牌整齐地摞成一摞儿，然后放回到口袋里，好像这样就让刚才的解读失效了一样，说的那些丧气话也都跟没说过一样。她吹灭桌上的蜡烛，伸出手放在伊莉斯的手臂上。"你会找到路的，会找到答案的。我对你的经历感同身受，你孤身一人，找不到方向，迷失在暴风雨和大雾之中，这些我都能理解。"

二人四目相对，伊莉斯的恐惧没有消除，但是切莱斯蒂娜那双黑色的眼睛将她拉回了现实，弱化了刚才解读出的信息对她产生的影响。伊莉斯感觉和她连接在一起，就好像有根无形的线把两人紧紧地绑在了一起。

"我和我丈夫，还有三个孩子三十多年前来到这里。他把所有的钱都花在了阿罗约塞科这幢破旧的房子上。那个地方简直不能待人——没有自来水，也没有电。房顶漏得像筛子一样。但他喜欢和其他艺术家们一起待在这儿。本想他能够作为一个画家,在这里扬名,也能挣点钱。我们舍不得离开布鲁克林,和布鲁克林的所有地方。也舍不得离开母亲,兄弟,还有最最正宗的披萨。"切莱斯蒂娜一想到这些就笑了起来。

"然后他死了。在一场暴风雨中,他爬到房顶上想去堵住那些窟窿,但脚一滑,摔了两层楼。"切莱斯蒂娜停顿了一会儿,眼神迷失在过去的回忆中。"当场就死了。丢下我和三个孩子,最大的也才八岁。我们身无分文,只有一处不能卖的房子。我们住在这儿还不到一年,几乎一个人也不认识。"

切莱斯蒂娜叹了口气,和伊莉斯目光交汇。"我觉得我会一直哭下去。祈祷,哭泣,哭泣,祈祷。我一定是流了一百万滴眼泪。然后有一天,我翻箱倒柜地找一条以前母亲给我的项链,寻思着把它拿出去典当了,换点饭钱。尽管我明明记得搬到这儿之后还戴过那条项链,但到处找遍了也没找到它。我发疯似的找,但最终只找到这些。"切莱斯蒂娜把一副塔罗牌从裙子的口袋中拿出来,凝视着它们。

"这是我母亲在我十五岁时送给我的。她知道我并不想要它。那时,我整天想的就是摆脱她,逃离这些牌和解读,还有那些疯狂的神灵的东西。我恨自己成长在那种环境里。人们经常排着长长的队,急切地想了解未来和离别。但是母亲把它们放到我手中,让我好好保存——她跟我说总有一天，我要靠它们生存。"

"我十分确信我的生活会和她的不一样。但她告诉我的时候，我确实吓坏了。我看到过母亲用这些牌做过的事，我也见过她和亡灵们沟通。很多次，我见证了她对某些人或某些事的预言成真。"

伊莉斯坐在那儿，一动不动。

"父亲离开时我只有五岁，留下母亲、我和弟弟。她总要给我们找一条活路，所以开始做她的老本行——解读塔罗牌，就在我们公寓的窗户上竖了一个牌子。有时候，周五晚上，她会在地下室举办降神会。会举行萨泰里阿教的仪式，就像她的母亲之前做的那样。"切莱斯蒂娜笑了笑。"她就在家里举办这些活动。"

"我恨这样，恨邻居的孩子们总是嘲笑我们，恨母亲和别人不一样。好像我是巫师家族的一员似的。我最想做的是将这些抛诸脑后，头也不回地逃离。但是她把这些牌送给我之后，我知道我不能扔，因为母亲肯定是看到了些什么，否则她也不会这样做。虽然我非常痛恨这件事，但也不得不承认母亲的神秘力量，于是我把这些牌扔到一个手提箱里，不再去想它们。"

"有很长一段时间，我确实忘了，我不记得有这些东西。直到我丈夫去世，我完全不知道要做什么，就翻箱倒柜地想把金项链找出来拿去换钱，这个时候它们才又出现在我的生活里。我没再继续找项链,我把塔罗牌从箱子里拿出来。突然一切都解释得通了。原来母亲这些年来一直都在设法通过解读牌面,与亡灵沟通来帮我们。我知道一旦我开始使用这些牌,我们就会不愁吃喝了。她好像预测到了我生活中会发生的事,料到有一天我得自己养活这个家。她知道这些卡片能帮我。她是对的,我也这么做了。我养活了三个孩子,甚至还把我丈夫留给我们的破房子修好了。"

切莱斯蒂娜笑了。"有些事刚开始讲不通,但你最终会找到方向的,亲爱的,你会的。有时候,一张牌……就像死亡之牌一样,只是用来帮助指引你的。让你保持警惕,观察……注意周围的一切。某个人……某件事……会出现在你的生命中来帮你的。要时刻保持警觉。"

前屋的门铃响了,两个人都被这突如其来的声音吓了一跳。她们听到一男一女在交谈,一个女的喊道:"切莱斯蒂娜?你在家吗?"

"请稍等一下,马上就来,"切莱斯蒂娜朝门口喊了一声。她身体前倾,把手放在伊莉斯的手上,跟她说,"你在这里好好休息一下,这会儿没有客人要来。"她看着伊莉斯,一脸不安的表情。接着她站起来,手指扫过珠帘,珠子舞动着发出咔哒声。

伊莉斯听到她的声音,与刚刚在密室、在黑暗中解读牌时说话的声音不同。她在前屋与朋友打招呼的声音激情饱满,音调很高,像是在唱歌。

伊莉斯慢慢地舒了口气,转过头看着这些圣人雕像,蜡烛闪烁,在雕像面前弯折。这根本不是她所期待的。她本想来这里听一听迈克尔留给她的话,迫不及待地想跟他说说话。想知道没有迈克尔在身边,她该怎样度过余生。她并不想知道她的未来会出现一段旅途,或是一个黑色眼睛的男子,抑或是另一个死亡。

伊莉斯从她旁边架子上的盒子里抽了一张面巾纸,擤了擤鼻涕。为时已晚了,切莱斯蒂娜的话已经进入到她的意识中。就像她梦中的汽车驶入峡谷中一样,她的那些话已经被塞进她脑海里的缝隙中了。她的话如同一只虫子,像歌词般地爬进脑子里,没完没了地重复。切莱斯蒂娜的话已经扎根在她意识中,挥之不去。她强迫自己深呼吸,然后站起来,双腿颤抖,摇摇晃晃,穿过珠帘。

切莱斯蒂娜回头看着她说:"伊莉斯,想让你见见我的朋友索尼亚,她也是一个织工。"

伊莉斯走向站在切莱斯蒂娜旁边的女人。她很漂亮,有一头又长又浓的乌发,还有一双乌黑的眼睛。她穿着简单,一件白衬衫和一条牛仔裤,银色的耳环在她耳朵上舞动,脖子上围了一条手工织的围巾,有着由橙色,红色,金色和紫色交织在一起的秋天的色调。两个人握了握手,伊莉斯立刻就被吸引住了。

"很高兴见到你。"索尼亚笑着说。

"你自己织的吗?"伊莉斯指指鲜亮的围巾。

索尼亚低头看了看,拿起围巾的一端。"是的,已经好几年了。刚买那台大织布机时织的。"

伊莉斯笑了。"很漂亮。"

"多谢夸奖。"索尼亚笑着说。"伊莉斯,这是我的朋友汤姆·杜甘。"

伊莉斯转向站在索尼亚旁边的男子。他大约六英尺高,有一头棕色的卷发,两鬓有些许斑白。他那双棕色的眼睛被架在鼻梁上厚厚的眼镜给折射得变形了。他看上去飘忽不定,整个人像少年一样腼腆而别扭。

他摆了摆头,往上推了推眼镜,打量着伊莉斯。"我们之前在哪儿见过吗?"

伊莉斯也仔细地打量着他。他身上有些东西很熟悉。这些年在陶斯地区,在工艺品集市和画廊开幕式上出售工艺品时,经常会发生这样的情况。她发现人们经常会觉得在哪里见过他们,即使她和迈克尔有时也想不起来在哪里见过。伊莉斯缓缓地摇摇头。"我觉得没有。"

他挑了挑眉毛,耸了耸肩。"那好吧,很高兴见到你。"

伊莉斯转向切莱斯蒂娜,发现她已经在柜台后面了。"我该给你多少钱?"

切莱斯蒂娜的眼睛变得温柔如水。"你什么也不

用给我。那天在公园看到你的时候,神灵让我来帮助你。"切莱斯蒂娜的眼里闪烁着微笑,嘴角上扬。她向前倾了倾身体,小声地对伊莉斯说,"告诉你的朋友,我不收你的钱。"

第七章

太阳快下山了,血红的晚霞照亮了整个桑格里克利斯托山区,不愧于"血色克莱斯特"之大名。伊莉斯在驱车回家的路上,神情恍惚,情绪低落,脑海里不停地闪现切莱斯蒂娜说的话,像过电影似的,不停地重现着在小桌上翻开每张牌时的场景。她仍能感受到翻开黑桃 A 时整个小屋里的肃静,仍能听到从切莱斯蒂娜嘴里发出的短促的喘气声。

伊莉斯又一次忘了吃饭。她开着车,几分钟前扭头透过车窗玻璃看着阿马利亚的洛佩兹市场,一不留神儿,刚好开过她最喜欢的那家陶斯饭店,也没意识到这是她最后一个可以买点东西吃的地方了。其实,在切莱斯蒂娜店铺的密室里,她就一直在发呆,在开回家的这整整五十英里,仍旧精神恍惚。回家的路沟壑纵横,布满砾石,一路开上她小木屋时必须要集中全力才能把车开好,确保车不跑偏,也不滑胎。直到把车开到通往小木屋的车道上时,她已感到筋疲力尽,饥渴难耐,身心俱疲正在折磨着她。

莫妮卡白色的丰田工作卡车歪歪斜斜地停在那儿,肯定停车的时候太匆忙了,车尾还没摆正。莫妮卡坐在前廊上,后背靠在椅背上,双脚架在栏杆上。她看着伊莉斯走下车,迈着两条疲惫不堪的腿,走在回家的石路上。

"今天真是太阳从西边出来了,"莫妮卡面无表情地说。"这是……过去这半年来,你第二次走出家门?"

伊莉斯强颜欢笑。"对不起啦,跟我妈似的!下次出门我会事先请求你批准。"

莫妮卡拿出一瓶酒。"这才是治愈你痛苦的良药啊,有没有什么下酒菜?"

伊莉斯停下来,脑子里想了想厨房里都有什么吃的。"我记得柜子里还有一盒麦圈,但可能不新鲜了。"

莫妮卡点了点头,撅着嘴。"嗯。我想也是。我不相信你只靠麦片和爆米花就能活下来。庆幸的是我妈做了一盆青椒和手工的玉米粉圆饼,快来吃吧。"

"这是我今天听到的最好的消息了。"伊莉斯推开门,立马就闻到了炉子上辣椒的味道。她把钱包放在了门边的桌子上,恰好放在鼓励她开始今天冒险旅程的薰衣草名片旁边。伊莉斯转过身来,看到莫妮卡正在满厨房地找开瓶器,于是问她:"你没时间换衣服吗？"边说边拍着她衣服上的石膏灰和衣服前面的油漆。

莫妮卡和她哥哥经营了一家改建公司，生意还不错。莫妮卡可以完全熟练地使用各种工具，所以腰上经常系着一个工具腰带，手里还拿着一些建筑器具。不管是给车换机油，还是修理农场的旧卡车，她样样精通。在哥哥的帮助下，他们在母亲的房子旁边盖了一座莫妮卡自己的房子，连线路和管道都是自己搞定的。她对铺砖很有天赋，所以在陶斯和周围地区，她很吃香。她身上经常油乎乎的，或是满身石膏灰，要么就是油漆，或是从工地上蹭回一身脏东西。这么坚强和独立的女人，伊莉斯还是第一次见。

莫妮卡低头看了看工作服上的污渍。"哦，天哪，这么脏。前几天我还劝你多出去走走呢，今天早上竟然看到你从我身边经过，连个招呼也不打。我就知道你不是去什么好地方了。"

伊莉斯把那碗辣椒装好盘，然后瘫倒在厨房的椅子上。接过莫妮卡端来的酒杯，闻了闻，是陶斯南部酿酒厂产的卡农西托红，她的最爱。"我什么也没做，"说着品尝了第一口。虽然很害怕莫妮卡听了她今天的经历后的反应，但还是决定告诉她实情。"我去找那个解读塔罗牌的人了。"

莫妮卡把一个装满玉米粉圆饼的陶瓷盘端到桌上，坐下来陷入椅子里，深深地叹了口气。"我就知道。我就知道你一定会去的。总是抵抗不住这种诱惑。唉，这些显而易见的答案的诱惑。"她摇着头,开始吃辣椒,吃了好几口才停下来喘口气儿。"所以,你真的信了那些鬼话?"

"不完全信。"伊莉斯看着桌上的碗,筋疲力尽以至于没能完全品尝出洛雷娜做的手艺。"最起码目前还没有。"

"那个装神弄鬼的印第安人说了些什么?"

"不是印第安人,她来自布鲁克林。你的灵力有些退化啊,莫。"伊莉斯嚼了一口玉米粉圆饼,看着厨房窗外的暮色。"实际上,她非常厉害。她能看到迈克尔的那场车祸——汽车坠入峡谷。她还说迈克尔和他最喜爱的那只鸟一起飞走了。"伊莉斯又低头看着她的碗,过了一分钟后,继续说道,"她知道我是一个织工。"

"猜对了而已,"莫妮卡吼道。"这里是陶斯地区,每个人和她们的阿姨埃德娜都是织工,一猜一个准。"

"你错了。"伊莉斯抬了抬眉毛。"她还了解我母亲,知道她有肺病,还说出了她的名字。"说完又看向窗外。

两人都沉默了好一会儿,只能听到夜晚的蟋蟀在唧唧作响。

"关于迈克尔,她都说了些什么?"

伊莉斯又盯着她的食物,摇了摇头。

莫妮卡把面前的碗碟推到一边,端起酒杯。在这昏暗的灯光下,深红色的葡萄酒几乎变成了黑色的,好似她在饮夜色入腹。"她有没有说些你不知道的事情?一些多少有点用的内容?毕竟说出你母亲的名字以及她是怎么死的在当下这个时刻没有实际的帮助,对吧?"

伊莉斯低头看着吃了一半的辣椒。她太累了,连饭都吃不下去了。她现在已经没有力气再提在陶斯的那个黑暗的壁龛里那种平静的紧张气氛。"她抽了几张牌来预测我的未来。"

莫妮卡眉毛上扬。

伊莉斯耸了耸肩。"我想你能猜到是什么。无非就是我的未来会有很大改变,生命中会出现一个男人帮助我,去旅行等等,我想都是一些解读牌面常说的话。"有一张牌的解读伊莉斯知道不能告诉莫妮卡,至少现在不能,不是今晚,因为她自己还没消化呢。

"哦,天呐!你的生命中会出现一个男人?"莫妮卡撅着嘴。"那这个预言可不是套话,不是对谁都这样说的。"

"你可真是很难相信别人啊。"

"我们两人中肯定得有一个是清醒的。还有旅行?"莫妮卡摇头晃脑地大笑起来。"挺有想象力的主意。一场旅行。是身体上的旅行还是精神上的?你是不是还要和嬉皮士在蓝莓山上唱流行音乐啊?"

"你可真是个自以为是的家伙。"

"伊莉斯,我们认识都四十多年了,到现在你应该很习惯了呀。"莫妮卡转动着手中的玻璃杯。"你

难道不觉得这些'所谓的预言'有点儿千篇一律吗?"

伊莉斯耸耸肩,摆弄着手中的酒杯。"也许吧。但其他事情她都说对了,比如,我过去的生活,我的家人,我现在的生活状况。她是怎么知道这些的呢?"

"好吧,你要知道,你不擅长隐藏情绪。你心里想什么都挂在脸上,别人一眼就能看出来。就拿现在来说,你瘫倒在椅子上,就像被人踢了一样。你需要汲取教训啊,不要把情绪都展现出来。我们这些会通灵的人都会观察出来的。"

"你是说她算不准你的命?"伊莉斯坐直了。"我可对这类通灵试验很感兴趣呢。"

莫妮卡放下酒杯,看着她。"哈!又来了!我就知道你陷进去了。"

伊莉斯扭头看着窗外。树林黑漆一片;天空也暗下来变为深蓝色。几颗星星挂在山谷上空,在西面地平线边缘处的细金线上闪烁。她说话的时候,声音就飘远了,感觉消失在距离厨房几百万英里外的隧道中。"我觉得迈克尔一定是想告诉我一些事情,一些非常重要的事情。"

莫妮卡转过头看着伊莉斯。

"我总是听到他在喊我。声音很轻,也许只是我的想象,但也足以让我听到,好像他真的在喊我。今天早晨我又听到了,我就去找解读塔罗牌的人,也许她能帮助我。"

伊莉斯继续摆弄着她的酒杯,看着里面的葡萄酒滑来滑去的。"莫,你有没有真正见到过亡灵?幽灵?"

莫妮卡变得很安静。她的生活中充满了关于亡灵的说法。她的母亲洛雷娜,经常在斋日拿出通灵碗——碗里盛满了食物,家里人吃什么,每样就在碗里盛一点,然后把碗放到屋外喂亡灵们。陶斯村的庆祝活动总少不了她家,比如,谷物成熟时期的"绿谷舞"、"捕鹿之舞",每年都会有数不胜数的庆祝和仪式。人们认为莫妮卡的韦斯叔叔是个巫医,一直以来都与亡灵相处,世代相传。

莫妮卡往前坐了坐,胳膊放在桌子上。"你还记得我祖父洛佩兹去世的时候吗?"莫妮卡想起往事,笑了起来。"当时我们都在墓地,歌唱声,击鼓声,还有鹰的羽毛到处都是。然后刮起了一阵大风——急促而迅速。在场所有穿着裙子的女性用力压着裙摆,害怕被风吹起来,可那没用,大长腿和女士们的内裤都露出来了。"

伊莉斯笑了,她当然记得当时的尴尬样儿和笑声,大家都说那是老洛佩兹最后一次撩起女人们的裙摆了。

莫妮卡看着伊莉斯。"然而,这风来得快,去得也快。我们往停车场走去,母亲最先听到一种声音。她停下来,抬头望着天空,有只鹰,飞得特别高,在墓地上空盘旋。我们都能听到它的叫声。当我们站在那儿抬头看的时候,空中掉下来一片羽毛,慢慢地,

飘摇着落到野玫瑰丛中。母亲也不顾荆棘会划破她那条漂亮裙子了,走过去找到了它。后来一直把那片羽毛放在梳妆台上,说是她父亲留给她的礼物。"

两人都静静地坐着,沉浸在十五年前那场葬礼的回忆中。寂静悄悄蔓延开,舒适而安静。莫妮卡的笑容渐渐淡去,再开口时,用伊莉斯从未听过的、特别小声地说:"有一件事我从未跟别人说过。"

伊莉斯抬头看着她。莫妮卡从来都是畅所欲言,表达流畅,这一点正好和伊莉斯相反,她们两个就像阴阳两极,用不同的方式表达自己的想法。

"父亲死后,大概两三周后,我都在家陪着母亲。我们一起吃饭,一起看会儿电视。她去床上睡,我在沙发上睡。半夜起身去洗手间时,我会看到父亲坐在他的皮制躺椅上,向我点头。我会跟他打招呼,'嗨,老爸,'说完就下楼去了。这个场景我一生遇到过很多次,但从未认真思考过。每次都是我到了洗手间之后才想起来爸爸已经去世了,出来后再看,皮躺椅上空空如也。"她瞥了伊莉斯一眼。"那一刻,我只有使劲摇头,努力让自己清醒一些。我坐到他的躺椅上,手摸着坐垫时,垫子是陷下去的,还有余温,好像刚刚真的有人坐过似的。"

伊莉斯细细品味这些话,回忆起莫妮卡的父亲坐在椅子上,吃着松子,讲着故事。他的眼睛总是在笑,好似他总能领会生活的乐趣,被它逗笑。

"迈克尔死后,你见过他吗?"

伊莉斯紧紧抿着嘴,摇摇头。"没有。但是我眼睛的余光总能瞥到某个东西一闪而过,我能感受到他就在那儿。"说着,伊莉斯把头靠在玻璃窗上。"感觉他在注视着我,但我从来没有真正地看到过他。"

莫妮卡沉默了一会儿,"莉斯,你有没有想过那也许不是迈克尔?"

伊莉斯迅速转过头来。"什么意思?"

莫妮卡和她在黑暗中四目相对。"你在灵界有很多亲人。也许不是迈克尔,也许是比尤莱或是你的母亲,抑或是你的父亲,甚至和你毫不相干的人。"

伊莉斯叹了口气。"我猜就是他。因为他仅去世几个月……因为我们在一起生活了这么久。"

夜幕降临,黑暗笼罩着她们周围。外面天气也暗下来,她俩谁都没有去开灯,就静静地坐在那儿,都看着窗外的夜色出神。

"伊莉斯?你可以来山下和我或者我母亲一起住。离开这儿一段时间,在山上,这儿实在太孤单了。"

这话击中了伊莉斯,像音叉发出的砰的声响,让她想起了几个小时前切莱斯蒂娜说的话:你不能总是一个人待在那儿,孤单也会暗藏危险。伊莉斯费力地慢慢出了口长气,帮她恢复了平静。有时候她也这么想——逃离这儿。去一个不会每时每刻都感到孤单的地方,去一个不会到处都是迈克尔身影的地方。但她怎么能离开呢?至少不是现在,还没到时候。她能强烈地感觉到迈克尔想对她说些事情。他就在外面

那儿，在一个她看不到的地方，等待着。

莫妮卡长长地叹了口气。"或者你可以去看看巫医。有时候他们能看到我们看不到的东西。你怎么不去跟韦斯叔叔谈谈呢？我找不到答案的时候都会去找我母亲或韦斯叔叔。"

伊莉斯抬眼一瞥。"你还有找不到答案的时候？"

莫妮卡歪了歪头。"应该说，是我不知道该找谁问的时候。"

莫妮卡抬起脚，轻轻地踢了一下伊莉斯的鞋底。"放松点，我不会反对你的。偶尔做些奇怪的事情，像去找人解读塔罗牌这样的事，也是你情非得已。这种事情肯定会发生的，因为你是白人。"莫妮卡挑了挑眉毛，笑了。

伊莉斯情不自禁地笑了。

莫妮卡开车走后，伊莉斯瘫倒在客厅的皮椅上，脱掉靴子，抬起脚放在搁脚凳上，后背靠着椅子，对今天发生的事感到头昏脑胀。为何从一个完全的陌生人口中说出的话会让她如此不安呢？因为切莱斯蒂娜说的都是真的。她的生活确实乱七八糟。解读牌面的话仍旧萦绕在她脑海中，像一股黑烟，挥之不去。*你太孤独了，太孤单了。以前都是你的丈夫领路，现在没了他你不知道该怎么办了。*

伊莉斯热爱这个地方，这座房子，还有这些群山。它们已经成为她的一部分，无异于她的头发或眼睛的颜色。但是她现在太孤独了。每隔一天就会给莫妮卡打电话，莫妮卡一周左右也会过来一次。这儿离阿马利亚这个小村庄差不多半个小时的车程，伊莉斯每隔一周就会下山去买些日常用品。但最多也只能这样了，离她最近的邻居也隔了半英里之远。

二十多年来，她一直深爱着这个地方。这儿安静、安全、美丽，是她的庇护所。她还记得迈克尔找到这个地方时有多兴奋。这儿距离阿马利亚小镇有十五英里，通到这儿的是一条弯弯曲曲、满是红色砾石的路，一路上经常有车辙而且布满了岩石。但这地方在溪水边，能够俯瞰山谷中的美景。这片土地相当平坦，树木郁郁葱葱，几乎每个品种都有：矮松、刺柏、杨木、云杉以及一大片的山杨。找到这么一块树木品种齐全的地方可真是不容易。

"你绝对猜不到我发现了什么。"他激动地快要发狂了，身体乐得都颤动起来。那时他们结婚快一年，住在阿马利亚比尤莱死后留下的空荡荡的房子里。他带她来到这里，他们一起走过每一寸土地，他规划在这里建小木屋、工作室，也许有一天还能建个大车库。他给她勾画出门廊的位置，向外可以看下面山谷。两人站在一片草地上，他搂住她说："就是这儿，砌个壁炉。你能看到吗，伊莉斯？用河岩石砌怎么样？也许往里面扔几个铜币进去会更有意思呢。"

她记得自己笑了，被迈克尔的情绪感染了。在群山中建一座小木屋，在自己的地盘上亲自设计自己的家，这一直以来都是她的梦想。这是个全新的开始，远离比尤莱的房子,以及那里一切充满了寂静和死亡的痛苦回忆。

她一直都想住在群山中,可以闻闻松树的味道,听听潺潺的溪水声。山谷落日的美景太不可思议。能够和她的挚爱一起住在群山中共度余生,一起徒步登山寻找艺术的灵感,这些方方面面都深深地吸引着她。

刚搬到这里来的时候,不能随时见到莫妮卡和洛雷娜,伊莉斯还需慢慢适应。她没有意识到之前可以随时互相串门——有时甚至一天好几次——现在她想念住在她们附近的日子,她们在她的生命里是如此重要。搬到山上不到一年,伊莉斯就辞去了在阿马利亚的主街咖啡馆服务员的工作,这是她唯一做过的一份工作。因为每天开车上下那条崎岖不平的山路,对他们时常微薄的收入而言,开销太大了。迈克尔也鼓励她辞职,在家专心编织。

她从未想到过自己会一个人在这儿孤独终老。冬天快来了,她不得不自己出去找柴火。以前都是迈克尔做这些事情——他不会让火熄灭,半夜从工作室回来也会往里面加点木头,为伊莉斯取暖。一直是迈克尔维护太阳电池板,也是他挣钱养活这个家。虽然伊莉斯也会时不时地卖些她的织品,但从未担心家里会入不敷出。自从肯恩·布莱克看上了迈克尔的雕刻作品,伊莉斯就更不用操心自己能卖出去多少织物了,确切地说,不用担心卖不出去了。

她害怕冬天来临，孤单地独自住在这儿。要不是这儿远离小镇，下山还要经过崎岖不平的道路，她真想去咖啡馆买杯咖啡，或者情绪低落时去洛雷娜或莫妮卡家串门。但是下趟山实在太麻烦了。

伊莉斯环顾这个由他们共同建造的客厅。靠着北墙是一个岩石砌的壁炉，跟他多年前设想的一模一样。他随意在几处镶嵌了粗铜来装饰，锯齿状的蓝绿色石头有时在灯光下让整个壁炉看起来像一件艺术品。正对着壁炉，靠着一面大窗户放着一个从叔叔那里拿来的金色旧沙发。她坐的这把椅子是迈克尔去圣达菲旅行时带回来的。

环顾四周，这房间里有没有什么东西是她挑选出来的？是她喜欢并决定买下的？厨房里那带有蓝色小花图案的黄色印花棉窗帘是她做的，床上的被子是她做的。墙上还挂了一对她用于练习如何搭配颜色和技巧的织物——算不上她喜爱的精品。

房间的墙上挂满了外出随手捡来的各种东西：鹿角，小动物的头骨，羽毛，郊狼的颌骨，还有完好无损的牙齿。墙上也到处都是艺术品：照片和绘画，那时他们还很穷，得靠到艺术品市场上出售迈克尔的作品，然后再买些艺术品回来。但是当伊莉斯扫视着整个房间，看着这些书籍、绘画、照片以及来自大自然的各种东西，她竟然无法确定哪些是她的，哪些是迈克尔的。她从未觉得自己和迈克尔之间有什么不同——他们有相同的品位，相同的渴望，这些都交织在一起，相互替代，几乎无法区别。莫妮卡曾经把他们二人形容为书立——一个深色的，一个浅色的，互相都能映照对方。

不过现在，房间里没了迈克尔这面镜子，伊莉斯对任何事情都不那么确定。她喜欢什么？她想要什么？没有迈克尔映照她，她都不知道自己是谁了。她没有任何主意了。

第八章

今天星期五。伊莉斯讨厌星期五,或者更确切地说,是自从迈克尔去世后,现在她讨厌星期五。很多时候,她不清楚是星期几,却总能清楚地记得星期五,就像记得除夕一样:喧嚣声,鞭炮声,以及对未来的憧憬。虽然她不像一般美国人那样过着朝九晚五的生活,但是也总会盼望着这天,有种做完工作,想要庆祝一下的感觉。

星期五这天是她和迈克尔放下工作休息放松的日子。尽管他俩都在家里工作,创造艺术品,但是每逢周五他们都会放下手头零星未完成的,早早地结束这一天的工作。他们会开车去陶斯,在苹果树餐厅或马丁医生餐馆吃晚饭。有时他们会整个晚上都在陶斯小酒馆度过,在那儿听听音乐,跳跳舞,直到相互依靠筋疲力尽为止。

他们刚结婚，回想还在工艺品集市摆摊那会儿，星期五就要为即将到来的周末做准备，甚至有时候周五那天集市已经开张了。不管怎样，这一天都很有盼头，身体里的肾上腺素飙升，让人感觉这一天比每周的任何一天都更加闪耀迷人。

伊莉斯此时想起了某个周五晚上的点点滴滴。她和迈克尔坐在陶斯苹果树餐厅露台的一张桌边，头顶正好是一棵苹果树。树上开满了花，芳香怡人，感觉品尝的食物也更美味了。他们当时正分享着杏仁皮做的干酪，谈论着这个餐厅就像一个微观世界。因为他们听到旁边一桌的客人说着葡萄牙语，另一桌说着西班牙语，他们身后的那桌客人正用法语赞美着食物的美味。她和迈克尔就偷偷听他们说话，想看看能听懂多少单词。

肯恩·布莱克，圣达菲画廊的老板，和他的妻子——他的妻子伊莱恩有着一头金发的完美发型——跟在餐馆服务员领班的身后，穿过餐厅门来到露台上的一张桌子旁。肯恩环顾四周，看看有没有认识的人，自然而然地就把目光锁在了迈克尔身上。"过来了。"迈克尔挑了挑眉毛，对伊莉斯轻声耳语道。

迈克尔站起来和肯恩握了握手，并邀请他们夫妇加入他和伊莉斯。伊莉斯知道迈克尔会这么做，会感到他必须邀请他们，但是一想到在这么完美的星期五晚上，要和油滑的肯恩和他那像芭比娃娃似的妻子一块儿吃饭，就开始反胃了。

这么些年来，伊莉斯也曾努力寻找过她和伊莱恩能聊的共同话题，但到目前为止，尚未成功。伊莱恩具有大城市的市侩气，留着长长的红指甲，而且总是浓妆艳抹。目前为止，伊莉斯只知道她唯一读的是名叫《大都市》的时尚杂志。伊莉斯经常读书，住在不到五百人的小镇之外，她从没有化过妆或染过头发。她们之间毫无共同之处。两人见面时伊莱恩会和她行贴面礼，但伊莱恩从未贴到伊莉斯脸颊上过。互相问好之后，她们很快就把谈话移交给了她们的丈夫。

"肯恩，你怎么来这种交通不便的山区了？"迈克尔品尝着芒果辣子鸡问道，这可是菜单上他最喜欢吃的菜了。

"当然是为了一位艺术家。"肯恩笑着说。"她住在峡谷里，朝着'天使之火'那个方向。是一位织工。"他朝着伊莉斯点点头。

迈克尔瞥了伊莉斯一眼。"嗯？有什么发现呢？"

肯恩若有所思地嚼着牛排，把手放在餐桌上，叉子朝向伊莉斯。"技术很好，选色也很精准。"说完低头盯着盘子。"但总觉得少了点什么。"肯恩朝迈克尔点点头，手里继续切着牛排。"我经常看到类似的情况。有些人了解自己的手艺，无论是编织、雕刻或绘画还是其他方面，技艺都很精湛。但就是少了一种激情在里面，没有用心。完成的作品也不会和我有心灵上的交流。"

伊莉斯把叉子放在盘子上，看着他。

"有些匠人虽然没有精湛的技艺,他们的作品甚至可以说还只是初始阶段,但每件作品中的激情都会一跃而出,抓住你的喉咙。才是真正的艺术品——创作的灵感,赋予创造的精神,都透过作品跃然而出。"肯恩拍了拍自己的胸口。"这才是用心的作品。"他转过头看着迈克尔。"这方面你就做得非常好,迈克尔。"

肯恩从没说过伊莉斯的作品缺乏用心,实际上他从没对她的作品做出过评价。他也没必要说出来,因为他的评价——伊莉斯不够好,她的作品也不够好——自从他们第一天见面就传递出来了。

当时伊莉斯和迈克尔正在为工艺品集市做准备,如他们那些年一直做的那样。他们先支起一顶十平方英尺的帆布帐篷,里面放他们的作品:伊莉斯的挂毯会挂在四周,迈克尔雕刻的小鸟放在桌子的中央。那个星期五,一大早他们就在圣达菲的广场上支好了帐篷,把东西全部摆放出来。伊莉斯四处逛逛给两人去买咖啡。她回来时,看到迈克尔正在和一位身穿黑色衣服的男人交谈,那人上身黑衬衫和黑运动夹克,下身黑裤子和靴子。这一身黑衬得他那纳瓦霍的皮带扣和波洛领带格外显眼。伊莉斯溜到帐篷后面,听肯恩·布莱克细述这些年他挖掘出来的所有本土艺术家,好像他们的漂亮作品全都由他打理。伊莉斯听到他还跟迈克尔说,他愿意把迈克尔的作品放到他的画廊里,接手迈克尔手头的所有作品。肯恩很有信心地说在接下来几个月里,他们会把他的作品价格炒高。

就那样——就那一瞬间——他们的生活完全改变了。那天,肯恩对伊莉斯的织品只字未提,只提了迈克尔雕刻的小鸟。迈克尔向他介绍了伊莉斯,"这是我的妻子,伊莉斯·布鲁克斯,她是一名织工。"伸手指了指他们周围的她创作的织物,但是肯恩几乎一眼都没看她的作品。

伊莉斯为迈克尔感到高兴。他的作品终于受到关注了。《新墨西哥圣达菲》有一篇文章是介绍他的,《西南艺术》也刊登了好几篇推广他的文章,《新墨西哥》杂志中也有许多介绍他的文章,包括《阿尔伯克基杂志》。肯恩把迈克尔带去的每一件作品都出售了,价格也在稳步上升。他们头一次有足够的钱了。迈克尔给伊莉斯买了一辆新车,而自己却还留着那辆拉雕刻用的枯木的破旧卡车。

第二年邀请他们参加工艺品集市的邀请函纷纷寄来时,伊莉斯把它们都扔进了垃圾桶。如果迈克尔不在的话,她可不想自找麻烦,独自搭帐篷,风吹日晒或是雨雪交加地一个人在帐篷里坐三整天。迈克尔告诉她如果想去的话,她可以去,他会帮她搭帐篷和拆帐篷。她自己去陶斯摆过一次摊。但她真的一点儿都不喜欢这种事情,自己独自坐在露天,看着人来人往,对她和她的织物指指点点。迈克尔在的话,情况就会有所不同了。后来她就不再去艺术品集市了。

她把她的作品卖给陶斯的几家小画廊,不过一年也卖不出几件。她能织的时候就织，织完后把织品拿到镇上的商店去卖，但她的角色似乎变了，从一个矜矜业业的年轻织工变成了迈克尔·马德里的妻子，阿帕奇的杰卡里拉地区一位精通雕刻栩栩如生的小鸟的艺术家的妻子。

伊莉斯热爱纳瓦霍的图案，热爱那些色彩精致的美丽，热爱纳瓦霍人流传下来的故事与历史。几年前，她曾在阿帕奇的杰卡里拉保留地待了两周时间，跟着一位著名的纳瓦霍织工学习。那些图案向她述说着：旧式水晶，特克诺斯帕斯，加纳多，两灰山。她热爱这些图案背后的故事，她喜欢老师谈论纱线和颜色的方式，也怀念她们彼此交流、构想新故事的样子。

但她并没有从那些织品中感悟出什么。包括纳瓦霍的图案和颜色。视觉和声音都没能让伊莉斯开悟，也没能让她心甘情愿地坐在织布机前一遍遍地将纱线穿过经纱。因为在内心深处，她根本不知道自己是谁。和迈克尔不同，她没有感到和祖先有任何联系；也不同于莫妮卡，她和这片有着几百年历史的土地并没有感到任何关联。

这种陌生感，而不是归属感，可以追溯到她能记得的尽可能久之前。现在，迈克尔也不在了，情况变得更糟。就像切莱斯蒂娜所说的，她迷失在了黑暗中。

在迈克尔死后的这几个月里，伊莉斯努力尝试坐在织布机前织布，期待这温柔的节奏韵律将她带入创造作品的状态。但是只织了几行她就沮丧地放弃了。

缪斯女神抛弃了她，就像迈克尔抛弃她一样，仿佛他们都跌落山崖，只剩她孤单一人，完全失去了想法、灵感和陪伴。与迈克尔分离，又不再织布，让她感到不再舒适和完整。

伊莉斯跪在木火炉前。今年十月的早上寒气逼人，迫使她尝试着自己点燃今年的第一把火。柴火噼里啪啦作响，冒出的烟呛得她缩回头，不停地咳嗽，挥舞双手驱赶浓烟。她不知道上一次清理烟囱是什么时候——这一长串的家务琐事平时都是迈克尔打理的，现在她将要自己处理的许多事情中又多了一项工作。

"在你打算离我而去之前能不能跟我商量商量？"她怒气冲冲地对着冒烟的火炉自言自语道。她曾经如此热爱的这一切——群山中的隐居生活，没有中央供暖系统的田园生活，相互如此依赖的生活方式——这一切现在令她窒息，让她喘不过气来。她完全不知道该如何挣钱养活自己。不知道没有迈克尔，该如何度过下一个星期五和周末呢。

伊莉斯身体前倾，把头靠在双膝上，慢慢地深呼吸，充满了沮丧，愤怒，还有一阵阵揪心的痛。这时电话铃响了，这突如其来的声音使她整个人都跳了起来。起初她并不想接电话，还沉浸在绝望中，就想这么在地板上坐一整天。但这铃声在这寂静的大清早显得格外响亮，她不得不起身去接电话。"你好。"

"伊莉斯？伊莉斯，是你吗，亲爱的？"打电话的是个女人，声音听起来既遥远又模糊，就像她在隧

道遥远的那头说话似的。一瞬间,伊莉斯竟然不可思议而又疯狂地觉得是她已去世四十多年的母亲在说话。她摇摇头,努力地清醒一下。过去几个月里,她太关注和死亡相关的事物了。

她清了清嗓子。"请问您是哪位?"门廊上的风铃开始碰撞舞动起来,发出叮当声,好像离她很近。她往窗外看了看,不知是否起风了,即将破坏这美好的秋日。

"我是切莱斯蒂娜·雷德伯德,陶斯的那家店铺老板。希望你不要介意,我打听到了你的电话号码,幸亏我有这么多的消息来源。"切莱斯蒂娜笑着说。

伊莉斯什么也没说,但她想知道这到底是什么意思——类似于神灵世界的用户信息数据库?她听到风铃又响了,她扫了一眼窗外树梢上的动静,看看有没有风。树梢没有摇摆舞动;没有什么在动,她站起来把听筒紧贴在耳朵上,往前门的玻璃窗走去。

"别担心。我只是问了几个朋友他们认不认识阿马利亚一位丈夫刚去世的织工。跟神灵无关,不用奇怪。"

"哦。"伊莉斯点点头。

"我想邀请你今晚来参加我们的小型聚会,是百乐餐。这是个寡妇孤儿俱乐部,其实也不是真正意义上的俱乐部,就我们几个聚在一起吃吃饭,有类似状况的人一起交流一下。"

这些话让伊莉斯心里猛地一颤,咚咚直跳,就像蜂鸟在啄食。寡妇,孤儿。多么令人厌恶的词啊。她之前从没认为自己属于这一类人。难道这才是真正的她吗?寡妇?孤儿?

伊莉斯呆呆地站在那里,听到前廊上发出的响声。

"伊莉斯,你还在听吗?"

"在的,在的,我在听。"她又听到走廊上编钟的响声,于是又走到门边。她看着窗外,仔细看着门廊有什么动静。没人在那儿,树梢不动,外面也没风。

"聚餐的地方有点不太好找。你能否拿支笔记一下?"

伊莉斯胡乱抓了张纸,把她说的话都记了下来。挂了电话,就顺手放在了楼梯旁的桌子上,暗暗责骂自己为什么会同意去。虽然她讨厌独自过星期五,但也不想和一群完全陌生的人共度今晚。她转过身,眼睛的余光能够感觉到有东西在飘动,又慢慢地走到门口的窗边。这次,她微微歪着头,企图偷偷地走近一直在躲闪她的东西。

有一只乌鸦落在门廊的栏杆上,一只爪子在挠头。它上下打量着伊莉斯,把脚放下来,侧着头仔细看着伊莉斯那双透亮的黑眼睛。乌鸦发出轻轻的咯咯叫声,像窝里的小鸡在叫。他们四目相对了一会儿。然后乌鸦就飞离了栏杆,呼啸而去。

第九章

日渐西沉，伊莉斯放慢车速，寻找着切莱斯蒂娜描述的那条路。在死气沉沉的阿罗约萨科村，她已经绕了一圈又一圈，穿过了右侧的陶斯印第安部落保留地，开往陶斯大峡谷丘陵地带。道路旁的邮筒漆成亮绿色，路两边矗立着三根由高到低排列的木杆，它们应该曾被漆成亮绿色、淡紫色和血红色。但经过常年累月的风吹日晒，木杆上的颜色暗淡了不少，还能看见上面剥落的斑驳漆痕。即便如此，它们已经显眼得足以让她知道这就是她要找的地方了。她把车开进车道，道路因两边的大树显得幽暗而狭窄。

松树的味道透过车窗的缝隙飘了进来。她被这秋日里各种颜色的树木谱写出的依旧明亮而欢快的乐章，深深地吸引住了。一片山杨树唱出了黄色和橙色；叶子尖尖的杨木树，似从声音嘹亮的喇叭里唱出了金黄色。橡树和漆树在渐弱的日光里奏响了红色和锈色。与刚刚经过的干燥的平原区大不相同，这片肥沃且翠绿的土地让她感到惊喜，这附近一定还有溪流。

这条车道盘绕在一座坯房的前面——右边是传统、破旧的一层平房，左边是两层小木屋，有着木横梁与突出的窗户。房子的砖坯是南瓜色，窗户和门是亮金黄色，好似杰克灯的脸。

这地方很宁静，安静得让人感到非常舒服。这一刻，伊莉斯丝毫没有前几天在切莱斯蒂娜店里，那种向她袭来的恐惧和焦虑的感觉。她内心很平静，周围的一切也都慢慢回到午夜般寂静的状态。

她把车熄了火，坐在车里望了一会儿外面渐渐暗淡的暮色。蝙蝠从树上猛地飞了下来；附近有只猫头鹰的叫声若隐若现。伊莉斯从卡车上下来，周围的声音增强了不少：发动机的咔哒声，关车门时发出金属的咣当声，走路时靴子与砾石摩擦发出的咔嚓声以及微风中山杨树叶的沙沙声。

她感觉自己像是走进了一个隧道。周围的一切变得模糊，唯一能看清的就是眼前那褪了色的青绿色大门。此刻的一切好似电影中的慢镜头——她所经历的每一秒，听到的每种声音，产生的每种感觉都被放大。她记得几年前也有这种似曾相识的感觉，那时她刚学会开车，车胎与路面失去接触，车开始在白雪覆盖的柏油路上不停地打转——那一刻，她觉得好像自己的人生都失控了，她做什么都不能让车停下来，感觉

生命所有的意义都汇集在那一刻。和这次感觉一样，时间仿佛凝固了。

她听到有东西的翅膀扑腾地飞到她的左边。一只乌鸦飞过她的头顶，她看到它左边的翅膀少了一根羽毛。它停落在西黄松的树枝上。伊莉斯的肩膀忍不住一阵哆嗦。

索尼娅穿着蓝色牛仔裤、白上衣，光着脚来到走廊上，长长的黑发还是湿漉漉的。她笑着说："你真厉害，这地方可不好找。"

伊莉斯笑了笑。索尼娅快六十了，但岁月似乎没有在她的脸上留下痕迹，美得让人看不出实际年龄。伊莉斯握住索尼娅的手，互相亲吻了脸颊，好像她们已经认识了很久。

"很开心你能来，快进来，快进来。"索尼娅带她走进大厅，消失在黄昏的晕影中。伊莉斯把牛仔夹克挂到门旁的挂钩上。右手边是刚才看到的那幢原始的土坯房，低矮，墙壁厚厚的，有点像比尤莱的老房子；左手边就是新建的那两层小木屋。

她跟随索尼娅下了两个石阶来到房间的中心。一个石头壁炉占据一整面墙，房间其余部分是一扇围绕着壁炉的弧形大窗户，有十二英尺高。伊莉斯就是通过这扇弧形大窗户进来的，它让整个房间看起来像外面世界的一部分，外面的花草树木如同房间里的摆设一般。她还能看见不远处陶斯村的灯光在闪烁。

索尼娅走到她身边，叹了口气说："我喜欢这里，喜欢这里的树木，喜欢这里的风景，喜欢为吃一口点心来造访的小鹿。"说着，她朝外面正在吃草的四只母鹿和三只幼鹿努了努嘴。

它们站在那里，与周边的美景融为一体。

"不久前丈夫不在了？"索尼娅轻声说。

伊莉斯点了点头："就是三月份。"

索尼娅深深的一声叹息。她说话的时候，一直望着窗外的景色。"第一年或许是最难熬的。"鸟儿歌唱的声音从一扇开着的窗户传进来，像是唱着今天就要结束啦。"我家维克多六年前就走了。从悲痛中走出来不是件容易的事情，但是现在好多了。至少对我来说，这件事不再像是开放着的伤口。起初，关于他的任何事情，哪怕是一种味道，一首歌，或是他以前读书时常戴的那副眼镜，都会让我发狂。那感觉就像是皮肤被撕开之后再一点点刮去下面的血肉，让人感到痛彻心扉的疼。"

伊莉斯颤抖着，双手反复揉搓着自己的胳膊。她从未想过能那样描述自己的感受，但那描述确实惊人地准确。

"我十四岁的时候遇见他，很快我们就相爱了，不知道你信不信，是他陪伴我一起成长的。"索尼娅盯着外面的花园说道。

"跟我和迈克尔也一样。"伊莉斯轻声说，"我很小的时候就认识他了。"她并没有打算跟一个陌生人谈起他，谈论自己怎样成为寡妇的。

"这并不是常有的事,"索尼娅小声说,"不会再有了。"

索尼娅目不转睛地看着窗外。"维克多心脏病突发。一切发生得太突然。前一分钟,他还在花园里打理花草——"她朝着窗户前的那块地努了努嘴——"下一分钟,我的整个人生都变了。当时我好像听到了什么声音……像说话声,也像喊叫声……等我跑出去的时候,他已经走了。就是那么快。"

索尼娅没有回头看伊莉斯。窗外,光线渐弱,天空慢慢呈暗蓝色。"从那一刻起,我的人生天翻地覆。那感觉就像在黑暗的夜里迷失在海洋最深处。没有船,没有救生衣,只有无尽的黑暗。迷失了方向,不知该往哪儿去。我所能做的就是让自己的头浮出水面,不要沉下去。并且需要不断提醒自己去呼吸,真的是耗尽力气。虽然一直都很累,但却从没有安安稳稳、不被惊醒地睡一觉,哪怕就一个小时。每次惊醒后的前几秒,所有的回忆一拥而上,无一不在提醒自己:他已经死了。"

伊莉斯紧咬双唇,尽力控制不让自己哭出来。这个完全陌生的女人,为什么能如此了解她在过去这几个月的经历?她咽了下口水,小声说道:"这确实也是我这几个月的感受。"

索尼娅和她对视了一下,微笑道:"就是那样,勉强能够活着。这个社会对待悲伤的方式更是雪上加霜——更确切地说,别人对我的痛苦根本熟视无睹。

人们不愿和我待在一起——好像我得了什么病会传染给他们一样。难得有几次逼着自己出去散心，碰上这种情况我也很苦恼。他们不知道见到我该说什么，该做什么，不知道该不该谈起他。还有很多人是完全避开我的。我心理上受到了双重打击。"

"第一年最糟糕的时候，我遇见了切莱斯蒂娜，我们一个月聚一次，交谈、哭泣，完全不像经历了痛苦的人。切莱斯蒂娜的丈夫也离开很长时间了，但她从未忘记过那种痛苦的感受。"索尼娅回头看了看坐在对面的切莱斯蒂娜。目光又回到伊莉斯身上。"这就是我们要让你来这里的原因。伊莉斯，与一些理解你所经历的人聚在一起会对你有帮助——目前我还没有想到别的好办法。"

伊莉斯感觉放松下来。她很高兴来到这儿，很庆幸逼着自己走出来，驱车一个小时赶到这里，很激动遇见这个女人。听到索尼娅的这番话，她觉得自己并不像之前想的那么孤单，那么没有理智。

"来跟大家认识一下。"索尼娅挽着伊莉斯的胳膊低声说。

伊莉斯跟着到了一个长长的圆木桌子旁，桌子周边摆放着西班牙殖民样式的木雕椅。切莱斯蒂娜站起来，轻吻伊莉斯的脸颊。她握住伊莉斯的双手，看着她说："很高兴你能来。"

索尼娅向她介绍了一位名叫辛西娅的女士，她站在那里，轻握了一下伊莉斯的手。她的样子和举止都让人觉得她看起来很柔弱。眼神飘忽不定，手几乎没有碰到伊莉斯。她一头银发，蓝蓝的眼睛。从她的发型、修剪整齐的指甲，到耳环、手镯和手腕上那镶着钻石的手表，可以看出她很有钱。伊莉斯猛然意识到自己穿的鞋子磨损了，而且迈克尔走后她没去理过发。

索尼娅笑着说："辛西娅已经找到了新的爱人。除了解牌，切莱斯蒂娜还总爱给人介绍对象。"

辛西娅咽了下口水，双肩一沉。"事实上那并不能减少我的痛苦。"

索尼娅拉着辛西娅的胳膊。"很遗憾听你这么说。你的生活本不该承受更多痛苦了。"

辛西娅抬起头看着索尼娅。"太快了，我还没有准备好。"

索尼娅的手在辛西娅的胳膊上又停留了一会儿，然后注意力转回到她的客人身上。

索尼娅伸手指着一位男士说："这是帕布洛，他的伴侣去世差不多有一年了。"

帕布洛有一双乌黑的大眼睛，个子没有伊莉斯高，瘦瘦的，黑黑的。他拉着伊莉斯的手说道："很高兴见到你，伊莉斯，尽管我希望我们是出于别的原因相聚于此。"

伊莉斯点点头。

"别把我忘了。"这声音从屋子的背光处传来，汤姆·杜甘从椅子上站起来。"我们在切莱斯蒂娜的店里见过。"他向前走了几步，伸出手。"汤姆·杜甘，很高兴再次见到你。"

切莱斯蒂娜拉着汤姆的胳膊，大笑着说："汤姆可不是我们的人。"

索尼娅回头看看，也笑了，这笑发自内心深处，笑得眼角都露出了皱纹，伊莉斯也忍不住跟着笑了。"说得对。"索尼娅脱口而出。

切莱斯蒂娜看着伊莉斯，挑了挑眉毛。"他不是鳏夫，但是他帮我们——"切莱斯蒂娜挥舞胳膊，做了个想把桌边所有人都包括进去的动作——"做点我们每个人都需要做的小事。他今天下午在这里帮索尼娅劈柴，她就留他跟我们一起吃晚饭。"

"哦，"伊莉斯回答道，"很高兴再次见到你，汤姆。"这话说得很有礼貌，连比尤莱都会认可，但缺少了相应的情感。汤姆·杜甘身上有些东西让她感到不安。她不喜欢他那厚厚的镜片背后打量她的眼神，让她觉得自己有点像显微镜下的一只虫子。

伊莉斯把目光从他身上移开，转向索尼娅。

索尼娅转过身，伸手指着窗边的桌子，桌上摆满了各种菜：绿辣椒、肉馅玉米卷饼、羽衣甘蓝沙拉、薯条和鳄梨酱。"好了，我们开饭吧。"

屋子里没有太多光亮——灯都没有开。夕阳的余晖也早就没了踪影。壁炉里的火在燃烧着，两个皮沙发分别摆在壁炉的两侧，前面是一张笨重的木制咖啡桌。在刚才为吃晚饭腾出来的餐桌的中心点了几根蜡

烛，除此之外，房间的其他地方都很黑暗。

"我能开几盏灯吗？"索尼娅问道。

"别，我的朋友，让我们待在黑暗里。"切莱斯蒂娜向前探着身子把玻璃酒杯放到稍低些的玻璃咖啡桌上。"这黑暗让我想起了小时候我母亲在地下室里举行降神会的场景。神灵们都喜欢黑暗。"

伊莉斯在一张沙发上盘腿坐着，手里端着酒杯。和这群陌生人在一起感觉远比自己原本想的舒服得多。对悲伤和失去的理解就像一根结实的绳子把他们都系在一起。但是切莱斯蒂娜的这番话让她陷入不安。她稍稍坐直了些，看着这位老妇人。"降神会？"

"每周五晚上，都会有人在我们布鲁克林的家门口排队等候，有时排队的人特别多。七点整，我妈妈会打开门，到队伍旁边来回走动，直视队列里的每个人。然后她会挑十个人左右跟她进地下室。被挑中的可能是最早过来排队的人，也可能不是。但没有一个人抱怨，即使已经等了好一会儿了。他们知道——我们也都知道，妈妈挑人是有她自己的原则的。她似乎知道谁真正需要信息，或者谁有信息需要传达。"

切莱斯蒂娜坐在椅子上，身子稍微斜向一边，盯着壁炉里的火。"小时候我很害怕。那时候，哥哥和我总是跟着妈妈一起到地下室，和她还有邻居们一起坐在桌子旁。恐怖而又令人着迷。"切莱斯蒂娜转向伊莉斯。"我不能不相信在那样的夜晚，地下室里会发生什么。"

这时，她正对面的汤姆发出一声长长的叹息。

切莱斯蒂娜叹息道："汤姆不相信这些，因为他感觉不到神灵世界。"

伊莉斯瞥了他一眼，他正看着切莱斯蒂娜，他的脸看起来像一幅将愤怒表现得淋漓尽致的画布。

"但是，他看不到是因为他没有经过训练。"切莱斯蒂娜歪着头看着汤姆，嘴角扬起一丝微笑，暗示着她知道一些他不知道的秘密，随后把目光转向身边其他人。"对神灵的感应要求……用些许不同的方式看待事物。就像艺术家一样。有些人用铅笔画出线条、阴影以及花瓶和风景的所有微妙之处。艺术家是经过训练才能看到那些线条的。学会聆听神灵的声音也是如此。它们一直在那里。但是有些人，"她回头看汤姆——"还没学会怎么聆听呢。"

汤姆环抱双臂，靠在椅背上。又是一声重重的叹息。"一派胡言。"他愤怒道。

"你说的是科学术语吧，汤姆？"切莱斯蒂娜冷冷地看了他好一会儿，"我们试着原谅他的无知。或许某一天他会明白。"切莱斯蒂娜回头看着伊莉斯。"还有，我母亲是个通灵之人。她是个媒介，没有什么能够吓到她。"她把声音压低轻声说。"但我不是这样，我还是有点害怕降神会，害怕神灵的到来。"她突然一阵哆嗦，"想到这些我就心惊肉跳。你不知道谁将会出现，那儿总有一些我们不愿和之共进晚餐的流浪汉们。"

伊莉斯将目光扫向房间里各个黑暗的角落。

"我做不到我母亲以前做的那样,我也不想做。但有时吃完晚饭后,我们正坐在这儿的时候,房间很黑很安静,有时候我能听到来自另一个世界的声音。我们大部分人,但不是所有人——"她朝汤姆点了点头——"在神灵的世界里会有对自己来说很重要的人,我时不时地还能知道他们想要说什么。"

伊莉斯把所有人看了一圈,大家坐在沙发上、椅子上,抿着酒,盯着壁炉里的火,这些话好像没有让他们特别吃惊。所有人围坐在点着蜡烛的咖啡桌旁。伊莉斯默默想着,辛西娅看起来和其他人不一样——她显露的财富把她和其他人之间划上了一道明确的分界线。她想知道这些人是如何想方设法聚到一起的,也想知道辛西娅是否跟自己一样,也是另一个迷失的灵魂,在切莱斯蒂娜的店里游荡,试图从塔罗牌中寻找答案。

"伊莉斯,你丈夫有来看过你吗?"索尼娅向前倾身,把酒杯放在桌子上。她的眼神明亮且认真。

"不好意思,你是指?"

索尼娅点点头。"他的鬼魂。房间里的每一个人……"她扫视了一圈,目光停在汤姆身上。"我们几乎每个人都经历过……这种邂逅吧。"

伊莉斯伸直了双腿。"哦?"

"维克多离开几个月后,我得了流感,一直吃不好睡不着。这些都是悲伤引起的。但是后来病重发高烧。我在沙发上躺了两天，连爬到楼上卧室的力气都没有。好几次从昏睡中醒来，我看到维克多就坐在壁炉旁的椅子里望着我。我没有感到害怕，也没有感到困扰。那感觉就像他在照看我。当时发着烧，所以我想我是忘记他已经离开了。就好像维克出现在那儿很正常。"

切莱斯蒂娜往前探了探身子。"我当时在店里。店里很安静，因为是冬天，客人比较少。我正在厨房沏茶，突然感到胳膊旁一阵凉风。我抬头看，心想有人从前门进来了。是维克多，正站在店铺的前屋。他直直地看着我。然后消失了。"

"我立刻就知道我应该马上来这儿，来索尼娅家。"切莱斯蒂娜继续说道，"我关了店门，开车赶到这里。发现她躺在沙发上，发着高烧。她头昏得不行，忘了吃阿司匹林，我确定她是忘了。我熬了鸡汤，喂她喝了点。我在这儿陪了一整夜。我和维克多，坐在旁边的椅子上，照看着她直到她烧退了。"

伊莉斯看着壁炉旁切莱斯蒂娜和辛西娅正坐着的那两把椅子，胳膊突然感到阵阵凉意。

索尼娅看着伊莉斯，"我不知道另一个世界是怎么安排的。但我知道每次我需要时总能及时得到帮助。让你丈夫来帮你。任何你需要的时候，让他为你做任何事。"

伊莉斯长出一口气，她不知道是否该说点儿什么；她看着周围每个人的脸，在摇曳的烛光下略显浅黄。"你们……你们曾感觉到你们的丈夫——"她的目光瞟向帕布洛——"你的老伴……想要告诉你们些什么吗?"

帕布洛伸直了下巴,咬着嘴唇。"这件事儿说来也奇怪。我是一个艺术家……画水彩画的。罗伯特去世后,我工作上遇到了问题。就是找不到画画的动力和灵感,思想无法集中,那段时间手头也很紧。晚上躺在床上的时候,恐慌就会涌上心头,压得我无法喘息。那感觉就像是整个房子朝我碾压过来。我害怕将会失去一切。我们……我在广场旁边有个很漂亮的住所。一天下午,我在广场上走着,走着走着就走远了。什么也没想,也没在意往哪儿走。突然,我一回头看到了罗伯特,坐在本街广场中央的一个小长凳上。她看着我说,'帕布洛,回家吧。'"

"我一直告诉自己这不是真的,是我想象出来的,因为疲惫脑子都乱了。但是我却开始往家走了。我扭头想看看她是否还在那里,但她不在了。她坐的那地方一个人都没有。我很困惑,但还是回家了。我一踏进家门,电话铃响了,是几年前在洛杉矶买过我几幅画作的那个人。他说那天他到镇上来了,想来我工作室看看。"

"在过去的几个月里,我没有任何新作品。但是罗伯特去世前,我有一些作品。那个人来买走了三幅画,我挣了几千美元。"帕布洛长长地叹了一口气。"要不是罗伯特让我回家,我可能就错过了那个人的电话。"帕布洛转头看着伊莉斯。"我想你会在某个时刻听到你丈夫想对你说的话,我们最后都能听到的。"

他们都安静地坐着,沉浸在故事中,在这个黑暗而安静的屋子里呼吸着,能感觉到那些亡灵就在他们的周围。

"伊莉斯?"切莱斯蒂娜往前挪了挪,头扭向一边,目光盯着什么但又有些呆滞,"伊莉斯,有人在叫你。"

伊莉斯感觉呼吸有点困难。整个人很僵硬,所有人都屏住呼吸,目光聚焦在切莱斯蒂娜身上。

她的头依旧歪着,轻声说道:"烟雾进入了你的双眼,啊!"切莱斯蒂娜摆正了头,扇动着面前的空气,好像她正前方真有烟雾一般。"我闻到了烟草的味道。像雪茄,或许是方头雪茄烟。信息——就藏在这烟雾中。"

切莱斯蒂娜坐直了身子,用她那大而黑的眼睛注视着伊莉斯。"他来了。"她低语道,眉毛上扬。"能帮你的人来了。"

伊莉斯僵住了,她想起了今天早些时候在门廊上看到的那只乌鸦。还有几小时前从卡车上下来时,从她头顶飞过的那只乌鸦。她细看沙发后面窗外黑漆漆的树丛,努力搜寻着那只乌鸦的踪迹。有一棵树突然有动静了;伊莉斯能看到一双眼睛,发着微红色的光,正从黑暗中看着她。他就在那里,在树上。

一声巨响打破了这分外的寂静,大家都吓了

一跳。

索尼娅站起来。"大家不要慌！我家的狗年纪大了，有时候会钻进角落里出不来。它可能是撞倒了什么东西，我去看看。"

伊莉斯再次看外面，又回头看看坐在炉火旁的切莱斯蒂娜。她们四目相对。

"找到了。"索尼娅喊道。她回到房间，手里拿着一根护身符似的手杖在身前。"它被困在前门旁边的角落里，弄倒了我丈夫生前最爱的手杖。"

她站在咖啡桌旁；其他人都一声不吭。"我很抱歉，切莱斯蒂娜，但愿没有吓到你们。"

帕布洛站起来，伸了个懒腰，转过头向切莱斯蒂娜示意。"手杖。你觉得这是给我们的暗示吗？该走了？"

切莱斯蒂娜笑了笑。

房间里的气氛立刻变了。大家都站起来，离开自己的座位，把盘子端到厨房，收拾百乐餐的残羹，大家互相都在轻声地交谈着。顷刻间，这个房间以及房间里的人都回归正常，回归真实的世界，将所有关于鬼魂和神灵的想法抛之脑后。

伊莉斯还沉浸在刚才的谈话中。她摇着头，努力让心脏正常跳动。她再次回头望向窗外，看着那片黑漆漆的树丛，却没有再看到乌鸦的踪迹。那一刻，她认为这一切或许都是自己的想象，整个与神灵交流的想法才能让她看到一些东西。

她把视线移入室内,汤姆坐在她正对面,就像看一种他之前从未看到过的植物标本一样看着她。烛光跳跃,映在他的镜片上,闪动着。

他们的目光在彼此身上停留了一小会儿。然后伊莉斯把目光移开,只觉得后背发凉。

第十章

尝试过多条路之后,汤姆·杜甘还是迷路了。他的胳膊撑在方向盘上,思索着这一周已经思考过上百次的那个问题,我在做什么?然而他立即纠正了自己,他不能肯定地说有一百次了;他也没有真正数过。作为一个成年来一直与数学方程式以及细致观察打交道的人来说,精确是至关重要的。但这个问题已经困扰了他数月,不断在他脑海中浮现。我在做什么?

汤姆坐在一辆破旧的福特皮卡车里,车里的精巧设计曾是切莱斯蒂娜已逝丈夫弄的,但现在已经完全变了样,无法使用手机和谷歌地图。因为这车是在全球定位系统问世很久之前生产的。我在做什么这个问题超出了这一特殊情况的物理现实,就好像它适用于他的一生。汤姆拥有电气工程专业的硕士学位,有着为各种类型太阳能装置设计软件和电路板的三十年的工作经验。他之前在图森成功经营着自己的公司，但不到一年前，他丢下了生意，他究竟要做什么？他是个聪明人，即使这是他对自己的评价，科学地说这通常并不可信，但汤姆仍然这样认为。近一年的时间里，他一直住在切莱斯蒂娜家的一个小屋里，用自己廉价的劳力来抵租金。汤姆·杜甘，这位聪明的数学家和科学家，现在竟然在为切莱斯蒂娜和她那群咋咋呼呼的朋友们拉木柴、修水龙头。

大约九个月前的一个冬夜，汤姆驱车驶入陶斯。引擎故障指示灯亮了，等汤姆发觉时，黑烟已经从汽车的散热器那儿冒出来。他匆忙将车开到附近最近的地点，并迅速熄火。

那是冬天的一个周四晚上，已经六点多了，周围大多数的店面都已经关门了，汤姆不知道去哪儿能找到机修工或者汽车零部件销售店，况且在那个时间，他都不太可能找到。他原本可以如同往常那样，拿出手机在谷歌上搜索附近的旅店或餐馆。但那晚，不知为何，他并没有这样做。

突然看到有一家店仍然亮着灯，汤姆直接把车停在了这家店门前，走了进去。他不知道这家店是卖什么的，也没注意其他的，只是因为它还亮着灯而自己也遇到了点麻烦。

一位有双黑眼睛的老妇人坐在柜台后边，她把塔罗牌铺满了玻璃柜台。在汤姆看来这种纸牌很奇怪，这时切莱斯蒂娜抬起头看着汤姆，低声说："我一直

在等你来。"

这句话让汤姆十分吃惊,他把鼻梁上的眼镜往上推了推。他之前并未来过陶斯,也不认识这儿的任何人。于是他朝着身后的门口张望,也许她正同另一个跟他一起进来的人说话。"你说什么?"

"你现在可以不用再逃了。"

"嗯。"汤姆目光转向一边,望着自己停在路边的吉普车。"我不是在逃,只是我的车出了点问题。"

切莱斯蒂娜盯着他。"是,我知道。"

过了一会儿,汤姆打算离开。他深吸一口气,接着问。"您是否知道这附近有没有现在还在营业的汽车零部件销售店,或者还在工作的机修工?"

她看着眼前的一切;看着汤姆,和他那脏兮兮的眼镜以及皱巴巴的衬衫。又看了看外面那辆停在她门口的吉普车。"不只是你的车需要帮助,"她边说边把纸牌收起来,摞成整齐的一沓。"车的问题只是你生活中所有问题的一个映射。"

唉,该死,汤姆这样想到。我一定是中了一个疯子的圈套了。他开始退到门边。"十分感谢您的帮助。我想知道这儿能否找到……"

"如你所愿吧,除非你能勇敢面对,不然是不会有任何改善的。"切莱斯蒂娜耸了耸肩。

"面对什么?"汤姆没想到自己竟然会回应她。

"好吧,我想你是知道的。你的生活里充斥着太多的谎言,不是吗?谎言,太多,太多。"

汤姆愣愣地站着，他的嘴微微张开。"我不知道你在说什么。"

"是吗？我想你是知道的。"切莱斯蒂娜盯着汤姆。"如果你愿意的话，我可以帮助你。"说着，她缓慢而有节奏地轻弹着放在玻璃台面上的纸牌。他听到了纸牌触碰玻璃台面时发出的噼里啪啦声。

尽管有所疑虑，汤姆仍站在那儿；甚至还向台面和纸牌迈近了一步。当然，这一小步，也靠近了这个有着一双黑眼睛，迷惑他，把他当做一条上了钩的鱼的奇怪女人。

她翻了一张纸牌，盯着它看，仿佛那是汤姆的简历，她正仔细地审查着他的背景。"在我的房子后面有一间小屋。就一间卧室和一个卫生间。"她抬头又看着汤姆。"今晚，你可以住在那里，直到你把有些事情想清楚。"

汤姆留了下来。但显然到现在他还没有完全想明白他的那些事。九个月过去了，他依旧住在那间小屋里，靠帮切莱斯蒂娜干点杂活来抵租金。有时是帮切莱斯蒂娜干活，有时也帮她的朋友们。一切听从切莱斯蒂娜的吩咐。老实说，汤姆还挺喜欢看那一群群痴狂的人们，都怀着对这女人通灵能力的绝对信任穿梭在她的店里。如同欣赏电视上的专业摔跤一般，这也是一种娱乐。不同的是，电视上的那些人清楚自己是在进行娱乐性的表演，而切莱斯蒂娜店里进进出出的那些人还没有意识到这一点。

汤姆同样认为自己对所谓的失业生活和低贱劳力的一味接受与切莱斯蒂娜以及她对自己的放纵有很大关系。她就像一只母鸡，整天咯咯、咕咕地叫着，试图保护他远离世间的险恶以及所有唯利是图的女人们。她最常问的问题就是："你吃饭了吗？"接着她会逼着他坐下，勉为其难地再喝一碗她亲手做的汤，或是吃一盘肉馅玉米卷饼或辣椒。这样被人唠叨的感觉挺好的。他喜欢她对自己的过度关心，喜欢她给自己做饭吃，喜欢她尽力帮自己修补所有那些在图森时就一直困扰自己的心理裂痕。

汤姆反复地告诉自己，他并没有真正爱上与他刚刚分手的前妻阿兰娜。他们之间并无共同之处，除了他负责挣钱她负责花钱之外。但是他又很喜欢阿兰娜。喜欢回家和另一个人待在一起的感觉，喜欢他们之间有时只有只言片语，而有时又有许多话要说。喜欢挨着她温暖芳香的胴体入睡，尤其喜欢她想要贵重物品时，显出极其友善的态度。例如那辆宝马车就是一个很好的例证。看到钱的瞬间，阿兰娜就会变得特别迷人。

汤姆的一生注定孤独，所以当他和阿兰娜在一起的时候，大家既吃惊又赞叹。汤姆真不敢相信自己是多么的幸运——不敢相信这么漂亮的人会对自己感兴趣。事实证明，他也的确不是阿兰娜的兴趣所在。

到目前为止，那段经历中最糟糕的事情就是他完全丧失了对自己观察能力的信心。他真的是最后一个知道的。他一生都在致力于做一位科学家,认真训练自己的检查能力、做详细的笔记、勤恳地审查各种条件。然而他完全忽略了阿兰娜和情夫所做的所有线索,他又怎能继续称自己是一名科学家?他和阿兰娜住在一起,睡在她旁边,怎么就没看到那些显而易见的东西呢?

相比隐晦的人类行为,电路板和编程语言就容易多了。汤姆从来没有真正理解过人类的行为,但也不认为相比人类的陪伴,他更喜欢与方程式、概念和编码作伴。前者会让他感到慌乱与挫败,哪怕是让他努力解读其中最简单的情感信号。

在他离开图森、抛弃以前的生活逃离之前,汤姆和杰克·丹尼尔夫妇一直都是好朋友。来到陶斯后,他们依然保持着联系。他尽力把酒瓶拿出切莱斯蒂娜的屋子,不让她看到。但不管他如何小心谨慎,切莱斯蒂娜最后都会知道。汤姆不明白切莱斯蒂娜是怎么知道的。不过,又有一次,他看到切莱斯蒂娜坐在店里的柜台边,把塔罗牌摆开放在收银机旁边的玻璃上,在寂静的黑暗中等待着关门的那一刻。似乎在关店回家之前,她再次检查确认是否还有什么是她需要知道的。汤姆一直在店后面的厨房里修理破碎的架子,然后当他走到前面时,发现切莱斯蒂娜正在翻塔罗牌。切莱斯蒂娜甚至连头都没抬,就对他说:"汤姆,答案并不在那酒瓶里。如果你继续和杰克一块儿喝酒,你会一直沉溺于过去的痛苦中。"

说完后她抬起头，乌黑的双眼闪烁着，如六发式左轮手枪般犀利。

这些话让汤姆不寒而栗。她怎么会知道的？他从来没有喝到不省人事过，而且每天早上也都会冲澡散去酒气。他会小心翼翼地把酒瓶在别的地方处理了。晚上一旦喝酒，他也从来不去别的地方或是叫别的人。想到这儿，汤姆并没有如切莱斯蒂娜所愿，承认她的话直中要害，只是看了看她，轻声说："晚安，切莱斯蒂娜。"

"汤姆，你的时间可以用于做更好的事，你需要把你的天赋用到你未来的路上。"

汤姆转过头，与切莱斯蒂娜的眼神相遇，他想知道她到底看到了什么。汤姆晃了一下，转身离开了。他坚信切莱斯蒂娜绝不可能透过那些纸牌看到什么，他知道那样是不合常理的。但那天晚上回家后，汤姆热了一份速冻披萨，在玻璃杯里倒了两指高度的酒，没有加冰。当他站在水槽旁打算抿第一口的时候，想起了切莱斯蒂娜的话。他从来没有相信过那些所谓的通灵把戏。但切莱斯蒂娜确实让他有点儿害怕。他听说过太多关于她的故事，也见过太多顾客因为她的话时常灵验而一次次地回来找她。汤姆的这一丝疑虑，在他与阿兰娜的婚姻失败后对自己观察力的相同疑虑一直困扰着他，而此刻这种疑虑再次袭来，并在他耳边低语。如果切莱斯蒂娜真的能看见怎么办？如果未来真的有一些东西等着他，又需要他时刻保持清醒的头脑怎么办？

汤姆头脑中理智与科学的那部分反复地告诉他，这是无稽之谈。但他的确错过了前妻和他生意伙伴之间的蛛丝马迹，他头脑中的理智与科学部分并没有他想象得那么可靠。这种想法足以激起汤姆心中的恐惧，让他认为自己也许应该相信这个玩塔罗牌的疯女人。

他转身把杯里的酒倒进了水槽，接着把酒瓶里剩余的酒也都倒了。那是六个月前，从那以后，汤姆就真的努力留意起来。他会仔细观察所有相关的条件，试着记录下那些信赖切莱斯蒂娜又多次回来找她的人数。

但如果切莱斯蒂娜确实给了他去伊莉斯家的有用的指示，他现在早就该到那儿了。汤姆呼了口气，把车倒出了又一条死路。他已经在这山里绕了一个多小时，始终没有找到伊莉斯家的准确位置。

汤姆把胳膊搁在方向盘上，身体前倾，用手支着下巴。"真该死，切莱斯蒂娜。我现在到底在做什么？"他嘟哝着。从卡车外某个地方传来了"呱呱"声，在这寂静的秋日显得格外响亮。一只乌鸦恰好飞到车前，落在了杨木树的枝头上。汤姆看着它，他们的目光交汇，那只乌鸦两次探了探头。接着它便飞离枝头，以优美的弧线转身沿着砾石路飞去。汤姆启动卡车追随着它，不是因为他觉得乌鸦在和他交流或引领着他，而是因为——他完全想不出他能做点什么其他更

好的事了。

那天下午，金灿灿的阳光照耀着山坡。伊莉斯停下来使自己能正常地呼吸。她已经尽可能以最快的速度在一路向上地登山了。有时候，当痛苦与悲伤在她体内灼烧，令她心碎，她就绝望地向前走——用脚底来击退痛苦，使自己迷失在小木屋周围的群山中。对她来说，似乎只有身体上的强烈的疼痛，才能掩盖她心中无尽的绝望、孤独与自我怀疑。

伊莉斯静静地站着，等待着呼吸恢复正常。她听到山杨树的树叶沙沙作响，它们闪着金色和橘色的光芒，衬着黄松、矮松和雪松的那一片深绿色。叶子从树上飘落，落了在稍矮些的松树的枝头，如圣诞饰品一般。天空也如蓝玻璃般明亮清澈，那一瞬间，至少这美景给了伊莉斯些许的抚慰。她闻到了山杨树叶的甜美香馥，还有松树浓郁的麝香味。

伊莉斯又开始走了。但这一次她放慢了脚步，也不像一小时前刚从家里出发时那样绝望得痛苦。她爬上了一座小山，向下张望一片金黄色的草地，在微风中尽情地弯腰舒展自己。凉爽的秋日拂去了草地最后一抹绿色。草地呈现一片金黄色，就好像一位画家为整个场景刷了一层琥珀色的颜料一般。伊莉斯又一次停了下来，她的心脏剧烈地跳动着。对于这片草地，这金黄色的光芒，有某种东西让她感到似曾相识。她缓慢地转过身，看着眼前的这一切——山杨树灰棕色的树皮落在草地边缘，风透过树叶在轻声耳语。她曾梦到过这场景吗？

伊莉斯坐在一块石头上，盯着这片草地，仔细地聆听，这种方式她曾见迈克尔做过上百次。洛雷娜外出采集植物时伊莉斯也见她这么做。伊莉斯确定自己一定曾梦到过这个场景。就在昨晚，只可惜黎明的晨曦击碎了梦的每个片段。此刻，这个梦又如同破罐的碎片，零零星星地浮现出来，而伊莉斯需要弄清楚该怎样把这些碎片重新弥合在一起。

有一片牧场和这里十分相似。又干又脆的小草沙沙作响，也像渡了一层琥珀色。一个男人就站在牧场的中央，咧着嘴笑，黝黑的脸上露出灿烂的笑容。他棕色的胳膊有着凸出的肌肉，蓝色的眼睛也随着笑容翩翩起舞，还有一头浓密的黑色卷发。他在草地上弯下腰，把手伸向她。

他穿着牛仔衬衫，袖子被剪去了，露出强健的棕色肌肉。在他胸前的口袋里，她能看到一包鼓鼓的香烟。他的声音从远处飘来。"来吧，伊莉斯？"她像个小女孩般跑过那片干草地，用尽全力地抬高腿，尽量不碰到那又粗又硬的草茎。男人双手举起她，在空中转圈。她大笑着，沉浸在这眩晕中，那时的她不过两三岁。

伊莉斯看着眼前这片空地，聆听着穿过小草舞动的风声。关于父亲，她没有一丝可以永存的记忆。但她知道，那个站在金黄色草地上的男人就是她的父亲。她任由自己沉浸在父亲抱着自己摇摆在空中的感觉里——这种感觉让她感到如家般的安全与温暖，仿佛自己被悉心地呵护着。迈克尔第一次拥她入怀时，就是这种感觉。

伊莉斯又走了几步，坐在一块凋落的山杨木桩上。木头的树皮白白滑滑的，她用手轻轻地抚摸着。她的眼睛扫视着这片草地，想重新找回刚才那种感觉——她想再次沉浸到梦里的温暖与舒适中，想再次回到她不太了解的父亲的怀抱里。

伊莉斯对父亲没什么印象。他去世时，她还不到五岁。不记得在父亲离开多久以后，但她记得母亲把家里的旧克莱斯勒汽车装满，载着她们俩回到新墨西哥州，回到了罗斯从小长大的那个家。伊莉斯隐约记得，当时她坐在后座，身边是一摞摞母亲想要留着的衣服和毛毯。她还记得她歪着头靠在垫子上，望着车窗外飞驰而过的景象。她还记得母亲就坐在她前面的驾驶座上，能看见她的后脑勺，前边时不时地传来打嗝声和哭泣声。

"妈妈，你怎么啦？"

紧接着又是一阵抽噎声。"没什么，我就是有点累了。"这时，罗斯搜寻收音机里的电台，汉克·威廉姆斯的声音在车里回荡，伴随着他痛彻心扉的歌词"我寂寞如斯而哭泣"。

没人问起或者谈论伊莉斯的父亲，以及她们来新墨西哥州之前的生活，就好像罗斯回西部时已把所有的一切都留在了身后,将其永远封存于心间。罗斯去世后不到两年,伊莉斯就和她的过去彻底断了,和她搬到这四居室的屋子同外祖母一起生活之前所有的一切失去了联系。比尤莱很保守:她从不过多地谈论自己,她始终坚信孩子应该被监督而不是被聆听。

在那样一个沉寂的环境中长大,伊莉斯常把自己描述成一个弃儿——一个未曾感受到父母的爱,也不知道自己来自哪里的神秘女孩儿。父亲的位置在她生命里一直是空缺的,如同一颗牙齿掉落后在嘴里留下的空隙一般。没有疼痛,只是空着,总觉得那里应该有点什么。只有在特定的时刻她才会注意到这一点:例如放学后,看见埃斯佩兰萨·蒙德拉贡奔向她的父亲,而她父亲正等在停靠在路边的卡车里。或是当她是青少年时,听见同校的女生们相互抱怨她们的父亲不同意她们与某个男生约会。

没有人在学校外面等过伊莉斯。也没有人不准她与某个男孩约会。有的只是与比尤莱一起吃饭时的安静,餐桌旁空空的椅子,镀银餐具在盘子里发出的刮擦碰撞声,以及那无法言表自己想法的沉重感。空虚、寂寞、分离充斥着伊莉斯的生活;她深切地体会着这些感觉,就如同是她身体的一部分。这种情况一直持续到迈克尔出现。

伊莉斯现在已经五十多岁了,重回到孤独与分离的感觉,但似乎又不同于过去那般。

一个黑影飞过她的视线,伊莉斯抬起头。一只乌鸦飞落在附近一棵山杨树上。乌鸦是不祥的预兆，只要一有风吹草动，就会降临。她伸手遮挡刺眼的阳光，抬头望着这只乌鸦。她告诉自己坐着别动，像洛蕾娜告诉自己的那样去看、去听。她依稀感觉这只乌鸦就是前几天落在她门廊上的那只，也是上次在阿罗约萨科，索尼娅的屋前见过的那只，随后她又不禁为自己的愚蠢摇了摇头。为什么一只乌鸦要四处跟着她呢？

乌鸦用嘴整理干净自己的羽毛。伊莉斯一直很喜欢乌鸦，喜欢它们飞过时的叫声，喜欢它们的聪颖，它们一直以来都是她最喜爱的鸟。这只乌鸦看着伊莉斯"咯咯"地叫，就像一只母鸡带着小鸡时发出的声音。伊莉斯笑了。那是一种她之前从没听到乌鸦发出过的声音：慈母般的温柔和慈爱。

她想起了以前迈克尔诉说过的关于他开始雕刻鸟儿的故事。从洛杉矶回来后的六个月里，他一直在做零工，尝试着在新墨西哥州找到自己原本的生活，但却不知道那将会是什么样的生活。杰卡里拉保留地的一位长者把他拉到山上——把他送到山里开始寻梦。迈克尔在一个用经幡围起来、只有十平方英尺的小地方待了四天三夜。没有食物，只有一条毯子用来抵御夜晚山上的寒冷。

后来迈克尔告诉她，什么都没发生，直到第四天的早晨。他准备收拾了回去，告诉那位长者他什么也没看到。迈克尔很失望。虽然他知道这事也发生过，很多像他一样的年轻男子上山，也是什么都没看到——但他还是希望自己能看到些什么。他祈祷着,用烟草祭拜,还唱了颂歌。

最后那天早上,他盘腿坐在地上,盯着下面的山谷。他看到东北角有一块花岗岩石,用眼角的余光能感觉到那块石头在微妙地变化着。他没有扭头直视它,而是用余光观察着完整的变化过程。它移动着,变化着,长出羽毛,飞向天空,发出鹰的叫声。迈克尔把手遮挡在眼睛的上方去看那只石头变成的鸟。旁边几米远的地方有一个老西黄松的树桩。迈克尔看到了它变体的全过程:它伸展、飞翔,红色的尾巴在蓝天中闪耀,此时,他周围的一切都开始变形成鸟儿。树桩、石头、树枝变成了乌鸦、金翼啄木鸟和山雀。

迈克尔捡起一块木头,那是一根弯曲的灰色的矮松树枝。他用手托着它,看着它在眼前变形,一眨眼,手中的木头变成了一只鸽子。那一刻,他突然知道——知道自己该怎样生活,知道自己的一生该做什么了。他摘掉了经幡,走了半英里来到杰卡里拉长者的营地。从那天起,他开始雕刻鸟儿。他称它们为有灵魂的鸟,那是祖先的灵魂,是几年前他那死去的兄弟安德烈斯的灵魂。

雕刻,把枯木雕成各种鸟儿,也改变了迈克尔。他变得更冷静、更自信了。他认真聆听路上遇到的树木、石头和鸟儿的智慧,特别是鸟儿。他告诉伊莉斯:"它们是信使,当你看到它们时,一定要留意。"

她抬头看着停在她附近树上的那只乌鸦,小声地说:"我在听着呢,你想告诉我什么呢?"

乌鸦从树枝上飞下,飞过她的头顶。飞得如此之低,以至于她抬起胳膊躲了一下。她站起来,朝着乌鸦飞的方向走去,走上回家的路。

还没走到小木屋前,她听到一辆车驶来的声音,开进了她的车道。她迅速穿过树丛,然后突然停下来。一辆老旧的福特卡车停在她的面前。她没见过这辆装满柴火的卡车,或许是给哪位邻居送货的人迷路了。

有个男人站在她家门廊,正趴在一扇窗户上使劲往屋里看。在伊莉斯张望时,那只乌鸦飞到了旁边的一棵树上。

汤姆·杜甘转过身看到了她,把眼镜往鼻梁上推了推说:"你在这里呀。我不确定我是否找对了地方,我敲门但没有人回应。你这里真是太难找了。"

"你在这里做什么?"伊莉斯双手交叉在胸前,风有点凉。

"切莱斯蒂娜觉得你这儿需要柴火,从那柴堆来看——"汤姆走下门廊,指着她柴火堆上的仅剩的那点柴火——"她真说对了。"他把车开到紧挨着柴火堆的地方停下,熄了火。

汤姆从车上下来,戴上皮革工作手套。"作为一个所谓的通灵天才,她在指路方面是真不行。水晶球预测的事情并不是十分准确啊。为了找到这个地方,我在附近已经转了一个小时。"

他打开卡车的后挡板,走上去说:"是把柴垛在这儿吗?"

伊莉斯转头看着柴堆里仅剩的几根木头。这样的寒冷天气下,这点柴火没几天就不够用了。莫妮卡和她的哥哥纳西索答应会给她带点来,但最近他们忙着房屋改建的生意,所以就没时间过来了。"放那儿就行。"伊莉斯答道。

"这辆车是切莱斯蒂娜借我用的——当然是她丈夫的。太旧了,而且没有全球定位系统。她歪着头——"汤姆示范着也把头歪向一边——"睁着愚蠢的双眼说,'走阿马利亚外面上山的那条路,在第三棵树那儿左转。'说得好像在阿马利亚外面只有一条上山的路一样,好像这里没有一整片的森林似的。"他抬起胳膊指了指周围茂密的树林。

汤姆开始把一捆捆柴火扔到地上。"所以我在小市场停下来,又回到小镇上。"他转过身,把怀里的柴火扔到卡车旁。"我问一个小伙是否认识伊莉斯·布鲁克斯,他看着我的眼睛说,'从没听过这个人。'你难道不认识这附近的人吗?我以为你在这住了很长时间了。"

"我是在这住了很长时间,住了大半生,我认识这里的每一个人。"

汤姆停下手里的活,直起腰来,推了推鼻梁上的眼镜,等她接着说完。

"但他们不认识你。我知道没有一个孤独的灵魂会把一个陌生人指引到我家。"

"哦，"汤姆点点头又继续干活。"更不用说是一个带着柴火的陌生人？"

伊莉斯耸耸肩。"如果是我预订了柴火的话，我就会指指路。你是碰巧看到路中间的三棵树吗？你确实是在第三棵树左转的。"

汤姆瞥了她一眼，丢下怀里的另一根木头。"哈，如果我没去追那只就在车前不停打转的乌鸦的话，或许就会错过那几棵树了。"

伊莉斯猛地抬起头，寻找刚才从她头顶飞过的那只乌鸦。但她没看到，于是长呼了一口气。

汤姆继续把柴火扔到卡车旁边，柴火都卸完之后，他从后挡板跳下了车。

她一点儿也不想要这种看似愉快的陪伴，尤其是这个男人还让她有点紧张。她不喜欢他从窗户往屋里偷窥，但她又感觉有点愧疚。毕竟他是一路开过来给她送柴火的。额头上渗出了汗，汤姆抬起胳膊用袖子擦了擦。

"我没有苏打水，但有口感很好的井水。"她低声说。

"那很好。"汤姆咕哝着，用帽子拍打着腿上的木屑，"我口渴了。"

他跟着她走上门廊，在其中一把木制摇椅上坐下。她拿了两杯水和额外的一瓶水，坐在另一把椅子上。他们都面朝下面的山谷，没有看彼此。

"为什么你受切莱斯蒂娜的差使？"

汤姆一口喝完杯子里的水,把杯子放在他们当中的小桌上。"这个问题问得好,不是吗?有时候我自己也不确定是为了什么。"

"不是由神灵指引着去她那儿给她干活的?"

"哦,天哪,当然不是。"他迅速瞥了她一眼。"对不起——我并不是故意冒犯你。我只是不喜欢那种东西。我是个工程师,软件工程师,我是为太阳能设备运行写程序、制造镶板的。所有这些关乎神灵的说法都让我感到很不自在。"

伊莉斯等着他继续说。"所以呢?那你为什么为她干活?"

汤姆抿了抿嘴,没有再看伊莉斯。"我的车坏了,开始发出噼啪声,检查发动机灯亮了,引擎盖下开始冒出一缕轻烟。我刚开进陶斯村,并不熟悉周围的情况,就找了一个可以停车的地方把车停好。我环视四周,想看看到哪里可以寻求点帮助。但是当时是一月份的一个星期四的下午六点多,大部分的商店都已经关门了。切莱斯蒂娜的房子恰好就在我前面,还亮着灯。我走了进去,心想我可以得到一些关于汽车配件商店,或者汽车旅馆之类的信息。我看见一个妇人坐在柜台那儿玩纸牌。至少我是那样想的。她抬起头说,'我一直在等你来。'"汤姆摇摇头。

伊莉斯放下手中的水杯。

"当然那个时候,我只是想摆脱困境,并没有真正去思考她说的话。我更关心的是找到住的地方,找

到能自己修理汽车的地方。你知道大部分的机修工是靠不住的。"他转向伊莉斯,把眼镜往上推了推。

"之后我告诉她发生的事,问她是否能告诉我最近的汽车旅馆在哪里。她看了我一会儿,歪着头——"汤姆也歪头演示着——"然后说,'你现在可以不用逃了。'"

"不用逃了?"

他咽了下口水,身体绷紧了。"我猜你可能以为我是在逃跑。"

伊莉斯仔细看了他一会儿。"你有点老,不像逃犯。"

"当情况很糟的时候,你再老也能跑。"他用帽子拍打他的牛仔衣,好像在思考是否还要聊下去。他的脸色阴沉了一会儿,盯着下面的山谷。

"我在图森生活了一辈子。在那里长大,在那里上学。在那里和最好的朋友一起做生意。我们设计和安装太阳能设备。包括太阳能加热设备、太阳能制冷设备和太阳能热水器,经营得挺不错。"汤姆停下来深吸一口气。"太阳能空调在沙漠是个朝阳产业。"

汤姆停了一下,把声音放低了。"然而有一天下午,我去家里取忘在书桌上的编程的东西,工作要用。我走进屋子,没注意到我合伙人的车停在外面。他们也没听到我进去。我径直地走向他们。我的妻子和我的商业伙伴正在干着疯狂的事。"

伊莉斯流露出厌恶的表情。

汤姆看着她，"是的，恶心至极。我想对于你们这些失去伴侣的寡妇来说，碰上这样的事可能会好受一点。"

"你说什么？"伊莉斯对他说的感到恼火，坐直了些。

"我不知道，如果一切突然结束的话，至少事情不会那么复杂。至少你不会……撞见这种事。你不会目睹他们爱上了别人。这就是我不想去杂货店或者外出吃饭的原因，害怕再撞见他们俩在一起。"汤姆朝其他地方看了一会儿。"或者撞见一些知情人。这可不好玩。当然，所有人都知道这事。图森不大，事情很快就传开了。"

沉默良久，汤姆发出一声沉重的叹息。"所以，我离婚了。合伙人买走了我一半的生意。虽然我不得不说，我不知道他能否守得住这份生意。"汤姆转过来看着她，眉毛微微上扬。"我才是营运生意的智力担当。"

"我把房子给了她。撞见那件事儿之后，房子里的东西我一样也不想碰。我走了，不知道要去哪里或者要做些什么。就这么一直开着车到处跑，在塞多纳周边徒步。想着来这儿还做老本行，顺便看看陶斯和附近山区的情况。接着我的车就坏了，在切莱斯蒂娜的店门口。"

伊莉斯看着他，他正凝视着下面的山谷。她很吃惊，他竟然可以毫无感情地讲出这么可怕的故事。

汤姆清了清嗓子:"那天晚上,我没有住汽车旅馆。我知道的是,切莱斯蒂娜已经安排好一切,我住进了她房子后面的小客房。之后她就让我为她所有丧偶的朋友送柴火、修水龙头。还没来得及弄明白发生了什么,一年已经过去了。"

"确实是这么回事,"伊莉斯低语道。"一切发生之后,你依旧不相信命运?同步性?"

汤姆猛地转过头,严厉地看着她,"什么?你认为我就是被派去切莱斯蒂娜那里的?"

伊莉斯耸耸肩。"这很有趣。"

"巧合,纯属巧合。"

"有人不相信世上有巧合,卡尔·荣格就不信。若是巧合有意义,并且违背了统计概率,那就是有其他东西在起作用。"

"是的。一些人认为专业摔跤是真的。"汤姆又一次推了推眼镜。"我不得不说,心理学和精神病学不是真正的科学。它们所属的领域很模糊。"

"有些人可能会认为这种观点有点冒犯人。"伊莉斯继续说道。"卡尔·荣格拿到了医学学位。据大家所说,他非常聪明。"

汤姆看着她,嘴巴微张着,好像超乎寻常的智力和兴趣是相互排斥的。"是的,是这样。"

"那么,你是怎么到切莱斯蒂娜那儿的呢?"汤姆问道。

"没有你的故事那么戏剧化。我去是为了解读塔罗牌,就在一周之前。"

他点点头,好像这回答解释了一切。"哦,那对你有帮助吗?你知道了些什么吗?"

"我不能说知道了什么未来,但是她似乎知道我生活里的很多事。"

汤姆向后靠着椅背,摇了两下。"关于这方面有个理论。这理论不是我说的——很多科学界的人都是这么认为。心灵研究、解读塔罗牌、看手相——所有这些通灵的东西——事实上都是在读你。你知道,他们在揣摩你的服装、发型、穿的鞋子、戴的珠宝,所有的一切。就跟零售店能知道某个购物者是否买得起他们出售的东西一样,或者跟警察能够分辨某人是否在撒谎一样。他们整合完所有的信息,然后说一些随意的、笼统的话,像'我看出你感到很迷茫',然后等等看那个人如何回应。接着观察他们的面部表情和肢体语言。然后在此基础上继续。"他转向她说,一侧肩倾向前方。"之后,被观察者会说出各种各样的相关信息,给那些人提供更多的信息。"

"所以,你认为灵性知识,超感官知觉——或者随你怎么称呼它——是不可信的?"

汤姆摇摇头。"是的,我不相信。"

伊莉斯往后靠了靠,"有趣的理论,我在想她是怎么知道我妈妈叫罗斯的。"

汤姆张开嘴巴,犹豫了一会儿。"她准确地说出你妈妈的名字是罗斯吗?或者她只是说了一些含糊

的话,像……'我看到玫瑰了'之类的?"

伊莉斯看着他。既然他问了这个问题,她也记不太清了。是切莱斯蒂娜本身说出罗斯这个名字?还是伊莉斯自己告诉她的?

"好吧,她把你所有的问题都解决了吗?预测你的未来会怎样?"

伊莉斯摇摇头。"没有,她的预测有点儿……我不清楚……适用于任何人。"

"这正是我要说的。我认为如果信息能够几乎适用于任何人的话,就不能够证明灵性知识是可信的。"

伊莉斯看了他一会儿,努力回想切莱斯蒂娜当时到底说了什么。

"所以,她给你说了什么关于你的未来的有用信息吗?"

伊莉斯深吸一口气。他的话几乎和那天晚上莫妮卡所说的一模一样。"她说一个有双黑眼睛的男人会出现来帮助我。"

汤姆大笑起来。"明白了吗?那就是我的意思。"他用帽子拍拍腿又笑了。"有用吗?一个有双黑眼睛的男子会帮助你。"他轻笑说,"帮你什么?"

"她也没具体说吧。"

"那就对了。难怪她有那么多顾客。做那样的预测,她的成功率会非常高。"他又把另一杯水一饮而下。"预言中有一点可以说是正确的。我有双黑眼睛,我是个男人,而且我刚给你送了些柴火。"汤姆笑着,露出亮白的牙齿。"切莱斯蒂娜是个天才,对吧?也许我也需要去算一卦。我想知道这是否还有意义,因为她是派我来的那个人。"

伊莉斯回头看向山谷,叹息道:"我去那儿不是为了了解我的未来。"

汤姆安静下来,往上推了推鼻梁上的眼镜。"不是吗?"

伊莉斯看着树林,摇摇头。通常情况下,她从不跟不熟悉的人谈论自己以及自己的生活,但今天,很多话脱口而出。"不是。我去那里,"她转过头直视着汤姆,"是因为我认为我的丈夫想跟我说些什么。"

汤姆盯着她。

"我去世的丈夫。"

"是什么让你产生了这种想法?"

伊莉斯耸耸肩,希望自己什么也没说过。"我不知道。只是一种感觉,是梦吧。有时候我觉得我听到他叫我的名字,这些无法用科学来解释。"

"切莱斯蒂娜知道是为什么吗?"

伊莉斯摇摇头。"不,她并不知道。"

汤姆沉默了一会儿,推了推眼镜。"好吧,你不可能去看牙医来医治你脚上的疼痛。"

伊莉斯怒视着他。她有点烦了,准备请他离开。"你什么意思?"

"并非我相信这些东西,但是如果你想从一个死人身上寻找信息,可能你需要的不是一个解读塔罗牌的人，你可以试着找那些这方面比较擅长的人，比如说……灵媒。"

汤姆在椅背上靠了一会儿，像是陷入了深思。"我不知道。这对我来说的确是个新领域。但是我知道切莱斯蒂娜通常被问到那类问题。比如，'他是在骗我吗？'或者'我应该和我的妹夫一起投资吗？'又或者'我将会和谁结婚？'诸如此类的。"

"我的意思是，我知道她有时听到……据说她能从神灵那里听到消息，但这并不是她擅长的领域，因为很难从一张牌里收到死者传递的信息。"

伊莉斯若有所思了一会儿。"那个晚上怎么样？和寡妇还有孤儿们在一起的那个晚上？"伊莉斯转向他。"她说'他来了'，那个来帮我的男人来了。"

汤姆笑了。"我看见当她说这句话的时候你直直地看着我。对啊，我来了。我就是来帮你的那个人。之后她就让我来给你送柴火了。说来真是她控制着整个局面，看起来显然是给我下了一个套。"

伊莉斯安静地坐着。那天晚上她看到的不是汤姆，而是那只乌鸦。

他又往上推了推架在鼻梁上的眼镜，转向伊莉斯。"如果想要和死者交流是你追求的，切莱斯蒂娜似乎并不是你最好的选择。"汤姆站起来伸了个懒腰。杨木树的枝头传来了那只乌鸦温柔的咯咯声。

第十一章

十月初一直是伊莉斯一年中最喜欢的时节。不像春天，风太小。夜晚清新而凉爽；白天阳光明媚，暖洋洋的，天气也不热。秋日较弱的光线更加晕染了群山如珠宝般的色彩。远处的群山犹如深紫色的紫水晶，天空犹如蓝宝石，树叶摇曳着犹如玛瑙、琥珀、红宝石、石榴石和黄水晶在闪耀，映衬着松树的深祖母绿色。

秋日杨木树叶的香味透过空气阵阵飘来——带着甜味，香味，还有落叶的味道。漆树的叶子用斑斑点点的黄褐色点缀着山坡。

伊莉斯在一棵巨大的矮松下，离洛雷娜几英尺远。两人跪在毯子上捡松果，想要填满她们无数的咖啡罐头。马德里一家，像这个地区许多其他家庭一样，世世代代收获松果，而伊莉斯也一直加入到采摘中。

整个秋季和冬季，洛雷娜会拿一些松果浸泡在盐水中，然后放到她加热的铸铁煮锅里搅动，一直到水开了，松果壳掉下咸咸的、深褐色的外衣。

矮松是马德里家庭冬日傍晚不可或缺的——到处弥漫着壁炉里烧着的矮松木的味道，同时还有绿辣椒和自制玉米粉圆饼的味道。伊莉斯记得孩提时代她就那样坐在他们家的客厅里，屋外风和雪在咆哮，屋里的一角烧着火，大家忙着用牙齿咬开松果壳，挖出里面的果仁。他们就像吃爆米花一样，松果的破裂声就像是莫妮卡的父亲、母亲和韦斯叔叔讲故事时的音乐伴奏。

莫妮卡一直用牙齿直接咬开松果壳，并用舌头取出果仁，对此她引以为傲。她嘲笑伊莉斯笨手笨脚，因为伊莉斯咬开壳后要吐在手里，然后用手指把里面的小白仁挖出来。伊莉斯的方法不可取，尽管她努力了四十年，但她还是没能掌握如何用舌头取出果仁的艺术。这也是她的松果消耗量为何远低于家庭其他成员的主要原因。

韦斯叔叔，实际上是洛雷娜的叔叔，莫妮卡的舅公，坐在十五英尺外的折叠式草坪躺椅上。戴着他的黑色牛仔帽（"如果我是个牛仔，那就一定不是个好牛仔。"他曾告诉她们），穿着长袖牛仔衬衫，低着头在打盹。他的工作皮手套放在大腿上，一只手搁在上面。他已在那棵巨大的杨木树荫下的椅子上坐了大约半小时了。"我来监督你们，"他说。"别偷懒。"他一坐下,就把野餐食物篮拉到椅子旁边,仔细翻查着里面的食物。"或许我最好确定一下这炸鸡还能吃,不想让你们中任何一个年轻人食物中毒。这样会影响进度。"

莫妮卡和她的哥哥纳西索在稍远一些的山上,想要寻找最好的树——果实累累而且不能太小,还没被克拉克家的胡桃钳夹走或者被松鸡掠夺过。鸟儿发出的响亮而刺耳的叫声也是秋日场景的一部分,仿佛在为它们的潜在食物被这家人掠夺走而大声抗议。鸟儿会尽可能地多贮藏些松果,然后把松果隐藏到它们的战略据点,为即将到来的漫漫冬季做准备。

莫妮卡和纳西索找到了一棵树,树上到处都结满了果实,她们就在树下铺上一条毯子和一条旧床单,然后开始跳莫妮卡称之为的摇摆舞。她们大叫着,抓住树枝,猛烈地摇晃,松果就会像下雨般地纷纷落到毯子上,犹如下了一场棕色小冰雹。

家庭的其他成员——纳西索的妻子和两个孩子,洛雷娜和伊莉斯——留下来匍匐绕着树的周围,收集刚被摇晃下来的松果,把它们装入咖啡罐头和塑料冰淇淋桶内。这可是个苦差事。树液总是沿着树枝滴下来,滴到他们的手上和膝盖上,渗透到他们的衣服和头发里。树枝也会勾住他们的头发,蜘蛛潜伏在每个可能的缝隙里,从树枝到下面的松针。采松果的每个人都要踮着脚,时刻准备好拍打、轻弹和逃离这些生物。伊莉斯感到膝盖和背都在隐隐作痛,她不明白,

洛雷娜尽管已经七十八岁了，为何总是采得比别人多。

"到这儿来搭把手好吗，莫妮卡？"

"我？跪着？"莫妮卡翻着白眼，吐了口唾沫。"你能打消这个该死的想法吗？"

伊莉斯笑了。尽管秋日很美，她还是很害怕这次出行。她能肯定莫妮卡已经告诉她母亲——很有可能是全家——关于伊莉斯精神错乱、而且还去陶斯村拜访那位通灵女巫的事。伊莉斯尽可能地对别人如何看待她的行为置之不理，但她清楚她不可能对洛雷娜对此事的想法无动于衷。她等了整个早晨，想找合适的时间与她谈谈。

她听到莫妮卡在远处的山上大叫，纳西索大声回应着。她听到他们大声说话，听到松果如下雨般掉落到塑料防水布上。伊莉斯知道此刻她的机会来了，她清了清嗓子。"我想莫妮卡已经告诉你我疯了。"

洛雷娜轻笑着抬起头。"我相信她的原话是'真正的鸟屎'。"

伊莉斯大笑。

"那是我女儿的事。你不必弄明白她对某事的立场。"洛雷娜笑着继续把松果扔进咖啡罐。

伊莉斯感到从胸口涌起一阵恐惧，让她脸红。但既然已经开始，她觉得应该继续下去，应该告诉洛雷娜一切。"她告诉过你我的梦吗？"

洛雷娜转过身面对伊莉斯。"你为什么不告诉我呢？"

伊莉斯坐下，双手抱膝，说出了整个故事。她说的时候没有看洛雷娜。相反，她眺望着西方的地平线，看着下面的山谷和无尽的天空。她一直害怕诉说这些，这几个月她一直在回避，内心感到愧疚，自我怀疑，想方设法地为迈克尔的死责备自己。现在这感受像山泉一下子涌了出来。

"是我的错，洛雷娜。他死了。我应该知道不让他开我的车。我应该告诉他那个梦。我应该阻止他去。"

洛雷娜转过身看着她，长长的、有穿透力的眼神让伊莉斯感到这个女人能够直接看透她的灵魂。"有些梦，有些场景，是要帮助我们做出不同的决定，来改变结果。"洛雷娜的声音既平静又柔和。"是一种警告。"

"但是也有些情况我们无法改变，无论事先有多了解。在我的家庭里，那些巫医就曾给部落里那些做过梦、有过幻象的人进行治疗。他们知道即将有巨大的变化——白人要来了，我们的生活方式也将改变。但这并不意味着他们能够阻止这一切发生。"

伊莉斯专注于话语的平和。

洛雷娜又仔细看了她一会儿。"你都不知道是迈克尔在车里，是吗？在梦里？"

伊莉斯摇摇头。

洛雷娜呼了口气。"所以也许那个梦是想告诉你另一些事。也许是一些关于你自己的事。我的经验是，梦通常并不完全会照原样发生。它的意义更微妙——更像童话而不是一些事的直接映射。"

伊莉斯呼了口气。既然她已经开始解脱自己,她就一定要继续下去。她需要洛雷娜的祝福,需要完全的释怀。"莫妮卡是否告诉过你那个解牌人?"

洛雷娜大笑。"当然。你知道她是否阻止过任何事的发生?"

伊莉斯没有笑。她等了一下然后问了脑海里最重要的一个问题:"你认为我疯了吗?"

洛雷娜摇头,一手放在伊莉斯的背上。"我觉得你受伤害了。我觉得你很孤独。而且,我认为你在寻找答案。"

"莫妮卡说她们是骗子,只是想骗我的钱。那都是些废话。"

"也有人这样说草药治疗师。"洛雷娜回应道。她们都沉寂了片刻,想到了稳定的客流,陶斯村的居民和来访者们都慕名来拜访洛雷娜。但几乎每个人都不想让朋友和家人知道,他们在请一个与植物对话的印第安女人用其他方法帮他们治疗。"莫妮卡不知道所有答案,尽管她认为她知道。我觉得如果你执意想做的话,你就应该去做。"

"真的?但这和印第安方式太不同了。"

"或许是,或许不是。印第安方式并不是唯一的方式。通往知识的道路有很多条。把我们的信念强加于别人,这并不是我的任务,也不是莫妮卡的。我相信在这世上你能找到你自己的路。如果你想要得到帮助，如果你需要帮助，你就说出来。你去向你觉得合适的人求助。"

两个人都安静下来，她们的沉思被鸟儿的叫声和山上传来的叫声打断，莫妮卡在纠正哥哥如何正确地表演摇摆舞。

"我注意过你母亲，当你父亲去世后她回到这里时。她内心很挣扎，我觉得她是的。"

伊莉斯转向洛雷娜。从没人谈起过她的母亲。有时伊莉斯几乎忘了她曾有过父母。他们去世时她还那么小；她几乎什么都不记得了。现在她发现自己凝神细听着洛雷娜的每一次呼吸。

"我不知道发生了什么——比尤莱和你母亲之间。但我总是感觉到你母亲很……孤独。好像她无处释放她的悲伤。我发现她——就这样凋谢了。"洛雷娜停了很长时间，仿佛努力想要找到确切的词。她转过身盯着伊莉斯。"我不想看到你也这样。有谁……我的意思是任何人……能帮你度过难关？你得到了我的祝福，如果这是你想要的。"

伊莉斯长叹了一口气。自她六岁的那个下午之后，洛雷娜是她的坚强后盾，是她能够求助安慰和给予援助的人。她满怀感激地踌躇着。现在她们已经聊得这么深了，她觉得她应该把一切都告诉洛雷娜——告诉她困扰着她思想和内心的那些事。

"洛雷娜？"伊莉斯在想着如何表达，在寻找一种能够表达她对目前处境绝望的方式。她使劲咽了下口水。"我感到迈克尔一直在努力想要告诉我些事。一些重要的事。"

洛雷娜侧回头来。

"我知道灵魂总是伴随我们左右,总是陪伴我们。但还有比这更神奇的。你相信死去人的灵魂会……与我们对话?会帮助我们?"

洛雷娜沉默了很久。"我绝对相信他们会和我们说话,帮助我们。我见过许多次他们来帮忙。"她转身看着伊莉斯的眼睛。"我的经验是如果一个灵魂试图想要告诉你些事,这一定非常重要。如果我是你的话,我肯定会关注的。"

伊莉斯坐直了些。洛雷娜并不是会告诉别人应该做什么或不应该做什么的那种人。她似乎更喜欢为别人提供一条可以自己选择的道路。

"我母亲去世时我五岁,"洛雷娜继续说,她的声音平静而遥远。"我有两个哥哥和一个妹妹。但母亲去世后,我们都变得很安静。没有笑声,也不会大声说话。男孩们也很安静。屋子变得如此不同。一切都变得不同了。但我能感受到她在那儿,就在我们旁边,注视着我们。"

"然后,几个月后,他们让我们乘船,把我们送到圣达菲的印第安学校。印第安事务局搜遍了周围的所有房子,找出每个能够找到的孩子。他们让父母陪着孩子乘船把他们送到开往圣达菲的列车上。"

洛雷娜转身看着伊莉斯。"他们把我们四个赶上了火车。我记得自己站在车站，透过玻璃窗看着我父亲。他站在那儿，脸上的神情仿佛他完全不知所措。我整个人都心碎了。看到他那样让我感到远比把我们运送到陌生的地方更难受。我被他也将去世的想法惊呆了，就像整个世界从四面八方碾压我们。"

"我不知道他是怎么挺过来的，失去妻子，孩子也从他身边被掠走。我的祖母站在他身边。和他的兄弟，韦斯。"她朝着在椅子里睡着了的韦斯叔叔努了努嘴。"我想要不是有他们……我不知道父亲会怎样。他失去了这么多，将如何挺过来。"

"然后我们到了那所学校，我的整个世界都变得完全黑暗。他们把我们四个分隔开——男孩和女孩——以至于我无法见到我的哥哥们。然后他们又根据年龄把我们分隔开。我八岁的妹妹，不得不去另外一个班级，躺在不同的房间里。"

伊莉斯看到洛雷娜咽了下口水，好像她仍对那些痛苦的回忆感到窒息。"我们睡在寝室里，躺在硬板床上。我见不到哥哥和妹妹。我感到……很孤独。然后有一晚，我听见妈妈在叫我名字。"

"我醒来发现她在那儿，就站在我的床脚边。她看上去很健康，如她生病前一样健康。她朝着我笑，用手指做着让我过来的手势。"洛雷娜演示着，弯曲她的手指。

"于是我起床跟随着她。我们悄悄来到下面通往隔壁寝室的大厅。我努力保持安静。我慢慢地走,每一步都很小心,确保木板不会发出咯吱咯吱的响声。正如祖母教我们在树林里如何走才能跟踪鹌鹑一样。我的脚冻僵了。"

洛雷娜叹了口气。"我跟她进了那间寝室,我母亲来到这张床边,我的妹妹德洛丽丝正在睡觉。新墨西哥州每个部落的孩子都在那所学校。拉古纳人,皮库里斯人,圣胡安人,甚至一些纳瓦霍人。我之前从未到过那个房间。我不知道哪张床是德洛丽丝的,但我母亲领着我径直走过去,左手边第四张,在一扇大窗下。我们到床边时德洛丽丝没有醒。我把手放她脸上,想着我可以叫醒她,这样她就能和母亲说话了。但德洛丽丝发烧了。她睁开眼,但我觉得她没有看见我。"

洛雷娜抽了抽鼻子。"她说'妈妈?妈妈,我觉得很热。'我猛地抽回了手。我只想着母亲一年前已经去世了。她曾在神灵世界看到过亲戚——开始与他们交谈,甚至在她走之前。这个记忆吓到了我。我害怕德洛丽丝也会死去。我害怕母亲在那儿的原因——来接德洛丽丝。我开始害怕了。"

"我母亲看着我,摇摇头。然后她走开了,朝着走廊走去,然后挥手示意我再跟着她。"洛雷娜抬头看着山,那儿另一个摇摆舞打破了寂静。"已经有两个女孩由于发烧死在学校。我感到生来从未有过的恐惧。我看着母亲,她站在门边。她知道所有的植物,所有的药草。她自己做药酒,茶叶和膏状药。我曾见过她在我咳嗽很厉害的时候,把一些有味道的东西捏碎涂在我胸上。她是向外祖母学习的,而外祖母也是向她的母亲学习的。就这样代代相传。"

"我从床脚拿走了德洛丽丝的毛衣,悄悄地赤脚来到楼下。当时是十月——很冷,但不像严冬。我跟着母亲来到外面,钻到树丛里,茂密的树林,离寝室不远。我能看见这光——橘色的光,像火光——前面一点。我母亲站在杨木树旁,就是一棵小树苗,不超过三英尺高。我一靠近它,光就消失了。我感到这植物在和我说话,说,'快采我,快采我。'我这样做了。我不得不来回地折细枝,多达几十次。这过程中,我是如此害怕我会被抓住,害怕我不知道如何使用这些树枝,害怕太迟了帮不到我的妹妹。"洛雷娜又一次转向伊莉斯。"我听族里的长辈们谈论过幻象——但这似乎如此奇怪。这样的事之前从未发生在我身上。我母亲全程站在那儿,看着我。每次当我开始动摇时,她就朝我点头。"

"我一直坚持着。收集了一把小树枝,然后转身回到寝室。我几乎是跑回去的,尽管一路上又冷又布满碎石。我径直走到厨房。那儿有个帮忙做饭的老妇人。她正睡在火炉后面小屋子的床上。我不知道不叫醒她我能做什么——如果没有她的帮助,以某种方式。我不停喃喃自语地祷告——用西班牙语,用英语,用蒂瓦语。"

"我也不确定是什么叫醒了她——如果我没弄出太大的响声或是其他的。我想是因为我讲了蒂瓦语。我想我一定是哭了,泪水顺着脸庞流下,因为她走进厨房时,轻声地说'孩子,怎么了?'她也说蒂瓦语。蒂瓦语!我真不敢相信!那所学校那么多种语言,她竟然也说蒂瓦语。我们谁都不允许说自己的母语。如果被修女听到我们说母语的话就会挨鞭子。我们被迫说英语。而在这儿,这个女人,这个厨师,竟然用蒂瓦语和我说话。"

"我说出了整件事。我递给她我折下的小树枝,告诉她我不知道该做什么,只是觉得能帮到德洛丽丝。她从不质疑我,也从没问过我为何知道这些。她告诉我她觉得我们应该拿这些小树枝烧茶——把这些小树枝浸泡在热水里。她在火上添了些木头,开始烧水。"

洛雷娜转过身又看着伊莉斯。"那个女人确认我的妹妹在之后的数小时喝了几次她的茶。德洛丽丝的烧退了。她康复了。"

"当我们圣诞节回家时,我告诉祖母所有的一切。她拉着我坐在她腿上,然后告诉我自我出生时她就知道我一定会成为用植物为大家治病的人。成为了解她一切秘密的人。成为之后几年的每年夏天,用植物世界的方式接受她训练的人。她说我爱上了植物,正如她一样,而且当你爱上植物时,它们就会和你说话。"

洛雷娜笑着又接着捡松果。"如果我告诉任何其他人,任何一个学校里的姐妹们,她们都会觉得我疯了。我可能被惩罚。我妹妹就可能死了。但以某种方式,我想办法找到了一个在那个地方能够说蒂瓦语的成年人,而且她愿意帮忙。"

"而且这一切,找到德洛丽丝,找到那种植物,找到愿意帮忙的女人,都是因为我母亲——我母亲的亡灵——在指引着我。当我那天晚上做梦后醒来,我对隔壁房间发生的事情毫不知情——不知道一件事会导致另一件事发生。我不知道我的人生将会是帮别人治病,会是与植物对话。但是我一直坚持努力,坚持做接着发生的事,坚持做是因为我觉得是正确的。"

两个人都坐着沉默了,听着纳西索、莫妮卡和孩子们在树丛中穿梭的声音。

洛雷娜转过身,看着伊莉斯。"你确定是迈克尔?想要和你说话?"

伊莉斯坐在那儿一动不动。"是的。"

"如果你认为迈克尔一直想告诉你些事情,那么就相信你的直觉。你的判断应该基于你自己认为是否正确。你不用顾虑别人怎么想——莫妮卡,或是其他任何人。"洛雷娜停下来,看着伊莉斯。"也包括我。"她停了下,注视着伊莉斯的脸。"没有人知道什么对他人是正确的。没有人能够知道接着会发生什么。"

"从我看待事物的方式,这些事情都是相关联的。就好像你的编织,一根线连着另一根的顶端,上

下左右。它们是你生活中的经线和纬线。你必须坚持下去,坚持寻找正确的。相信你的直觉,追随你的内心。"

伊莉斯扭头看别处,咬着嘴唇。"那才是真正困难的部分。我很难相信我自己。相信我能够读懂种种迹象,并正确解读它们。"

洛雷娜一手抓住伊莉斯的手臂。"如果大神真的想要你那天晚上去阻止迈克尔,对我来说那个梦应该更清晰些。我相信你没有解读错任何事情。你做的那个梦一定有其他原因。这正是一个谜。"

伊莉斯让那个想法深入她全身的每个毛孔。那样想的话给了她一丝安慰。

"你总会弄明白的。你会的。看看那些展现在你面前的征兆,聆听这安静,相信你自己内心的感受。"

伊莉斯不确定她是否能做到,不确定她所相信的是否正确,但是洛雷娜的话有镇定的作用。她们安静地坐了一会儿,谁都不说话。

韦斯叔叔打盹醒来,伸了个懒腰。他看看脚边的冷风机,然后看着洛雷娜和伊莉斯,笑了。他的声音响亮地穿透了山的宁静。"在这儿午休需要做些什么?我需要雇个代理人吗?"

伊莉斯站了起来,舒展了全身,当她走过冷风机,靠近韦斯叔叔时,他伸出手抓住了她。"我闻到了烟味。"他低语道。

伊莉斯开始迅速地四处张望。

"不在这儿,"韦斯说。"在神灵世界里。"

他继续抓着伊莉斯的手,她把左手放在老人的白发上。自从她第一次遇到莫妮卡,韦斯已经成为她生命中的一部分了,那些年之前,她觉得他就像祖父一样。

"我会想你的,孩子。"他低语道。

伊莉斯看着洛雷娜,但洛雷娜什么都没说。

第十二章

伊莉斯能够看见远处的迈克尔,虽然距离太远,看不清具体的容貌,但她不会认错的。她熟悉他走路的姿势、他的体形和他耸肩摇头的样子。她充满喜悦,看着他朝自己走来。

那时不是白天也不是夜晚,而是傍晚时分。光线朦胧,呈现出灰绿色,就像在水下一样。迈克尔向她走来的身影变得扭曲,失去了形状,摇晃着,如同一片海带。他尽力向她靠近。两人仅有几步之遥,而伊莉斯突然意识到他们之间仿佛有栅栏相隔。那栅栏只是及腰高,但她知道她无法跨越,而迈克尔也不能从他那边离开,他只是对她微笑着。

那一刻,伊莉斯回想起了和迈克尔在一起的感觉。那是一种被保护、被呵护、平静的感觉。就像回家了一样。虽然,在遇上迈克尔之前,她并不能完全理解家的含义。在严厉而安静的比尤莱身边长大，伊莉斯之前从来没有过这种家一般的感觉。她和迈克尔对彼此有着同样的理解，一种她从未在别人身上感觉到的纽带连接着她与迈克尔。她和迈克尔曾经谈论过他们都经历过的事情，那些年少之时失去挚爱亲人的悲伤经历。他们被黑暗包围，无法分辨哪条路通向天堂或是通向地狱，孑然一身，怅然若失。这种共同的带给他们极大影响的负面情绪，让他们感觉好像世界上没有什么值得信任，哪怕是脚下的土地。

伊莉斯沉浸在围绕她丈夫身边的宁静中。他是伊莉斯所认识的最脚踏实地的人之一。当他站在她面前时，伊莉斯再一次感受到了。迈克尔举起手，紧握成拳，举在将他们分隔的栅栏上方。伊莉斯也抬起手，就放在他的手下，感觉到他有什么东西要交给她。

他的身影继续起伏波动，反复地来回摇晃，仿佛是由光束微粒构成的一般，无法抓住，无法掌握，更无法触碰。这动作让他的手看起来像泛起了波纹，不住地晃动。她无法将他们的手保持在同一条线上，也无法抓住任何他想要交给她的东西。他们眼神相对，恐慌之感在她的心中越来越强烈。他正在渐渐消失。一束束的灰绿色的微光，如烟一般，在他们之间飘动。他的身影已经完全消失了。

"伊莉斯？"

"啊！"她的眼睛突然睁开，凝视着黑暗，她努力从梦里的浓重氛围中清醒过来。伊莉斯在客厅的椅

子上睡着了。她的脚搁在搁脚凳上，穿着丝袜，身上披着比尤莱很多年前织的钩针软毛毯。她重重地喘着气，慢慢地把自己拉回到现实中。

伊莉斯这些日子经常在客厅睡着。只要能让她避免在那张曾经和迈克尔一起入眠的床上辗转反侧，她愿意做任何事情。只要能让她不再感受到那种身边没有迈克尔相伴入眠、冰冷而空虚的感觉，她愿意做任何事情。甚至有时当她想要打个瞌睡，却依然在入眠一小会儿后突然惊醒，辗转反侧，想着为什么迈克尔不在她身边。此时，记忆就会重回她的脑海，就像是她最开始时知道的：迈克尔已经死了，他不会回来了。

汽车的发动机声音打断了她的思绪。伊莉斯停下来，专心致志地听着外面的声音。灯光闪过屋内的天花板，仿佛汽车的前灯照入州车道一般。她的心一沉，想起了七个月前午夜来访的巡警。她感到极度恐惧，肾上腺素飙升。她甚至可以尝到那种感觉，就像吮吸铜币一般。

伊莉斯站了起来，走到景观窗的一边。从这个角度，她可以看到连接通往上山主路的车道。那是个漆黑的夜晚，没有月亮。她看不清车道，或是通向车道的道路——没有光线，除了迈克尔那辆静静停着的卡车反射出的柔和光线，没有其他金属的亮光。她等待着，专注地听着。但没听到一点声音，哪怕是发动机停转的咔哒声，或是鞋子踩在碎石上发出的咔嚓声。

伊莉斯轻轻转动身体,尝试着判断这到底是梦境,还是只是回忆,是迈克尔死去的那晚的残余记忆。

夜里一片漆黑,外面唯有星光闪烁。这里远离小镇,没有街灯,也不能反射镇上的点点灯光。这是伊莉斯在屋外伸手而不见五指的夜晚之一。迈克尔在沿着从家到工作室的小路装上了一串太阳能灯,这样他们俩在漆黑的夜里也能看得清。那些灯发着柔和的光。伊莉斯站在漆黑的窗边,盯着外面的夜空,看着通往工作室的那条弯曲的小路。

她浑身哆嗦了一下;胳膊上的汗毛也竖了起来。她看着那片黑暗,迈克尔工作室后的树林和车道的斜坡。在离她家半英里外的房子里,狗开始吠叫,犬吠声在峡谷中不断回荡,传到了伊莉斯耳中。那一瞬间,伊莉斯想是不是有一只熊或者美洲狮在外游荡,但黑暗之中她什么也看不清。

在她身后,屋子里,她听到了开门的轻响。她慢慢转过身,屏住呼吸。看着几步之遥外,壁橱的门打开了。这个壁橱是用来放他们冬天的外套和靴子的;里面有个篮子,装着伊莉斯的针织帽子,围巾和手套。自从迈克尔死后,她就再也没有打开过这个壁橱,过去的六个月里没有再穿过她冬日的行头。在壁橱门内有一个钩子,迈克尔用它来挂他的工装夹克——迈克尔常穿这件外套。在工作室干活时他常穿这件夹克。衣服上常常落满木屑,他从来不把这件衣服和其他外套一起挂在衣杆上。当冬天再来临的时候,伊莉斯常常会抱怨落在她帽子和手套里的木屑。

伊莉斯走向壁橱，抬起手抚摸着牛仔外套。她几乎可以看见在好几个月前的那天下午，他走进屋后把它挂在衣钩上的场景。她举起夹克的一只袖子，闭上眼睛，闻着木屑的气味。那散发着迈克尔的味道。

一样东西突然从迈克尔夹克的口袋里掉了出来，落在她脚边的地板上。伊莉斯弯腰捡起那个东西。那是一块黑曜石，是深黑色的火山玻璃材质，形状似一个椭圆形的磁盘。石头的顶部装点着精致的雕刻。在昏暗的光线里，伊莉斯依稀可以看到上面刻着一只狗，蜷曲着，如同在沉睡。

她又想起了那个梦。迈克尔就这样站在昏暗的、灰绿色的光线里。迈克尔将他紧握的拳头放在她的手掌上，试图要给她什么东西。是迈克尔。

伊莉斯手里握着那块石头，将它放在胸前。黑曜石在周围地区很常见，在世界上很多地方也很常见。黑曜石就像迈克尔工作室里的那只乌鸦的眼睛一样。许多土著人都会把黑曜石镶进箭头和矛头内。它也被命名"阿帕切之泪"。

伊莉斯把石头放在两个手掌之间，双手包裹住它，就像它带着死去丈夫的能量，就像紧握着和他之间的纽带。这石头让她的手掌感到一阵嗡鸣，传到她的胳膊，并延伸到她的全身——就像电加热器插入电源时的嗡鸣声。这块石头的某样东西进入到伊莉斯的身体深处，仿佛探索到地心一般。

她把手伸进夹克的第一个口袋,然后又伸进下一个。右边的口袋里有一小张对折的名片,上面写着"富兰克林·库珀。田纳西州奥拉勒星辰路,石山雕刻。"地址上没有标明街道号码,也没有电话号码。

伊莉斯一手握着名片,另一只手拿着那块黑曜石。她转过身,凝视着黑夜。

第十三章

"那个带着口袋保护袋的傻瓜是谁啊?" 莫妮卡走进厨房,尝了一口伊莉斯正在搅拌的鸡肉沙拉。"你去杂货店买东西了?"

"他叫汤姆·杜甘,是切莱斯蒂娜的一个朋友。"伊莉斯切开一条面包。"我没去买东西,切莱斯蒂娜让他把一篮食物送过来的。"

"一个心灵伙伴?"莫妮卡向后仰头,咯咯地笑着。

伊莉斯笑了。"他实际上是个工程师,帮切莱斯蒂娜的那群寡妇和孤儿们修理东西。他正在帮我检修太阳能热水器。"

她们俩坐在餐桌边。她们可以听见汤姆在外面的声音,他爬上屋顶,叮叮当当的敲打声顺着管道传到了屋内。"我想他在帮我做好过冬的准备。前几天他带了一车的柴火来,现在来帮我修热水器。"伊莉斯指着她们头上的屋顶说。

"你怎么不让我帮忙,或者是纳西索?你不需要一个陌生男人来这儿帮你呀。"

"我没叫他过来帮忙。他就自己来的。应该是切莱斯蒂娜让他来的。我也不清楚切莱斯蒂娜怎么知道我需要帮助的。但她几天前让他带了木柴来,今天又过来了。切莱斯蒂娜告诉他我屋顶上的一些小零件坏了。"

"什么人会闲到听从一个巫师的指令到处晃荡?难道他没有自己的生活吗?"

"现在他是没有。"伊莉斯叹了口气,看着窗外。"我们有很多共同之处。"

莫妮卡打了下颤。"我不喜欢这样,伊莉斯。有些事感觉很可疑。就像你正在陷入某个奇怪的祭仪一样。两周前,你在公园偶遇了那个女人,现在又是他。他在你家房顶上到处爬,检查着每个角落。你根本不认识他,他也可能是查尔斯·曼森那个杀人狂魔。"

"他可没有那种吸引力。"伊莉斯笑了,但她尝试着幽默的企图没有成功。

莫妮卡盯着她。"我不认为你现在能够看清别人的真面目,正如你现在不适合做任何一种判断一样。"

"好吧,那么,你来判断吧。看看带着口袋保护袋和那副一直往下滑的眼镜的他到底有多危险。我想如果不戴眼镜都他找不到他的脚在哪儿。"

"这可能是一种伪装,你知道的。这也不是第一次有白人用这种欺骗手段了。"

伊莉斯没有反驳。

"伊莉斯,你到底怎么了?你看起来紧张不安的,就像热锅上的一滴水。"莫妮卡尖锐地盯着她。"别说没——"

"什么都没了,一切的。"伊莉斯从椅子上跳起来,沿着桌子前后踱步。"我失去它了,我的意思是……"她停住了。她不确定自己想表达什么,但她不敢看莫妮卡的眼睛。

伊莉斯转向厨房窗户,盯着外面的树林。"我无法入睡,也吃不进去东西。我透过眼角的余光可以看到东西。我听到那些奇怪的动静。我一直等着迈克尔,等着他回家。我转过头四处看,我想我看到他站在外面的柴火堆旁,或是正在关上工作室的门。"

"他无处不在。房子的每个角落都有他。我走的每一步,我从书架拿下的每一本书,这所有的一切,都有迈克尔。"

伊莉斯又坐下,双手捧着头。"我需要……我甚至不确定我需要什么。我需要休息,我需要能够入睡。"她艰难地咽了下口水,"我曾经读到过那些精神崩溃的人的故事。我无法理解他们。人的精神怎么能崩溃呢?但现在,这些故事对我来说开始有点道理了。就像连接我身体和大脑所有的线都失灵了,它们真是一团糟。"

莫妮卡完全呆住了。这正是她最害怕的事——伊莉斯精神崩溃了。"你为何不来和我一起住呢？或者和妈妈一起住？她很高兴和你一起住的呀。"

伊莉斯看着莫妮卡，摇摇头。她的眼睛因疲倦而泛红。"我想这些都不够。我七岁就认识迈克尔了。我在你妈妈家遇见他。关于他的记忆遍布这个地方的每个角落。"

"有时我感觉……我就想逃离这儿。逃离所有这些记忆。"伊莉斯看向窗外，朝着停在车道上那辆破旧的尼桑皮卡努了努嘴，"这车也没法带我去很远的地方。"

莫妮卡站起来，走向厨房的窗户。她们并肩站着，看着窗外午后的景色。"伊莉斯，如果迈克尔试图告诉你什么事，你难道不认为待在这里——他灵魂的所在地——可以帮你弄清他到底想说什么吗？"

伊莉斯撅了下嘴，长出一口气。"也许可以，也许不能。莫妮卡，别笑我。"

"我可不能保证。你最近真的太奇怪了。"

"我要给你看样东西。"

她们朝外走去，沿着通往工作室的小路。在屋顶上，汤姆停下手头的工作看着她们，把鼻梁上滑下的眼镜往上推了推。伊莉斯转动钥匙，推开了迈克尔工作室的门。

"我的天，"莫妮卡低语道。她走向那个乌鸦雕刻品，慢慢地围着它绕了一圈，被眼前这难以置信

的精致工艺所吸引。莫妮卡摸着它,仅仅是指尖扫过乌鸦一只翅膀的末梢,然后很快地把手抽了回来。"我认为这是他最好的作品。"她喘着气说。

伊莉斯静静地站着,赞同地点点头。

莫妮卡停住,转向伊莉斯,说:"肯恩·布莱克知道有这个吗?"

伊莉斯摇摇头。"我告诉他这里没有完工的作品。"

"你撒谎了?"莫妮卡的眉毛挑了下。

伊莉斯点点头。

"他相信你了?"

"我不知道。我想是的。"伊莉斯走近那只鸟,盯着它那双黑色的玻璃眼珠。

莫妮卡审视了伊莉斯一会儿,她的头转向一边。"我敢打赌他没有相信你,你根本不会撒谎,你知道的。"

伊莉斯耸耸肩,长叹一口气。"那天晚上,我做了个梦。我看见迈克尔在远处。他走向我。我们被一条栅栏隔开,他试图把什么东西给我。只是我拿不到那个东西。我没法把我俩的手保持平齐。我醒来时,我发誓我听到了他开车的声音。我想我看到了天花板上车灯的亮光。"她停了一会儿,呼了一口气。"这已经发生过很多次了。想着我听到了他回家的声音。"

伊莉斯一动不动地站着,缓缓地出了一口气,想让自己恢复到一个更冷静的状态。

莫妮卡转过头看着她的朋友。

伊莉斯拿出口袋里的黑曜石雕刻品，递给了莫妮卡。"我从那个梦中醒来，站在前窗边，看着外面。然后壁橱的门打开了……这是从迈克尔的夹克口袋里掉出来的。"

莫妮卡把石头拿在手里，她翻来覆去地看，让手感受石头上的蚀刻和光滑的纹路。她可以看出这些雕刻中蕴含的雕工。

莫妮卡睁大了眼睛，一反常态地安静着。

"黑曜石——"伊莉斯朝莫妮卡握在手里的石头点了点头——"就像他给那只乌鸦的眼睛用的石头一样。"

莫妮卡再次看向那个乌鸦，审视着它漆黑的玻璃眼睛。

"我在他的口袋里还发现了这个。"伊莉斯把那张对折的名片递给了她的朋友。

莫妮卡研究着那张名片，"我不太明白。"

"我也不清楚。我不知道他从哪得来的。迈克尔给我看过用做乌鸦眼睛的石头。他对这些石头很兴奋。我从来没见到过其他黑曜石，直到那天晚上。"伊莉斯吸了口气，"你觉得，这也许是迈克尔在试图告诉我要去哪里吗？去找那个人，那个地方？"伊莉斯指着莫妮卡手中的名片。"你觉得这个人会知道点什么吗？因为我感觉这很重要。我梦到迈克尔想给我

什么东西,然后就找到了这个?"

莫妮卡又扫了一眼那张名片。"我也不知道,这真不是我擅长的东西。也许你应该和妈妈谈谈,或是韦斯叔叔。"

"你母亲告诉我要相信自己。做我认为正确的事情。"

"确实挺像妈妈会说的话。但她没有看到你现在的状态,你几近于精神崩溃了。"

伊莉斯耸耸肩,"她还告诉过我,让我继续行动的事也许就是好的。"

她们的眼神交汇片刻。

"莫妮卡,还有更多的事情。"

"我听着呢。"莫妮卡轻声道。

"总有只乌鸦在这附近徘徊。自从我几周前打开了迈克尔的工作室,它已经出现了好几次。"

"一只乌鸦?"莫妮卡的脸色沉了下来,"你确定每次都是同一只吗?"

"它的左边羽翼上少了根羽毛。"伊莉斯缓了一会,为了她的话能被理解。"大概在翅膀下来约三分之一处。"

莫妮卡看着那个雕刻作品。"你觉得那只乌鸦可能是迈克尔?"

伊莉斯点点头。"我认为它试图告诉我,让我去奥拉勒。"

"上周末我和韦斯叔叔一起,"伊莉斯看着莫妮卡瞪大了的眼睛。"他说他会想我的。"

莫妮卡呆住了几秒。"想你？意思是他要离开，还是你要离开？"

伊莉斯耸耸肩，"我觉得他指的是我。"

"韦斯叔叔经常很清楚他在说什么。如果他认为你要离开……"她转过身看向窗外迈克尔的那辆旧卡车。这车已有十五年车龄，行驶了超过二十万英里。这车以前一定很好开，但现在需要维修了。所以迈克尔几个月前的那晚没开着它去聚会。"别告诉我你打算开这辆车去。"莫妮卡说着，朝着那辆车努了努嘴。

伊莉斯盯着那辆卡车。她还没想的那么远。但现在，当她想到要开着迈克尔的卡车在冬天穿越整个国家时，她全身颤抖了。

莫妮卡转向伊莉斯，"我可以亲自带你去，但是我们正在做一个大型的重建改造项目。我们计划在圣诞节前完成的。我现在实在没办法离开。我们可以等到开年吗？"

伊莉斯耸耸肩。"我不知道。我甚至不知道这一切意味着什么。我并不清楚什么。这只是……一种感觉。"

汤姆出现在工作室的门口，用块破布擦着手。他停下来，眼睛盯着莫妮卡看了许久而不能移开。莫妮卡回看着他，两个人互相打量着对方。

伊莉斯走过来，打破这紧张的气氛。"汤姆·杜

甘，这是莫妮卡·马德里。"

"你盯着看什么呢？白人男孩？"

汤姆的嘴咧开一个缝，他吧嗒一声闭上嘴，摇了摇头。"没什么。"他转过头避开了莫妮卡的目光，快速地后退一步。"哇。这是什么？"他问道，看着他们前面桌上的乌鸦雕品。

伊莉斯和莫妮卡看着对方。"这是……这是我丈夫的工作室。"伊莉斯低声说。突然，她感到一阵不舒服，想要尽快离开这间屋子。她讨厌汤姆站在这个屋子里，伊莉斯认为这个屋子是神圣的，因为它充满了迈克尔的能量。

她朝门口走去，想让另外两人跟着她。他们正盯着对方看。伊莉斯知道莫妮卡正琢磨这个刚出现在她朋友生活里的陌生人。他们朝外走去，伊莉斯锁上了工作室的门。

"我们准备吃午饭了，汤姆。你要加入我们吗？"

莫妮卡看着他的口袋保护袋，里面插着水笔和铅笔。"我听说你是个工程师？"她说，就像在审查汤姆是否合适在她的建筑公司任职一样。

"大部分是电气的。我写……写……一些软件程序，用于你的热水加热器开关这样的设备上。"汤姆转向伊莉斯，"你的热水加热器真的需要重新编码了，机器运转的方程式似乎有些漏洞。"

他们走进屋里，汤姆洗手，坐在桌边。伊莉斯拿来三明治；莫妮卡舒服地坐进一把椅子，继续审视着汤姆·杜甘。

"这些密码挺棘手的。有时当你正在把一个密码翻译成另一个时，可能会发生些麻烦事。"他继续说着，用力咀嚼着四分之一块的三明治。他捕捉到莫妮卡的眼神，她还在盯着看，面无表情。"你或许对这个不感兴趣，对吧？"

莫妮卡撇撇嘴，"不，继续，我会假装在听的。"

汤姆无法把目光从她身上移开，但即使他听到了她说的话，他也没有留意。他继续滔滔不绝地说着，盯着莫妮卡看，好像她是他看过的最有意思的东西。"因为我知道，我沉溺于排列不同种类的电子产品那种复杂精细的工作。比如，当太阳能热水器变得很冷时，运转变慢。这时候，如果想要继续用热水，就得在编程上做一些弥补。如果程序的那个部分有缺陷，那就会'呃呃呃呃呃呃'地不断重复，直到一切停止。"

莫妮卡的眼神有点放空了。她叹口气，对伊莉斯说："这是又一个被误导的白人，认为自己脑袋里的一切都特别的吸引人。"

汤姆住了口，看着莫妮卡。他的嘴微微张开。

伊莉斯看看这个，看看那个，又看回自己的食物。再一次，她感觉自己一点儿也不饿，她把盘子推开。

汤姆吃完了三明治，把盘子放进水槽，转向伊莉斯。"我得回去了。切莱斯蒂娜朋友家里的炉子好像出了点问题。"汤姆再次扭头看着莫妮卡，把眼镜往上推了推。"如果那个开关还是用不了,就告诉我。我会试着设计个程序,就是一种电路板,这样开关就不会突然坏掉了。"

他拿起椅背上的夹克。"但我要几周以后才能再过来检修。切莱斯蒂娜这次派我穿越全国去检修。"

她们俩都转过头看着汤姆。

"她的一个朋友刚搬回东部,和女儿生活在一起。她和她的丈夫在斯莫基山脉的某处找到了一个地方。只是那地方有点与世隔绝。可以说是完全与世隔绝。"汤姆挑了挑眉毛。"当然,这还挺棒的。但现在,他们的发电机出了问题,造成了很多麻烦。产生噪音,放出烟气,使他们的生活条件不再那么田园般美好。他们想让我去设计一些系统,好让一切能照常运转,包括电、热水、取暖、空调这些东西。我周四就出发。"

他继续看着莫妮卡,就只看莫妮卡,仿佛忘记了伊莉斯的存在。

"我希望这不是像《激流四勇士》电影里描述的那样,一些边缘地区的藏污纳垢之处。那是田纳西州的一个偏僻小镇。"

伊莉斯和莫妮卡看了看对方,又看了看汤姆,两人站在门边。"你说的是斯莫基山脉?具体在哪里?"莫妮卡问。

"我记不太清了,我想是在纳什维尔的东边,靠近斯莫基山国家公园。"汤姆把手伸进他的口袋保护袋，拿出一小张一折四的纸。"我看看，一个小地方，叫奥拉勒。"他抬头看着莫妮卡。"奥拉勒，田纳西州。听来朗朗上口，很多元音和双辅音。奥拉勒，田纳西西西西州。"汤姆拉长音调，对着莫妮卡憨笑。他转过身，朝门外走去。

伊莉斯和莫妮卡看着对方，但都没说话。她们等待着，听着汤姆的车启动的声音，他倒车时，轮胎碾压在碎石上，发出咔嚓咔嚓的声音，然后他把车开上了大路。

"奥拉勒，田纳西州。这巧合的几率有多小啊？"莫妮卡咕哝着。

一道阴影落在房间的地板上。她们听到玻璃窗子上"砰"的一声重击。两个人都跳了起来。一只乌鸦飞到玻璃窗上，用它的喙击打着玻璃。

"这是什么……？"莫妮卡走向玻璃窗，看着那只乌鸦飞到最近的杨木树上。它栖息在树枝上，在它休息之前的一小会，翅膀还张开着。它的左翅下三分之一处，少了一根羽毛。

"哈。所以……一个有着黑眼睛的人会来帮助你。一段旅程，到东边去。"莫妮卡喘了口气，看向她的朋友。"看起来那个通灵女巫的预言目前为止都说对了。"

伊莉斯已经忘了那些预言，也忘了仅仅两周前解读的塔罗牌内容。现在她都想起来了：漆黑的房间里一片寂静，桌中间的蜡烛闪烁摇曳，切莱斯蒂娜翻动

桌上每张牌时发出轻轻的啪嗒声。她记得告诉过莫妮卡，会有个男人来帮助她，会有一段去东边的旅程。但她没有把解读的其他部分告诉莫妮卡。她从未提起过那张死亡之牌。

第十四章

黎明前的天空布满云朵。在这寒冷的十一月的清晨,天色依然呈现出深灰色。伊莉斯在阿马利亚的莫妮卡家度过了一整夜,现在她们去往切莱斯蒂娜的店里。汤姆坐在他的吉普车里,清早的天气寒冷,他拱起双肩来抵御清晨的寒冷。汤姆从车上跳了下来,站在两辆车中间。

"我理解你为什么认为必须要做这件事,"莫妮卡轻声说。她转向伊莉斯。"但是你得擦亮眼睛,他也许没有查理·曼森那样的魅力,但这不代表他是精神正常的。"莫妮卡扭头看着汤姆,"他某些地方感觉有点古怪。"

"每个白人你都这么评价。"伊莉斯试图挤出一个微笑。

莫妮卡看着汤姆。"我觉得他古怪,不仅仅因为他是白人。一个五十岁的男人，还给一个陶斯的女巫工作，像个得力的女助手一样？"莫妮卡摇摇头。"那画面的一切都模糊不清了。"

汤姆为伊莉斯打开车门，然后她走了出来。她拿起地上的行李袋包，递给了汤姆。

莫妮卡走了出来，别扭地站在伊莉斯前面。她凑近伊莉斯，她们互相拥抱了对方。"当心你的顶髻。"莫妮卡说着朝后退一步。

伊莉斯点点头。"也看好你的吧。"她轻声说。

莫妮卡走近汤姆，他正把旅行包放到吉普车的后面。莫妮卡背对着伊莉斯，轻声说："你要是再这么斜眼看她，我一定会好好收拾你的。白人男孩。"

汤姆猛地抬起了头，然后他把鼻梁上的眼镜往上推了推。

莫妮卡走回她的车旁边，汤姆看着她开远了。他走到驾驶座上，坐了一会儿，弓身靠在驾驶盘上。一阵寒意让他们都开始哆嗦，等待着加热器和引擎发动后车里能暖和一些。汤姆朝着莫妮卡撅撅嘴，拐到了主街上。"你的朋友是干什么的？是个驯狮人吗？"

伊莉斯笑了，说："她挺擅长这个的。"她看着自己的朋友从视线中消失。"她和她的哥哥是做建筑的。莫妮卡简直就是瓷砖方面的艺术家。她手里有工具的时候，你不会想去惹她的。"

汤姆点点头。"哪怕她手里没有工具，看起来也挺危险。"他开上了陶斯的一条主路。"她有伴侣了吗？"

伊莉斯看向汤姆，哼了一声。"我没法想象那个画面，居然有男人是她可以长时间忍受的。男朋友，对。但是当那些男人尝试告诉莫妮卡她该做什么时，她就和他们分手了。"

汤姆点点头。"嗯，对。我能明白。"他推了推鼻梁上的眼镜，喝了一大口咖啡。"我一直在想着你的困境。"

"什么困境？你指的是我的太阳能热水器？"

汤姆皱了皱眉，"不，不是那个。我说的是你的困境——你试图从你丈夫那里得到消息。"

伊莉斯完全呆住了。"我以为你并不相信——"

"我不相信，"汤姆笑了，"当然不。但是……我很愿意努力地去解决问题。我想这就是我一开始就选择了工程学的原因。给生活的小困境找出解决方法。"

伊莉斯转向他，张开了嘴。"生活的小困境？"

汤姆没有注意到她的不悦；他一直盯着前面的路。"所以我一直在想，如果我把这个看作是科学实验。"他笑着轻哼了一声。"抱歉，这话听起来很可笑——科学实验，和死者对话。"他再次笑了，摇摇头。"无论如何，当我要解决问题时，我总要做的第一件事就是去找出是否有人已经解决过类似的问题，借鉴已有的信息。"他看了看左边的车道，把车开了进去。

"你肯定不是第一个试图和死者交流的人。这是

自开天辟地以来，人类就一直感兴趣的问题。我指的是人类历史的开始。我们死后会发生什么？是否有什么东西可以存留？是灵魂还是意识还是别的什么？我们死后还能交流吗？"

伊莉斯感到毛骨悚然。"你把我的生活当成一个研究项目？"

"所以我在网上做了些搜索。"汤姆推了推鼻梁上的眼镜，继续说着，就像伊莉斯没有说过话一样。"你无法想象，当你搜索'与死者交流'时，跳出来的内容有多疯狂。碟仙游戏、自动书写这些都有。我发现一些网站，页面上有鬼魂的图像飞来飞去，发出'喔'的声音。简直太疯狂了。"

"你搜索了'与死者交流'？"伊莉斯难以置信，但是汤姆还是毫不在意，就像伊莉斯在自言自语一样。

汤姆从方向盘上举起右手的食指，好像他是大学里上课的教授，要表明自己的观点。"但当我输入'科学和与死者交流'时——虽然这是一个完全不合逻辑的说法，但是你能明白——就会出现完全不同的网页。要是几天前，我是不会相信的。但很明显，有些美国大学正在资助对死后生活的科学研究。亚利桑那州立大学正在研究通过灵媒来与死者交流。弗吉尼亚大学正在研究濒死体验和其后果。"

伊莉斯浑身都僵硬了，一动不动。愤怒充斥了她每个毛孔。"真让我难以置信。"

"和死者交流的想法早在……嗯,早在有文字记录的开始时就存在了。这确实是迷信的发话,但还是有人去相信。希腊人,罗马人,埃及人,几乎所有文明都有和灵魂对话的记载。亚伯·林肯在他儿子死后,在白宫参加了降神会。亚瑟·柯南·道尔在儿子一战中被杀后,成为了一个完全的唯灵论者。托马斯·爱迪生——"他扭头看了伊莉斯一秒,眉毛挑起——"考虑发明某种与死者交流的机器。一些极其聪明的人都表现出了对这个想法的兴趣。"他回头看着路上,摇了摇头。

"你的话听起来好像对于死后之事的智慧和兴趣是互相排斥的。"伊莉斯咕哝着说。

汤姆点点头,专注在路况上。"确实。看到这些人曾经研究过这个领域,我很惊讶。我的意思是,连托马斯·爱迪生都涉足过?"

伊莉斯转转眼睛,扭头看向别处。

"但是,似乎人们对来世的兴趣与失去生命里重要的人之间有着某种联系。比如整个唯灵论运动、降神会和所有诸如此类的事?这些事在南北战争后风靡了全国。确实让人难以置信的是,当深爱的人死去后人们会去做那些事。如果你能暂时停止信仰,你会发现这些读心术确实有趣。"

"我不想和你谈论这些。"

汤姆完全忽视了伊莉斯的话。当他对自己的话题越说越兴奋时,他开车就变得不太专注。吉普车在高速路的车道线间蜿蜒而行。"所以,我开始研究所有不同的方法,用来尝试从灵魂那儿获得信息。在切莱斯蒂娜身边的这几个月,确实很有意思。我还想过好几次我应该记录下一些事,比如她的预言之类的,还有她预言的成功率。有些人会一次又一次地回来找她,我还听到他们之中的有些人说切莱斯蒂娜说得对。但他们的评价并不具有科学的可靠性。自我评价很难做到客观。如果我真要做一个可靠的研究,这个因素会影响研究的结果。"他又喝了一大口咖啡,把吉普车开到道路的右边。

伊莉斯一只手放在门上,另一只放在仪表盘上。"你觉得你还能看清路吗?"

"哈?"汤姆右手拿着咖啡杯,左手驾驶着车子,继续说道,"如果你真的想学习占卜,或者是和死者对话,或者是任何一种迷信的把戏,你就需要一位训练有素的科学家帮你设置参数和观察结果。"他又转头看向伊莉斯,皱起了眉头。"当然了,就是我。"

"迷信的把戏?"伊莉斯发出一声愤怒的喘息。她觉得自己怎么会打算和这样一个人一起动身穿越整个国家?

汤姆把咖啡杯放到支架上,把手伸进伊莉斯座位后的一个行李袋里。他拿出他的苹果平板电脑,已经开机了,然后他点开一个程序。"看看这个,我建立了一个电子表格,表格里的所有列都包含了你目前为止得到的一切信息。有一列记录了你的梦——"汤姆抬起眼看着她——"尽管我们得把细节补上。"

"然后这一列是关于切莱斯蒂娜和她的塔罗牌，我们可以把她对你的预言填进去。我已经把有个黑眼睛的男人会来帮助你，以及你将要开始一段旅程填进去了。迄今为止，一切都很好。我想我已经更新到目前为止最新的信息了。"

"我们？"伊莉斯可以感觉到自己眉间紧张，她伸出一只手揉了揉额头。

"我做了些关于降神会、通灵板和自动书写的研究。有些人，比如幽灵猎人，会用工具，像用于记录超自然电子噪声现象和电磁脉冲表的记录器。尽管就我所知，这些工具在有超自然活动的地方，会更加灵敏更加有用。那并不适合你的情况。"

伊莉斯真希望莫妮卡也在这车上。莫妮卡会知道现在该说些什么。伊莉斯只是坐着，仍然感到难以置信，此时汤姆依然在滔滔不绝地说着。

"这是我的切入点。既然我是科学家，我已经做了些研究，我决定要做一个公正的观察者。关于女巫和通灵人以及所有的……读心术，似乎有两种说法。第一种称之为热读术，他们会事先对他人进行调查——所以，他们可以在读心的过程中准确地说出关于那个人的事情。如果我们提前和他人预约好，就可以使用热读术。你知道吗？"他转过身，透过镜片顶部看着伊莉斯——"因为他们的才能，有些女巫和通灵人在几个月前就被预约好了，所谓的才能在我看

来，如果事先知道要和谁谈话，就可以提前对这个人做大量的研究调查。"

他转回头看着路，但是车依然在蜿蜒前行。"然后还有冷读术，这是切莱斯蒂娜用的办法。适用于那些接待任意来客的通灵师。所以，当然了，她，或者他，都不知道这个人是谁，也没机会提前做研究。"汤姆喝了口咖啡，继续说。"如果一个通灵人把手放在来客的胸口，然后说'我感到了痛苦'……这有可能意味着任何事情，比如心脏病，肺癌，心碎之类的。人们会像抓糖果一样相信这些话，并愿意为之付费，来客会相信这些话，解读自己的情况，套用到这些模糊不清的语言中去。"汤姆向后靠，笑了笑，就好像他在中场附近投篮成功一样。"你听说过那些巫师进行大型的表演吗？在剧院那样的地方？"

他转过头看着伊莉斯。"他们会这样做。他们做出的预言，说的那些话，可能适用于任何人。你不会相信场面有多么疯狂，简直是非常可笑。"

汤姆推了推眼镜，打信号灯示意要并道到高速公路上。天空还没染上暮色。"所以，你必须要很小心，尽量让你的脸和眼睛不要暴露你的信息。你会打扑克吗？"

伊莉斯没有回应。还有一千五百英里的路程？伊莉斯已经感到头痛欲裂了。她用手揉揉额头。

"因为如果你有过直接经历冷读术的经验，我们在检验统计概率方面就可能得到更好的结果。"

"这听起来像是莫妮卡会说的话，"伊莉斯轻声说。

"什么？"

"汤姆，你把车开得摇摇晃晃。你能看着路吗？"伊莉斯真希望自己从来没有叫他，从来没有告诉他自己坚信需要去趟奥拉勒。"你有没有想过这种可能性，有些人的通灵能力很可能是合理的？"

汤姆看向伊莉斯，把眼镜往下推了推。他透过眼镜的边沿看着伊莉斯，抿紧嘴唇。"确实如此。"然后他又看着路，把眼镜往上推，然后继续说。

"对，确实有人试图用合理的科学方法来研究通灵能力。亚利桑那大学就是一个例子，他们中有人一直在对灵媒和婴儿看护人做各种实验。尽管我不确定我是否完全赞同他的方法。"

伊莉斯盯着他。难怪在学校时她就讨厌科学。

"然后就是被称之为真实的证据。当灵媒得到一条信息，而这条信息……我不太懂。过于模糊，难以理解，那就只能随机猜测了。这不是根据统计概率推断的。这可能会给一种解读提供强有力的证据。"

伊莉斯重重地叹了口气。她关了平板电脑，把它推到两人中间的仪表盘上。

汤姆转过头看着她，他的眼睛在镜片后被放大了。"怎么？你发现了设计漏洞吗？"

"你指的是，除了你把我的生活变成一个科学实验？"

汤姆咽了下口水。

"我确实发现了一个设计漏洞。你对这一切都已下定决心。你并不相信与死者交流可以实现,或者任何一种以通灵为直觉的智慧。这样的话,你不是已经违反了研究最重要的方面吗?以开放的心态接触受试者,没有先入为主的想法?"

汤姆一言不发;他盯着前面的路。

"如果你将坐在那儿,带着疑问,说着嘲讽的评论,并且为你的电子表格做记录的话,我就不想去见任何一位通灵者,灵媒,或者参加降神会之类的。我的生活不是你对超自然世界的研究案例。"

车里一片安静,让人感到不适,并回荡着伊莉斯话中那些尖锐的观点。

"好吧,"汤姆轻声说。"够了。"

伊莉斯坐了一会,看着窗外,让她的怒气慢慢消散。"汤姆,难道你就没有经历过一些你无法解释的事情吗?无法用任何理智的、科学的方法来解释?"

汤姆在回复前停顿了一下,"没有。"

"你难道对于某些东西没有预感吗?对你前妻的预感?在事实发生前?"

汤姆把眼镜顺着鼻梁往上推了推,但他没有转过头看伊莉斯。"没有。"

"没有任何怪异的,同时发生的事吗?巧合之类的?就像你出现在切莱斯蒂娜家门口的那夜。"

"巧合没有任何科学价值,"汤姆咕哝道,"巧合就只是巧合而已。"

"好吧,巧合正是我现在坐在这辆车里的原因,去往田纳西州的奥拉勒。巧合,还有一个梦,一种感觉,是直觉让我感到我有必要这么做。"

太阳还没有从云朵后面露出脸,但远方的风景已经开始变亮了。路边的树呈现出黎明时的金色、桃红色和杏红色。伊莉斯沉浸在这美景之中。

"所以,你不想尝试这些方法?"

伊莉斯深吸一口气。"我没这么说,我不确定我想做什么。我猜我只想看看接下来会发生什么。如果我感觉应该做什么,我会去做的。"

"一种感觉?"

"对,有什么问题吗?"

"我能写下来吗,记在我的电子表格里?"

"你能保持一个开放的心态吗?你能收起那些冷嘲热讽吗?"

汤姆耸耸肩。"我试试,也许吧。"

"那好。你可以记下来。"伊莉斯叹气。"但是你必须在你的电子表格里加上一件事,一件我没有告诉任何人的事。"她转过头,看着汤姆。他看了一眼前面的路,然后与伊莉斯的目光交汇。天色越来越亮,但是太阳还是藏在云朵后面。"切莱斯蒂娜说一个黑眼睛的人会来帮我,而我即将开始向东的旅程。"伊莉斯转回头,看着前面的挡风玻璃。"但是整个解牌过程中,还有一张牌。"

汤姆又看了她一眼。

伊莉斯转回头。"切莱斯蒂娜抽出的最后一张牌是死亡之牌。"

汤姆安静了一会。"死亡之牌?"

"对。"

"你的死亡?"

伊莉斯耸耸肩。"也许。这就是通灵解读、梦境和其他迷信的把戏。不是吗?它们太模糊了。可以做出各种解释。有时直到事情完结了,你才能明白它到底指什么。"

汤姆的眼睛直盯着前方。"嗯。"

第十五章

"我们这是在哪儿?"伊莉斯坐起来问道。她当作枕头的运动衫滑落到腿上。天色渐晚,夕阳西下。车窗外是不断后退的树木与山峦。

"应该是阿肯色州西北部的某个地方。我觉得是在欧扎克。"

"啊,我就这样睡过了整个俄克拉荷马州?"

汤姆舒展了下肩膀,转向她。"难道想让我掉头回去?"

伊莉斯笑了。"算了,没事儿,等回来的路上也可以看到,"她伸了个懒腰,"这一觉真是这几个月来我睡得最沉的。"她看着窗外,他们正行驶在双车道上,蜿蜒在茂密的丛林中。"我们什么时候开出州际公路的?"

"刚不久。我都快无聊死了。路上全是小卡车,

公路也是四车道的，真没什么意思。我喜欢在双车道上欣赏这个世界，慢慢地开着，融入周围的环境。"

"那这周围有餐厅吗？我好饿啊。"伊莉斯说出这句话时，她自己都觉得不可思议。她已经很久都没有睡得这么香并且感觉到饿了。

"呃，我看看。指示牌写着'橡树林，三英里'，你觉得怎么样？"

"我们晚上就吃橡树果喽？"

汤姆拉低眼镜，透过镜框上的顶端看着她，"你肯定是感觉好了些。对于临床抑郁症患者，像这样的小嘲讽是很难做到的。"

三英里的双车道柏油公路蜿蜒曲折，指引他们驶向阿肯色州的橡树林。根据指示牌上的信息，这块地方人口只有154人。大概只有三个街区的长度，宽度亦如此，除了他们右手边的服务站，也就那么几栋房子和一个白色隔板搭建的教堂。他们将车开进加油站，伊莉斯看见一栋楼北边挂着一个"橡树林咖啡馆"的牌子，店里的灯是关着的。伊莉斯走出车来，伸了伸腿，感激有这么个地儿。她转身俯视着小镇的街道，一些房子前插着"待售"的牌子，整个橡树林社区就像是在慢慢地流血，静静等待死亡的到来。

汤姆给车子加满了油并发动了车。加油站老板拉来了轮胎指示牌，准备关门。"那是唯一可以吃饭的地方吗？"汤姆指着大楼尽头黑漆漆的咖啡馆问道。

"恐怕是的。这家店冬天时而开门时而不开，不好说。但可以肯定的是这家店一定会关门倒闭，"他扭头看着汤姆和伊莉斯。"你们要去哪儿？"

汤姆和伊莉斯相互看了看。"大烟山。"伊莉斯答道。

"你们今晚就得到那儿么？"

伊莉斯摇了摇头。

"如果你们不着急赶路的话，我的姑姥姥韦内塔在这条路前面，她家外开了一家小旅馆。多数客人都是夏天来的，不过她烧得一手好菜。如果你们在她那里过夜的话，她会请你们吃饭的。"

汤姆等着伊莉斯做决定，就好像他只是这次旅程的司机，她才是做决定的人。

"那太好啦。"伊莉斯说道。

他们路过一个白护墙板搭建的教堂，四周被冬日的枯草和成片的橡树围绕着。又经过了三个街区，车子开到一座可以俯视小镇的小山上，他们便把车停在一个两层楼的白板屋边。前廊环绕在屋子的两边。

门边的一块牌子上写着"橡树林住宿加早餐"。它由两根链子悬挂着，在风中不断摇摆，发出嘎吱嘎吱的响声。一棵巨大的橡树像哨兵一样竖立在院子的左侧；橡树前他们看到屋内的灯光透出来照亮了前廊。在某个一闪而过的瞬间，伊莉斯觉得眼前的景象似曾相识。她打开车门，缓缓地走向院子。汤姆也打开车门，他们走上一条砖头小路。枯黄的树叶一路上飘动飞舞，宛如放了学的孩童一般活泼。

他们走上木头台阶,穿过前廊。回荡的脚步声好像他们是这个鬼镇唯一的活物。汤姆刚准备敲门,门就自动朝里打开了。一个老人站在那儿,抓着门把手,他们进了屋。这位老人至少有六英尺两英寸高,年纪大约在七十多岁。他的头发银白,留着整齐的小胡子。他眼睛犹如昏暗天空的深蓝色那般闪亮,被他的蓝衬衣衬托得更加明亮。在一个周四的晚上六点,他依然打着领带。

"各位晚上好。请进,请进,不要拘束。是本打电话来告诉我们,你们要来光临本店。"汤姆和伊莉斯看了看由门厅改造成的旅馆接待区。

"我叫亨利·贾米森,"这个男人自我介绍道,并向汤姆伸出了手。"我的妻子叫韦内塔,她正在厨房忙活。"

汤姆和他握了手,然后四处看了看,仿佛他已经忘记为什么来这里。他打量着屋里的古董和云母遮盖着的灯,看着好像这里无法提供住宿一般。"我想我们需要一间房。"

"两间房。"伊莉斯瞪了他一眼。

亨利·贾米森的小胡子轻轻抖动了一下。他看着伊莉斯,又看了看汤姆,"我们有六间房,所以我相信我们还是可以应付这种状况的。"他走到橡木柜台后,给了他们一人一份登记表。

"你们从哪里来?"他和善地问道,开始用笔纸这种过时的方式填写登记表。

"新墨西哥州，"伊莉斯说道。"我来自陶斯地区，汤姆来自图森。"

亨利点点头，将表格放在了柜台上，"你们真是远道而来啊，不是吗？"

伊莉斯点点头。

"你们都不怕鬼，对吧？"

汤姆和伊莉斯相互望了望，又看着亨利。

"我不信鬼。"汤姆边说边往上推推眼镜。

亨利抬起头看着汤姆，等着他把信用卡拿出来刷卡，然后又把信用卡还给了他。"我明白了。"他轻声说。

"你们这儿有鬼？"伊莉斯问道。

"是的，女士。没什么可怕的，"亨利说着，接过伊莉斯递给他的信用卡，"她从不想伤害任何人。不是你在电影中看到的那种可怕的画面。"

伊莉斯打量着他们面前的这个人。除了他是个典型的南方绅士外，从他的面部表情和行为中读不出任何东西。

"但是她确实喜欢夜里在走廊跑上跑下，转动门把手。请你们务必把门锁好，这样就没事了。"亨利把柜台上的收据拿给汤姆签字。

"她该不会能穿墙吧？"汤姆傻傻地笑问。他把眼镜往上推了推，试图幽默一下却毫无效果。他弯腰签了收据并交还给亨利·贾米森。

亨利凝视着汤姆，伊莉斯能够察觉到亨利脸上的

一丝不悦，好像汤姆的话让他有些生气。然而亨利将情绪隐藏得很好，小声嘀咕道："我觉得只要她想她就能穿墙吧。"

他转向伊莉斯，给了她信用卡收据。"如果你们有什么粉红色的漂亮小玩意，最好把它们留在车里。她喜欢粉色。"他朝伊莉斯眨眨眼。

伊莉斯笑了。"我没有粉色的东西，我不喜欢粉色。"

"那就没事儿啦。"亨利笑着。当他转向汤姆时，刚才的笑容也随即消失了，"您呢，先生？您有什么粉红色的物品吗？"

汤姆愣了一下，直到他看见伊莉斯的笑容。他摇着头。"嗯，没有。没有粉色的东西。"

"好，呃……杜甘先生，"亨利看着收据说。"你的是四号房，楼梯上去右边第二个房间。然后……布鲁克丝小姐，你在一号房，左边第一个房间。房门都是开着的，你们晚上安顿好后可以把门锁好。"

伊莉斯朝左边走了几步，端详着被两整面窗户围着的餐厅。彩色玻璃面板镶嵌在每一面窗户的顶端，每扇窗都刻有不同的花。玫瑰、紫丁香花、水仙花、菊花装饰着玻璃的顶端。一块厚厚的蕾丝桌布铺在木头桌上。伊莉斯感觉自己仿佛回到了过去，走进了一百年前的时代和装饰风格，但是她被这环境和贾米森先生难以察觉的微笑迷住了。

"晚饭在六点半。今天是周四，所以我们将提供炖牛肉，配着土豆、胡萝卜、大头菜，都是自家花园种的。"亨利停下来看看汤姆。"你不是素食主义者吧？"

伊莉斯摇摇头。

"在阿肯色州，我们真的很难招待素食者。"

"炖牛肉听起来很棒呀，"伊莉斯说道，"我饿得快不行了。"

在一个满是古董的餐厅里，他们坐在圆形橡木桌边。一个餐边柜里摆放着韦内塔·贾米森刚分发完一圈的菜肴：根菜类炖牛肉、烤花椰菜和自制面包卷。他们用的是瓷餐盘，边缘是精美玫瑰花图案的金边。水晶高脚杯里盛着水和甜茶。几乎每一面都有钩编的桌布，烛光在餐桌和餐边柜上摇曳。整个房间都沐浴在温暖、金色的光线中。

韦内塔·贾米森和她丈夫一样，约七十多岁，花白的头发，蓝色的眼睛。她丈夫个子高而瘦，她则矮而圆，但是当她招呼着两位客人来到桌边时，她的微笑温暖而友好。"很高兴你们俩今晚能来，"她边说边坐在亨利为她拉开的椅子上。"我们每年这个时候客人都不多。贾米森先生，过去几年我们也都没有许多客人来，对吧？"

亨利摇着头。"没有那么多人对老房子感兴趣了。每个人似乎都想要有线电视和免费的 whiffy。这些我在费耶特维尔的汽车旅馆指示牌上见过。"

伊莉斯笑了，在想他是否在说Wi-Fi。"这儿很美，你们在这住了很久了吗？"

韦内塔点着头，嚼完嘴里的食物说道："事实上，我一辈子都住在这儿。我的祖父在1890年建造了这栋房子，想着他能把房间租给那些来泡温泉的人住。我在这儿长大，和我的父母与祖母。祖父在我出生前就去世了。"

伊莉斯对她真正想问的问题感到很不安。她咬了一口牛肉，在嘴里嚼着，试图鼓起勇气问她关于闹鬼的事情。

"贾米森先生提到过这儿闹鬼吗？"韦内塔问道。

伊莉斯轻舒了一口气，点点头。"是的，他说过。这鬼是你认识的某个人吗？"

"嗯嗯。是我妹妹，维奥拉。"韦内塔把叉子靠在盘子边。她的眼睛有点湿润了。"当我们八岁的时候，都染上了猩红热。我们是双胞胎，你明白的。我们一起做每件事，真的是每件事。所以我想我们同时生病也就不奇怪。听着，这都发生在抗生素出现前。"

韦内塔的眼睛又看向了伊莉斯。"我们睡在一张床上，我和维奥拉，两个人都病得很严重。妈妈想让我俩待在一起，并和其他人隔开。一天晚上睡觉的时候，我们俩都发着高烧。当我第二天早上醒来的时候，我的烧居然退了。我还记得那种不再发高烧迷迷糊糊的奇妙感觉，你知道吗？就好像我第一次看到了现实的世界。我坐起来朝着维奥拉，她躺在我身边，背对着我。我把手放在她的胳膊上，打算告诉她我感觉好多了，也看看她是否好些了。可就在我碰到她的一瞬间，我立刻被吓得缩了回去。"

韦内塔停了片刻，凝视着房间的一角。"她的身体是……冰凉的，有点僵硬。这是我第一次触碰死人的身体。我不清楚她到底怎么了，但我知道和我之前摸过的任何东西都不一样。死去的身体和活着的时候真是太不同了。"

那一刻，大家都坐着一动不动。

"我妈妈坐在床边的摇椅上。她坐着睡着了。她已经连续几晚都在照顾我们。我不知道她是怎么做到的，真的。然后，我对妈妈说，'妈妈？维奥拉好像出事了。'"

"当然，妈妈去摸维奥拉时，一下子尖叫起来。"韦内塔看着别处，悲伤写在她的脸上，弥漫在空气中，"她非常自责，责怪自己当时睡着了。就像她认为如果她当时醒着，就一定能阻止悲剧的发生。"

四个人都放下了叉子，沉寂了片刻。韦内塔盯着她的餐盘，然后抬起眼睛。"但那是很久以前的事情了，她去世已经有六十五年了。"

"非常抱歉，"伊莉斯低声说。"那肯定是段艰难的日子。"

韦内塔点点头，她的目光仍然迷失在那个遥远的早晨。"你知道吗，这之后，我的其他朋友和家人也离我而去。但是我从未像失去维奥拉那样伤心。"

她抬起双眼看着伊莉斯，仿佛伊莉斯自己经历的失去和悲伤都写在脸上，以至于她都可以清楚地读出。"我们过去总是在一起，总是。在学校里是同一班级，睡在同一张床上。我感觉自己的身体好像失去了一部分。就像一个人的腿被砍去一样，就像努力尝试重新再学习如何走路、说话和做事。我整个的平衡感——现实生活中的——都被打乱了。"

她用叉子叉着食物，其他人也一样。"我妈妈身体很糟糕。她有她自己的伤心事儿——我觉得她没有注意到我所经历的一切。每个人都沉浸在自己悲伤的阴影中，你知道吗？那时候还有战争，我的哥哥还在太平洋参战。对我妈妈来说，她要承受的确实太多了。"

外面雷声轰鸣，韦内塔看向了窗外。狂风呼啸，乌云遮住了地平线。黑暗布满天空，继而又穿过窗户，悄悄迫近桌边的这四个人。她坐在那里，纹丝不动，继续小声地说："之后有一天晚上，就在黄昏时分，风卷云涌，暴风雨即将来临。"她看着窗户，"就像今晚，我们能听到雷声，看见闪电。妈妈正准备往桌子上端晚饭，她让我赶紧跑上楼检查窗户是否关好。"

"我已经检查完了所有其他房间，正在检查我们的房间——我的房间，我曾经和维奥拉共同拥有的房间。我走向窗边，把窗户拉上。我想是因为暴风雨的缘故，房间非常昏暗。我感到凉气嗖嗖地吹着我的胳膊，把我冻得直哆嗦。在关上窗户前，风一直从外灌进来，所以我也没太多在意有多冷。但正当我转身之时，看见了房间另一边衣柜里的镜子。衣柜的门被慢慢打开，嘎吱作响。就在这时镜子里闪过一个娇小的身影，看起来就像维奥拉，背对着我。她穿着有粉红色花朵的裙子。她最爱的颜色。她喜欢粉色。"

一道闪电照亮了房间，接着是轰隆隆的雷声。

"我轻唤着她的名字。'维奥拉？是你吗？'"

餐桌中央的蜡烛噼啪作响，火焰在他们眼前舞动。他们专注地听着韦内塔的话，房间里笼罩着一片寂静。外面狂风吹打着房子；树枝不停摇曳，嘎吱作响。伊莉斯浑身哆嗦，就好像她能感受到死者的手指在来回摸索着木隔板的壁板。

"一切都消失了。没有任何声音，没有动静，没有寒冷的空气。我听到妈妈的声音，大声喊着'吃晚饭了'。于是，我走出房间下了楼。我飞快地跑过那面衣柜的镜子，我告诉你，我胳膊上的汗毛像受检阅的士兵一样地竖立着。"

韦内塔摇摇头，又低头看着餐盘。"我还只是个孩子，非常思念维奥拉，心里也十分痛苦。有很多次，我都停下脚步，站在屋子中央或者屋外，或任何其他地方，就那么停下，然后静静地听着，等待着。"韦内塔瞥了一眼伊莉斯，她有些紧张，"我真想和她说说话，再见她一次。"

伊莉斯的眼眶充满了泪水，这使她不断眨着眼。她感觉自己已经与韦内塔·贾米森心灵相通，一个她只见面不到一小时的女人。她们之间有一种互相理解，一种知道他人曾经历过自己正在经历的同样痛苦的慰藉。一个懂得他们需要安静和倾听，想要与死者交流的人。伊莉斯拼命克制着颤抖的身体；她努力用意志控制着她的双腿不抖动。

韦内塔盯着蜡烛的火焰；肩膀下沉。"在那之后，我会做些试验。在我的卧室里找一个可以坐着并且从某个角度能够看到镜子的地方。从镜子里可以看到屋里的其他地方，但看不见我自己。"

汤姆清了清嗓子。"我之前读到过这个。"他看着伊莉斯说道，"在谷歌上。这叫做占卜。盯着一面镜子或一个水晶球，或任何可以反射光线的表面。这个方法有好几千年历史了——甚至在童话里也出现过。你们都听说过那个'魔镜，墙上的魔镜'的故事吧？"

所有人都看着汤姆，但是没人说话。他又安静下来。

韦内塔看着桌上的蜡烛，继续说道："我真希望她就在屋子里，我想见见她，听听她的声音，她的笑声。我想知道死亡到底是怎样一种感觉。我想知道她能不能看见我们，能否听到我们说话。我想知道她……是否一切安好。"

"有时候，我就一直盯着那面镜子。记忆中的景象都变得模糊不清了，但我还是没能像第一次那样见到她。只有那些卷曲变形、还弥漫着烟雾的景象。所以一天夜里，我就说，'维奥拉，如果你在那里，请给我一些暗示吧。'"

楼上的门突然"砰"地关了起来,汤姆和伊莉斯吓了一跳。大家都抬头望着天花板。韦内塔笑着说:"她正在听我们说话呢。"

她停顿了下,又继续道:"那晚,我第一次和她说话的时候,什么也没发生。我盯着镜子约有一个小时,静静等待着、聆听着。"韦内塔摇了摇头,深吸了一口气,"但我好像听到什么了……我甚至都不知道如何形容它。它不是真正的声音,更像是一种想法,这种想法不知从什么地方而来,微弱的,遥远的。我都不确定这是我自己听到还是想象出来的,感觉就像维奥拉在那里咯咯地笑。"

"然后,就在第二天,妈妈到处找着她的粉红色围裙。她在前一天晚饭后把围裙挂在了厨房的挂钩上,她通常就放在那里。但是第二天早上,围裙就不在了。她让我帮她找找。我们找遍了厨房、地板和后廊,一无所获。"

"那时,我突然有一个奇怪的想法,让我自己都有些害怕。我跑上楼,当我上去的时候我发现衣柜的门是开着的,而妈妈的粉红色围裙就在里面。"韦内塔抬起头看着伊莉斯,她惊讶地扬起了眉毛。

"我妈妈,她当然认为就是我做的。她说如果我再耍花招的话,她就拿鞭子抽我。"韦内塔摇摇头,"但那只是刚刚开始。之后很多东西都莫名其妙地不见了。就好像一旦维奥拉开始撒起欢来,她就开心得

停不下来了。我都记不清有多少次我被冤枉拿了我妈妈或姐姐的粉红色东西了。"

汤姆重重地叹了口气,双手交叉在胸前,摇着头。

韦内塔看着他。"只要一有粉色的东西不见了,我们总是能在我的衣柜里找到。我对所有人发誓,我从没拿过那些东西或者把它们藏起来过。而且我自己是更喜欢紫色的。"

"这些年来,他们一直认为是我干的。我觉得妈妈认为这是我用来缓解悲伤的方法,是我自己不知道潜意识里正在做的小恶作剧。"

韦内塔抬起头,目光与汤姆交汇。"她会看着我,眼神里充满悲伤,摇着头。"汤姆坐在椅子上僵住了。他的眉毛和额头都显示出极大的怀疑。

"很快,我十八岁了,离开家去小岩城的师范学院上学。一天早上,妈妈的粉红色围裙又不见了。她前一晚还用过,就像围裙第一次消失那样。她四处寻找,最后她来到我的卧室里。她说她一进屋子衣柜门就打开了,围裙就在里面。"

亨利·贾米森坐着向前微倾。"你现在知道为什么我要你们把粉色的东西放在外面的车里了吧。"

"那间卧室在哪里啊?她是在哪儿去世的?"伊莉斯问道。

亨利的小胡子抖动了下,他把叉子搁在盘子上。"四号房间。右边第二间房。"

汤姆的头转向亨利·贾米森。"我的房间?"他问道,眉毛紧缩。

亨利看着他的眼睛,"你说你不信鬼的。"

汤姆摇摇头,脸突然红了。"我当然不信。绝对不信。"

大家都沉默了片刻,陷入了韦内塔的故事里。韦内塔打破了寂静。"很抱歉刚才失态了,说了那么多影响了大家的胃口。我道歉。"

"没事儿,"伊莉斯说道,"是我问你的,晚餐很美味。"

伊莉斯坐了片刻,想鼓起勇气问韦内塔涌现在她脑海里的诸多疑问。她都不知道从何问起,所以她一直干坐着,盯着搭在腿上的手。"韦内塔,我……"

"你对死亡也并不陌生,对吗,亲爱的?"韦内塔的问题打断了伊莉斯的喃喃自语。

伊莉斯摇摇头。

"是你的丈夫吧?刚刚去世,是吗?"韦内塔的声音轻柔和善。

"你是怎么知道的?"伊莉斯惊讶地倒吸一口气。

韦内塔抬起手靠着脸颊,耸了耸肩。

"是的,在三月份,因为一场车祸。"

"所以这很突然,你也没来得及和他说再见?"

伊莉斯抬起头看着韦内塔,努力克制自己不哭出来。她摇着头,目光低垂看着她的腿。"是的,是的,我没有。"

韦内塔向后靠在椅背上。"以我的经历,那种突如其来的离世是最令人难过的。我母亲在离世前病了好几个月。虽然艰难,但至少在某些程度上,你是有心理准备的。如果你有什么想倾诉,就尽管说出来吧。"

韦内塔微身子前倾,脸凑近伊莉斯。"亲爱的,你想和你的丈夫说话吗?"

所有人的目光落到韦内塔的脸上。伊莉斯的表情立刻松弛下来,仿佛她要融化进桌布里。她点点头。

"我不敢保证一定成功,但是如果你愿意,我可以尝试一下。"

汤姆清了清嗓子:"你……打算……用什么方法?是占卜吗?"

韦内塔抬头看着汤姆,笑了笑。她呼了口气:"我开始是这样做的。但在我逐渐长大成青年时,我还试了别的东西。比如钟摆,和一些只需回答是或否的问题。还有自动书写。"

伊莉斯瞥了眼汤姆。从他脸上的神情可以看出,他脑中正默默记录着,准备把这一切添加到他的电子表格中,用来进行仔细的解剖和分析。"那你用的最成功的方法是什么?"汤姆问道。

韦内塔笑了。"好吧,我认为如果亡灵真的想和你交流的话,任何方法都有效。但我也知道任何东西都能变得具有欺骗性。唯心论运动、灵媒、降神会,与死人对话的完整历史,这些都充满了伪造和欺骗。

杜甘先生，你不同意吗？"

汤姆笑了笑，身体向后靠在椅背上，好像终于有人说了些有道理的话。"当然了。"汤姆看着伊莉斯，肩膀后倾，整个动作看起来有些得意。

"所以这些方法我都不会用，再也不会用了。"韦内塔说话的声音旋即轻了下去。"我的经验告诉我，采取什么方法并不重要。重要的是其用心去了解和感受，全身心融入进……一种出神了的状态。在那里我可以……"韦内塔停下，摇了摇头，然后抬起肩膀，表示一种疑惑。"我不确定。我如何才能出世，去拥抱那些亡灵。"

汤姆瞥了一眼伊莉斯，然后用一种审视的目光看着韦内塔。"所以……你见过它们？那些亡灵？你听到它们说什么了吗？"

韦内塔抬起头，目光刚好越过汤姆的肩膀看向一个角落。"那种感觉并不是非此即彼，杜甘先生。我认为它们不止只有五种感官。说真话，我觉得活着的人也不止只有这五感，只不过大多数人未曾用过那些感官。"

汤姆的身体开始传递出他的怀疑。这种怀疑像雪茄的烟雾一样弥漫在他的周围。伊莉斯咳了咳，想踢汤姆几下。

韦内塔的目光又回到汤姆身上，"我并不用耳朵去听它们的声音。我也不用眼睛和心灵去看那些亡灵。但是我能感觉到它们的存在，理解它们的想法，就在那一瞬间。它们之间的交流，远超于我们人类在实际生活中交流的层面，比这要快得多。我认为它们交流甚至不需要语言，杜甘先生。那些感觉……那些想法……穿透了我，就像……我也不知道。就好像调到收音机的某个频道，但不是声波，而是……能量。能量的波动。"

亨利清清嗓子。他瞥了一眼韦内塔，然后用来自近六十年婚姻的确定语气说："女士们，你们何不去客厅继续聊呢？我来洗餐具，然后煮些咖啡、带些甜点给你们，怎么样？"

伊莉斯点点头："好极了。"

亨利站起来开始收拾餐盘。"杜甘先生，你能帮我把这些餐具拿到厨房吗？"

汤姆的注视从伊莉斯转移到韦内塔，现在又到亨利·贾米森，好像都忘了别人要他做些什么。好像仅凭意志力，他就能让别人邀请他留下观察似的。伊莉斯不想让汤姆跟来，她很想和韦内塔单独相处。此刻，她从心底感谢亨利·贾米森给她创造了这样的机会。

"呃，好啊。"汤姆站起来。伸手去拿了一些盘子，并且给了伊莉斯一个犀利的眼神。

韦内塔笑着，她和伊莉斯推开她们的椅子，然后一起向客厅走去。韦内塔凑近低语道："我们家亨利明白的，他会让杜甘先生忙活一阵。他的那种怀疑真是——"她的肩膀颤抖着——"真是让人感到很难缠。对我们，还有那些亡灵。"

伊莉斯笑了。这位女士和她丈夫的直觉真是太准了。能单独和韦内塔交流，没有汤姆，没有他不断地分析、解释和解构，正是伊莉斯所想要的。

她们穿过大厅来到会客厅。会客厅是另一处装修精致的房间，有护墙板和绒皮的金色墙纸。每个角落里陈列着古董。客厅，就像餐厅一样，弥漫着金色的光芒。两只浅褐色的沙发相对摆放着，壁炉边上放着两张高背椅。一个精致的橡木壁炉架环绕着炉火。韦内塔在炉架前跪着，往火里又加了些柴火。在壁炉对面，客厅的另一面，是一面飘窗。飘窗挂着天鹅绒窗帘，屋子中间放着一张铺着美丽织花桌布的圆桌。

伊莉斯转过身，仔细地看着这一切。她走到壁炉左边的一面墙前，细细端详着墙上挂着的相片。"这是你们吗？你和你妹妹？"这张黑白照片上是整个大家庭，父亲、母亲、姐姐、穿着制服的哥哥和坐在前面小板凳上的双胞胎姐妹。她俩看起来很小，不过六七岁的样子。

韦内塔走进照片，低头凝视着。"很难分别我和她，是吗？人们经常把我俩弄混。有时候，也挺有趣的。"韦内塔转过身看着伊莉斯，眼中闪着光亮。"我们很喜欢捉弄别人，就是想看看他们慌乱的样子。这是我们在学校最欢喜的活动之一了。"她又看着照片，重重叹了口气，"直到最后，当我母亲就要离世的时候，她还不停地叫我维奥拉，即使那时离维奥拉去世已经过了五十年了。即便如此，我母亲还是坚信她是在和维奥拉说话。"

她们亲密地站在一起,凝视着墙上的照片。"当然,我也听说过即将离世的人能看见已故至亲的灵魂。所以她也许真的看见维奥拉了。"

韦内塔把头歪到一边看着照片。"这其实是一种罪孽,试着和亡灵对话。至少,教会是这么说的。我母亲也是这么认为的。"

伊莉斯根本不知道这些。她并不经常去做礼拜。小时候,她和比尤莱去过几次教堂。但是她从未在那里找到过慰藉,也从未在那里找到任何东西可以帮助她在年轻时对抗死亡和孤独。她心里的教堂是那些树;她的庇护所就是坐在屋外,聆听着鸟儿的叫声。她真正的慰藉就是洛雷娜和她的家人。

韦内塔继续说着:"我母亲如果知道我做了这些,一定会扒了我的皮,"她转向伊莉斯,扬起眉毛说。"我怀疑她其实已经知道这一切了。"

"然而,当敞开自我面对那些亡灵的时候,我还是有些害怕的,担心母亲会用鞭子抽我。"

"有一年夏天,我十三岁的时候,一个表妹来我家住几周。我们俩决定尝试和维奥拉交流。表妹说她看到过一个朋友,在费耶特维尔,用过通灵板。但是她当时被吓得魂飞魄散。说实话,我也有点怕自己也会被吓成那样。你听到过那些故事吗?各种有关通灵板的可怕故事。你根本无法控制从里面钻出来什么样的亡灵。"

"我想确保我们只和维奥拉说话——而不是把一些陌生的鬼魂引到家里。"韦内塔站起来走到墙上的照片旁。她双手交叉在胸前,站在那里望着照片里的一家人。她看着坐在大家面前的地板上的她自己和妹妹。

"我们一直等到父母上床睡觉了。然后我们在房间里坐起来——就是我曾经和维奥拉一起住的房间。我们点亮了一盏蜡烛,然后我问维奥拉她有没有什么想和我说的。我确定我说了她的名字,因为不想冒任何风险。我一直盯着蜡烛直到视线开始变得模糊。我有点忘记时间了,可能是我真的太困了。但接下来我记得的是,我的表妹双手捂住嘴,眼睛睁得很大,喊道,'我的天啊,韦内塔。'"

"我确实记不太清了。可能杜甘先生不相信这些,但我真的记不清了。但是丽贝卡,她说我盯着那盏蜡烛,然后身体开始摇晃,嘴里不自觉地冒出一句话:'我在和哥哥梅森玩呢。'"

"和你说啊,我俩当时吓得魂飞魄散。我们赶紧吹灭了蜡烛,爬上床,吓得身体直哆嗦。我们低声讨论了大半夜。梅森是谁?我只有一个哥哥叫约翰,年纪比我们俩都大,他当时还在打仗。这一切都说不通啊。我知道如果让我妈妈发现了我们的所作所为,她肯定会扒了我的皮。"

"发生这件事时,我整个人有些恍惚。所以有些人可能说这都是我自己做的,是我潜意识说的话,或

者认为我很有想象力。"

"汤姆就会这么说。"伊莉斯小声咕哝道。

韦内塔点点头。"但当时的情况是,我们俩都不知道梅森是谁。于是我俩决定去教堂旁的墓地瞧瞧,看看能不能找到一个叫梅森的。结果一无所获。我们找遍了每块墓碑,也没找到梅森的。几周后,丽贝卡已经回到费耶特维尔,我和妈妈正坐在前廊剥豌豆。我鼓起勇气问我妈妈,'梅森是谁?'"

"她顿时脸色煞白,手捂住嘴,连呼吸都停了。我当时真担心她是否会晕厥过去。她问,'谁告诉你的?谁和你说起梅森的?'"

"我当时也不知道该怎么说。无论我想到什么借口,我已经深陷其中。所以我轻声道出了实话——'是维奥拉。是维奥拉告诉我她正在和梅森玩。'"

"妈妈开始哭起来。她坐在摇椅里,泪水顺着脸颊哗哗地往下流。她不得不用围裙擦掉泪水。我就坐在那儿,目瞪口呆,想不明白到底怎么回事。"

"终于,她不再哭了,擤了擤鼻子,向后靠在椅子上。她告诉我在我们这对双胞胎出生前,曾有过一个小男孩。他两岁的时候就死了,就是因为猩红热。"韦内塔抬起头看着伊莉斯。"小男孩叫梅森。当他们埋葬他的时候,墓碑上只刻了一句话:'我们的小天使,这么小就走了。'"

这两个女人静静地坐着,分享着那晚的秘密。韦内塔打破了寂静。"我不知道该如何解释那晚发生的事。但我相信我经历的一切。"她转过身，两人的目光交汇。"我相信就是维奥拉告诉我的。"

"有趣的是什么你知道吗？我很担心妈妈会十分恼火，但她并没有。好像听到……知道维奥拉和梅森……在另一个世界一起玩耍能够给她些许安慰。那之后，她的状态慢慢变得好起来。"

伊莉斯舒了口气。面前的这位女人让她心里倍感慰藉。

"我们坐吧。"韦内塔指着飘窗中央的一张小圆桌。她们相互挨着坐下。韦内塔身体前倾，点亮了桌子中间的蜡烛。

"这就是我为什么联系亡灵的原因。因为我知道这能带来巨大的慰藉。在我告诉妈妈梅森的事后，她的精神好了不少。我感觉其他人也找到了心灵上的慰藉。"她转向伊莉斯。"亲爱的，你并不是第一个来我这儿的客人。一些人来这儿是因为他们听说了我和维奥拉之间的事情。但这么多年来，更多的是和你们一样的其他人，他们只是出现在这蓝天下，对这里的事情一无所知。"

"我对你有感觉。本打电话说有两个人要过来时，我就有感觉了。"韦内塔转身遇见伊莉斯的目光。

她们相互看着彼此。炉火发出爆裂声，时钟也在滴答响着。"如果你希望我这么做，我可以试一试，"这位老妇人轻声说。"但我不敢保证，有时候我并不能成功。"

伊莉斯点点头。"我明白。"她看了眼韦内塔身后的窗户。夜幕已经降临;天空已经呈现出冬日里深深的墨蓝色。这正是蓝色时光。她颤抖着,回忆起和比尤莱并肩站在外面的情景。她们等待着,聆听着,试图与那个把她们丢下的女人交流。

"你丈夫叫什么?"

"迈克尔。迈克尔·马德里。"伊莉斯低下头看着她的双手。她的手在颤抖,好像喝了太多咖啡一样。她的喉咙十分干燥。

"我们想确保能和他说上话。"韦内塔缓慢、长长地吸了口气。"是迈克尔·马德里吗?"她耳语道。"你有什么想说的吗?有什么想和你妻子说的?"

时间过得很慢,好像一切都放慢了速度,就像伊莉斯小时候对待她的第一张唱片专辑那样,她把猫王埃尔维斯·普雷斯利的《猎狗》调到低沉的贝斯,音乐拖得又长又慢。接着,她感到一阵震颤,一阵抖动。她能感觉到这种颤动,穿过她坐的椅子和脚下的地板。韦内塔的身体开始随着能量颤动起来,这震动穿过木头桌子,直击伊莉斯的胳膊,脖子后的头发都竖了起来。

"他说,'停下吧。'不要再折磨自己了,是他离开的时候了,不怪你。"

泪水从伊莉斯的眼角不住地涌出。她的身体摇动着,痛苦如地震般地穿透她全身。她知道他就在身边——如此的近。她是多么想摸摸他,和他说话,去感受他。伊莉斯吸了吸鼻子,极力想控制住自己的情感。但她做不到。她止不住地颤抖和流眼泪。她的身体在晃动。

"你必须重新站起来。坚持走下去,坚持下去。你一定会走出悲伤的。"韦内塔的双眼紧闭;身体微微晃动。"穿过河流。演奏着悲伤音符。她等待着,与逝者同在。"

一阵风吹过桌面;烛火倾斜到一边。韦内塔身后的窗户被吹开,烛火完全地熄灭了。伊莉斯屏着气。冷气袭来,伊莉斯急忙起身把窗户关上。她冷得直哆嗦,双手上下搓着胳膊。她努力地哈着气,呼吸着。

天空中一道闪电划过。屋内的墙壁被一道可怕的白光照亮,接着又恢复了黑暗。雷声轰隆作响,韦内塔吓了一跳。"天呐!雷声就在不远处啊,是吗?"她问道。

亨利清了清嗓子。她们转身发现汤姆和亨利就站在门口。亨利端着一托盘的奶油椰子派。杯子、茶碟整齐地摆放在一边。汤姆端着一壶咖啡,仔细打量着坐在桌边的两个女人。

韦内塔眨了眨眼,看着伊莉斯。"那我们吃些点心吧,亲爱的?"

亨利分发着甜点盘子,韦内塔从汤姆手中接过咖啡壶倒着咖啡。两个男人坐在火炉边的椅子上,汤姆咬了一大口派。

伊莉斯还在等待,不想一切恢复正常,不想离开那个安静的空间,在那里迈克尔曾离得那么近,他想说的话也能通过韦内塔说出来。她又看了眼窗外,寻找刚才的黑暗。

"二位女士聊得开心吗?"亨利问道,然后叉着一块派。

"嗯,是的,"韦内塔笑着说,"非常愉悦。"

穿过河流。演奏着悲伤音符。她等待着,与逝者同在。伊莉斯的脑海里不断重复着这句话。

"这句话有什么含义吗,亲爱的?"韦内塔轻声问道。

伊莉斯放下咖啡杯,看着女主人。她摇摇头。"没有,没什么含义。"

第十六章

"汤姆？你准备好了吗？"伊莉斯站在汤姆的门外，轻轻敲门。汤姆打开门锁，一脸愤怒地旋转开房门。他转过身去，蹲下双膝跪在地板上，在床下搜索着。

"怎么啦？你丢了什么东西吗？"

汤姆呼一口气。"是啊。洗澡的时候我把T恤和睡衣放在了床上，但当我出来时……"

伊莉斯疑惑地挑了挑眉。

"我找不到我的T恤了。它刚刚就在这里的，但是现在……"汤姆拿起一条睡裤，转过身去开始翻动床上的毯子，并抖了抖床单和毯子。

"是粉红色的吗？"

他转过身来看着她，将嘴唇紧抿成一条线。"真有趣。不，不是粉红色的。"他又一次跪下去看床底。

"它是浅橙色的,我在莫泊峡谷买的,和峡谷的颜色一样。"

伊莉斯紧紧抿着嘴,强忍着不笑出来。"也许一个小女孩还分辨不清粉色和浅橙色的区别。"

汤姆跪坐在地上,抱怨着。"那你是说鬼拿走了吗?"

伊莉斯耸了耸肩。"你检查过衣柜吗?"

汤姆把眼镜推到鼻梁上,自己从地板上撑起来,发出一声愤怒的叹息声。"伊莉斯,这正是那些疯狂的诡异故事怎样飞快地流传的原因。有人暗示鬼和粉红色东西消失有关,然后突然间你就让人们相信……"他停止了说话,站在衣柜前面,打开柜门。一件浅橙色的T恤皱巴巴的在衣柜的角落里。

伊莉斯瞥了一眼衣服的颜色。"是这件吗?"

汤姆看着伊莉斯。"二十分钟之前你去哪里了?因为这绝对不好笑。"

"你认为是我干的?"伊莉斯问道。"我、亨利和韦内塔从早上七点半左右就一直在楼下喝咖啡,直到几分钟之前我敲你房门。而且我想提醒你的是,我来这的时候你的门是锁着的。"

汤姆从衣柜底部抓起他的T恤,转身放进行李袋中。

伊莉斯斜靠在门框上,看着他。他的脸颊涨得通红,下巴紧绷而僵硬。

"所以,那张电子表格怎么样了?收集到足够信息了吗?"

汤姆从伊莉斯身旁走过,经大厅走下楼梯。伊莉斯透过楼梯上的窗户看到汤姆径直走向他的吉普车,甚至懒得和贾米森夫妇说再见。

伊莉斯不紧不慢地告别,在楼梯下面停了下来,握着亨利·贾米森伸向她的手。"贾米森先生,在这儿过得很愉快。"她笑着说。

"随时欢迎再次光临。"他慢吞吞地说道。

伊莉斯转向韦内塔,两人像老朋友一样拥抱。"谢谢你,韦内塔。"她低声说道。

伊莉斯转身朝吉普车走去。

"所以,接下来我们去哪儿?纳什维尔?还是去新奥尔良拜访那位巫毒女王?你的丈夫有给你留下任何指示吗?或许是一张地图?"汤姆声音急促地问道。

伊莉斯侧头看着车窗外,深吸一口气,转头对着汤姆。"我们可以在孟菲斯停一下吗?"

汤姆叹了口气,揉了揉太阳穴。"你觉得真有必要和埃尔维斯的鬼魂交流吗?"

伊莉斯紧紧抿着双唇,强忍着不笑。"别傻了,埃尔维斯没有死。"

汤姆哼了一声。"好,随你。我只是司机。有什么疯狂的事你想去做吗?告诉我就行,我开车送你。黛西小姐,很乐意效劳。"

伊莉斯微笑地侧头看向窗外,让他自己去发泄。

"有什么特别的原因需要我们在孟菲斯停留吗?这是你丈夫的指令?"

当汤姆开车离开时,伊莉斯注视着贾米森家的房子。"不完全是。顺便说一下,迈克尔从来就不是那种发号施令的人。尽管我生性安静,但是我可有点不听话。"

"我注意到了。"汤姆抱怨道。"韦内塔做了什么?降神会?占卜?自动书写?她是怎么做的?"他目光从路面转向伊莉斯看了一眼,又看回路面。"天啊,我真希望我能看到。"

"汤姆,你有没有想过,你的多疑就像浓重烟雾包围在你周围?也许不是每个人都能像我一样忍受得了?"

汤姆把眼镜推到鼻梁上。"如果你不让我观察,我们怎么能对现在的情况作出合理的解释?"

"我不是在寻找合理的解释。"

汤姆摇摇头,舌头抵着牙齿。"我不敢相信没有我在一旁监视的情况下,你会让她做这些。"他继续摇头晃脑,满脸怒容。

"我只想知道迈克尔试图告诉我什么。我已经告诉过你了,我不想成为你理性显微镜下的虫子。"

汤姆凝视着前方。"伊莉斯,"他叹了口气,好像在对付一个不羁的少年,"这种事太容易造假了。我在YouTube上看过一些视频。那里有各种所谓的灵媒,极度的疯狂。你必须让某人在旁理性地观察——

确保你不被蒙骗。"

"YouTube？汤姆，你研究的方法太广泛了。"伊莉斯停顿了一下。"那我怎么被蒙骗了？"

汤姆继续摇头，好像没听见她说了什么。"我该怎么去了解？你不让我留下来听。"他深深地呼了口气。"那么她到底说了什么？我指的是他。我的意思是迈克尔说了什么？"

"穿过河流。演奏着悲伤音符。她等待着，与逝者同在。"伊莉斯慢慢地说出这些话，让它们回荡在空中。

"这到底是什么意思？"

伊莉斯耸耸肩。"我也不知道。但我想了一个晚上，觉得孟菲斯有点道理，你不觉得吗？"伊莉斯停顿了一下。"穿过河流——在这种情况下，是指密西西比河。悲伤音符可能指的是蓝调音乐。"

"或许吧。"汤姆转头看向车窗外。他已开到前晚离开的双车道高速路，正转到高速路上。"虽然'忧伤音符'可以指爵士乐，但纽约也有一个蓝调俱乐部，还有一张蓝调唱片在新奥尔良。所以，如果你想尝试解读'忧伤音符'的含义，我们可能不得不继续往南方走了。"

"你是移动的维基百科吗？"

汤姆做了个鬼脸。"天啊，当然不是。其中有些是有用的，但是你必须小心。你要知道那些东西并不都具有参考价值。我等会儿会用谷歌搜索一下'悲伤音符'，看看我们能够找到什么。"

"不要忘了在YouTube上看看。"

"那么'她在等待'又是什么意思？谁在等待？"汤姆又瞥了伊莉斯一眼。

伊莉斯耸了耸肩。"我告诉过你，我也不知道。这只是猜测。但是我想不管怎样我们都要朝着那个方向走。或许我们可以……我也不知道，停在某个地方。看看感觉是否是对的。"

汤姆点点头。"看看感觉是否是对的。"他深吸了一口气。"是啊，当然。为什么不呢？"

他们沉默了一会儿。"好吧，只要我们像现在这样，对这解释能够彼此畅所欲言的话，我有些事要跟你说。"他看了伊莉斯一眼，低下头，透过眼镜上沿看着她。"我不想吓唬你或者其他什么意思，但是也可以从另外一方面来解释'穿过河流'。"

伊莉斯继续听着。

"是冥河，死亡之河。源自希腊神话，它是这个世界与地狱的分界。所以你要考虑这个语言的所有可能性，'穿过河流，她等待着，与逝者同在'？你可能需要穿越的不是密西西比河。"

就像悬挂在密西西比河上空的乌云，记忆在她脑海中不断浮现。汽车越往东开，伊莉斯变得越来越沮丧。当他们到达孟菲斯时，是下午的早些时候，她变得安静而肃穆，仿佛地平线上的风暴也正在她的内心成形。她不禁想起已经进入十一月了。几个星期后感恩节和圣诞节就要来临了，这些节日总是唤起她对家庭的渴望。这将是她二十五年来，第一次没有迈克尔陪伴的假期。回到新墨西哥州，莫妮卡和她的家人会在陶斯村过圣诞节，参加鹿舞活动。然后，他们都会去韦斯叔叔家，那儿有烧着火的壁炉，还有很多食物：肉馅玉米卷饼、玉米粉蒸肉、土豆、青辣椒、玉米粉圆饼和南瓜馅饼。伊莉斯喜欢那里，喜欢那里的温暖和欢声笑语，喜欢一家人聚在一起的感觉。尽管韦斯叔叔的家，就像陶斯村其他的家庭一样没有自来水，也没有电。

当伊莉斯在陶斯村第一次与马德里一家过圣诞节时，她发现这与之前和比尤莱过圣诞节有着天壤之别。笑声和比尤莱从来都不会同时出现，圣诞节一直都是一个压抑而寂静的日子。伊莉斯仍然记得她七岁那年，她的母亲刚被安葬在阿马利亚边界一个教堂旁边的墓地中。比尤莱为她俩做了一只小火鸡，不知何故，设法一起吃晚餐。她们坐在厨房的木桌旁，两人都盯着自己的盘子尽量不去看她们之间的空椅子。她们俩都没吃几口。这是伊莉斯经历过的最寂静的时刻；她觉得自己的肩膀好像承受着巨大的重量。她只想哭泣，但当眼泪还在眼眶里打转时，她就迅速擦干了它们，因为她害怕比尤莱看到后的反应。在比尤莱狭窄的房间里没有容纳感情的位置。

伊莉斯盯着吉普车的侧窗外。"你想你的妻子

吗?我是说圣诞节很快就要到了。你们去年还是在一起吧?你想她吗?"

汤姆在座位上挪动了一下,推了一下眼镜,紧张地看着伊莉斯。"这听起来很糟糕,但是不,我并不想她。"

伊莉斯转身看着他。

"事实是……我不太确定我们是如何分开的。我的意思是……我和我的两个姐姐一起长大。我爸爸死后妈妈就一直抚养我们长大。这事发生的时候我才十岁。所以我应该能和女生相处得很好,是吧?但是如果她们并不是同一类人的话,那就另当别论。"

伊莉斯有过同样的苦恼,特别是遇到男人时。如果不是莫妮卡和她的兄弟们,以及她的父母接纳她并使她融入了这个家庭,她不知道该如何处理这些错综复杂的关系。她转向汤姆,遇见他后,她第一次对他有了一丝同情之心。

"我很多时间都埋头于电路板或电子表格,想象着完成我的创作过程的方式。但却忽视了与他人之间的关系。似乎不如我的工作这么有趣。"

"我的生意伙伴韦恩,他是那个去和别人闲谈——与人交流,寻找融资,寻找买家以及支付我们的薪水的人。我们真的是一对很好的搭档。我待在我的小房间里,发明新的太阳能小配件,或者想方设法改良产品。他就在乡村俱乐部打打高尔夫球,与重要人物交流。他很擅长这些,而我却不是。"

"我觉得这跟我编织是一样的。"伊莉斯低声说。"我喜欢实际创作的部分。但是我讨厌营销,销售以及去寻找买家。在这方面,迈克尔比我做的好得多。对于推销产品我一直都感到很不自在。它让我感觉太……我也不知道。爱出风头?"

汤姆点点头。"确实。但是韦恩喜欢做这个。他在我们大学刚毕业、事业刚起步的时候就结婚了。南希是个好人。"汤姆抬起眉毛,安静了一会儿,好像沉浸在过去的回忆之中。"不管怎么样,他们总是试图帮我。韦恩一直说我需要结婚——这样对生意有益。南希说我在所有的晚宴上都表现得很不自在。他们总是会找一个单身的女伴来陪我,这样其他人就不会感到不自在了。显然,在一群已婚人士中有一个单身汉会让所有已婚的人感到不舒服。我无法告诉你他们举办过多少晚宴。也无法告诉你他们为我介绍了多少单身女性。"

伊莉斯试图想象当时的场景。她对生活中只和少数几个人打交道感到很舒服,而且他们中的大多数是从小就认识的。她不喜欢尝试去和陌生人交流,也不赞同她的朋友是在试图"控制"她。"听起来糟透了。"

汤姆做了个鬼脸,摇摇头。"就是这样的,但是从未奏效。我会开始聊我的工作,然后在我意识到发生什么事之前,那个女人一直看她的手表或者凝视着房间。有一次,一个女人说去趟洗手间,之后就再也没有回来。"汤姆怪笑着说。

伊莉斯笑了。"或许她生病了。"

"是的。"汤姆深吸了口气。"然后有一天晚上。阿兰娜与韦恩和南希坐在一桌。非常漂亮的一个女人——她的装扮,她的发型,她的魅力。当我第一眼见到她,就感觉晚宴结束后她一定会第一时刻离开。但是,她却并没有这么做——她认真听着我说的每一个字。用那双化着妆的大眼睛盯着我,假睫毛上下跳动。那双手的指甲修剪得很漂亮,放在我的手臂上。她站得离我很近,以至于浓烈的香水味让我都几乎无法呼吸了。"

他转向伊莉斯。"事实上我认为是这样的。我的大脑一片空白,晕乎乎的,可能就是因为这些化学物质。"

伊莉斯抿紧嘴唇,忍住不笑出来。随即她想到了肯恩·布莱克和他的妻子伊莱恩。他妻子总是化很浓的妆,看起来很不真实。但是不管伊莉斯多么不喜欢化妆和染发,她在伊莱恩的前面总是感觉到自己的"不足"。就好像她自己只是普通的伊莉斯,永远都不够好。好像所有的打扮、化妆以及日光浴晒出的肤色都是得到认可的必备。

"我们四个月后就结婚了。她的美貌深深震撼了我。我不敢相信我是多么的幸运——像她这样的人竟然对我感兴趣。"汤姆用手指敲打着方向盘。"我猜他们说的是真的。如果看起来太美好,那就很可能不真实。我母亲不喜欢她,虽然她很善良从来都不说。

我姐姐说我犯了大错——说她一点都不像我,我们之间没有任何共同点。"

这又给伊莉斯很大的打击,她和迈克尔这么相配是多么的幸运。他们之间有太多的相似之处了,在许多方面都是如此。思念他的痛苦渗入了她的骨头。

"但是我忽视了所有的警告。她看起来确实对我所说的任何事情都感兴趣。我想我直到后来才意识到她没有任何有兴趣的话要说。她只对日光浴、头发的颜色、名牌牛仔裤以及古驰包感兴趣。我后来才发现……在很久很久之后……她在乡村俱乐部做鸡尾酒女郎。就是韦恩经常和富人权贵们开怀畅饮的那个俱乐部。"汤姆双眼直直地看着前方。

"而对我来说,如此专注于自己的小世界,从未注意过她追求着什么。我只是提供生活来源的人。房子,车子以及花在她所追求的化妆品、美容以及各种名牌上的钱。直到现在我还在为我陷得如此之深感到惊讶。我,一个科学奇才,具有非凡的观察分析能力。但是我却从未预料到这个结局。"

伊莉斯舒了口气。"哇,我不知道该说些什么。你结婚多久了?"

"四年。四年来我们很少交流,除了共同生活在一个屋檐下、睡在一张床上之外。我们就没有其他什么了。当然,除非她想要什么东西,她就会很友好。"

"当一切都弄砸之后,我感到最对不起的人是我搭档的妻子南希。高中开始她就爱上韦恩。他们有两个孩子，结婚已经十八年了。她不应该经历这一切。"

汤姆摇了摇头，沉默了半晌。"我想真正让我恼火的是，我是一个科学家。我为自己的观察、测量以及计算能力感到自豪。就像他们说的，许多迹象都曾出现过。所有的危险信号，我都选择了忽视。当她和韦恩同时赴宴迟到时，我还选择去相信一定有其他什么原因。为什么他们的出现前后只差几分钟，为什么这种事情一次又一次地发生。我忽视了所有支持我心中所想的证据。我觉得我应该去解决数学公式和电路板，至于女人的事就由其他人来琢磨了。"

他们到达孟菲斯的时候正下着雨，乌云笼罩了这个城市，轰隆隆的雷鸣声在头顶回荡。他们把车停在教堂公园附近，汤姆熄了火。雨点打在车和挡风玻璃上。"这可不是个观光的好天气。"

"我们不是来观光的。"伊莉斯下了车，把夹克的拉链拉上，头上套上帽子来遮挡雨水。

汤姆把钥匙放进口袋，拉好夹克。"是的，再提醒我，我们为什么来这里？因为我不太确定我是否真的能明白。"

伊莉斯看着他。

汤姆挑起眉毛。"哦，是的，我记起来了，你有种感觉。"

他们跑向比尔大街，那儿满是交通和噪声。音乐从四面八方传来，仿佛每滴雨水中都混合着几支不同蓝调乐队沙哑的声音。汽车的噪音混合着喇叭声、打鼓声以及贝斯声，萦绕在伊莉斯的脑海里。人行道湿湿的，霓虹灯的亮光倒映在水中。对于过去二十五年都生活在安静之中的她来说，这一切都是超负荷的感官。

"蓝色城市咖啡馆。"汤姆停下脚步，开始按着手机上的按钮。"谷歌和Yelp上说这是南方最好的烤肉店。你想吃饭吗？"

伊莉斯笑了。"如果谷歌都认可，那我想我们应该吃点。"

他们被领到了咖啡馆中的一个红色沙发座位上。汤姆点了手撕烤肉，凉拌卷心菜和烤豆子。当服务员转向伊莉斯时，她茫然地抬起头，她丝毫并没有在意菜单上写了什么，仍然沉浸在几分钟前在大街上突然袭来的奇怪感觉中。"和他的一样。"她喃喃自语道。

"看看那些来这里吃过的名人。"汤姆盯着正在看的宣传册。"比尔·克林顿，杰西·杰克逊，加里森·凯勒尔。"他停了一下，眼睛仍然盯着宣传册。"汤姆·克鲁斯，杰瑞·宋飞？哇。我们在一个很有名的餐厅里。喜剧演员，政客和影星。然而有趣的是我没有看见一个科学家在这其中。"他放下宣传册，扶了扶眼镜。"为什么科学家没有得到那样的关注和声望呢？"

伊莉斯摇了摇头，紧抿双唇。"我无法想象。"

"不要采取这种错误的方式，有些人，即使不是科学家，比如说：杰瑞·宋飞或比尔·克林顿，也会觉得你正在做的事情……"汤姆盯着她。"或许有点疯狂。穿越整个国家,去倾听……那些直觉,巫师或者灵媒抑或其他什么,来引导你。"

伊莉斯摇了摇头。"汤姆·杜甘,有时候你说话和莫妮卡真的很像。"

他停顿了一秒钟。"理智吗?"

"我不会用理智来描述莫妮卡。"伊莉斯轻声说。

汤姆扬起眉毛。"哦?那你怎么描述她?"

"她不喜欢所有通灵解读的事。说这些不值得被信任。"

汤姆点头。"听起来很合理。"

"汤姆,她的母亲是一个草药治疗师。她的叔叔是一个巫医。她对神灵及相关的所有都很熟悉。"

汤姆扬起眉毛。

"但是她不相信所有这些解牌者,灵媒和巫师。认为他们都是骗钱的。莫妮卡不相信很多人。"伊莉斯平视着汤姆。"包括你。"

汤姆看起来很震惊。他张嘴想说些什么但是又没说出口。他摇了摇头。"她不相信我?"

"她不相信所有没有证明过自己的人。"

汤姆的嘴微张着,好像一时接受不了她说的话。

伊莉斯低头看着盘子。"我也无法解释。真的。这不是切莱斯蒂娜和韦内塔昨晚说的。是的,我一直在听从他们说的,但是远远不止这些。我知道你不喜欢听这些,你觉得这之间没有任何关联,但是……

我需要做这些。就像有些事情需要我去了解一样，有些事情迈克尔想让我去知道。"

汤姆重重叹了口气，摇摇头。"有时候我觉得我们说的是两种不同的语言。"

"尽管你可能会这样想，但是我不是历史上第一个靠直觉做事的人。比你想象的发生得频繁得多。这里面有很多非常有趣的事。例如，哈丽特·塔布曼。"

"那个逃到北方的奴隶？"

"事实上，我不知道她逃回南方多少次去帮助其他的奴隶，去引导他们逃离那里。她知道所有的地下铁路站在哪里；知道如何避开大路；知道在晚上行动的所有技巧。但是你知道关于她的故事是什么真正震撼我的吗？当然是塔布曼相信是她的直觉让她没有被抓。她的直觉非常灵敏。她凭自己的直觉让人们躲藏起来。她说过正是自己的这种直觉拯救了那些人，许多次。"

汤姆摇头，扶扶他的眼镜。"你已经无可救药了。"

"士兵也说同样的话。那些关于感觉的故事。如果他们听从了自己的内心，他们就能活下来，使得他们远离危险。甚至在世贸中心的事故里，本来要去市中心但没有去的人也说过同样的话。"

伊莉斯在座位上向后靠。"让我们假设一下，思想是有能量的。科学没有对这个想法做过一些调查吗？"

汤姆点点头。"我没有调查过，但是确实我想已

经做过一些实验了。"

"所以如果哈丽特·塔布曼如此……敏感……以至于她能够接收到思想的能量。也许某个人的思想可以寻找那些逃跑的奴隶。如果那些在双子塔事件中没有去世的人之前感受到了某种震动……某种程度的能量，或许像那些飞行员的思想一样微弱，但阻止他们那天去那儿？那些人可能根本不知道他们接收到什么，或者为什么会感到不舒服。他们只知道有些东西在阻止他们去那儿。"

"量子力学。"汤姆背靠在座位上。"我认为目前还没有很多实实在在的数据。"

"你有没有走进过两个人刚刚发生过争吵的房间？"

汤姆叉起食物，摇了摇头。"也许，可能，我也不知道。"

"房子里有一股能量。即使因为别人的出现，他们停止了争吵，试图变得彬彬有礼。但是，你能够感受到愤怒的能量。"

"伊莉斯，我不懂你的意思。这些和你现在的旅程有什么关系？"

"我能够感受到……这种能量，帮我一把。迈克尔希望我知道一些事情。或许和奥拉勒的石头雕刻者有关。或许有些东西在孟菲斯。也许有一系列的事情，但是我真的不知道是关于什么的，我只知道我需要这样做。"

伊莉斯向后靠在座椅上，双手来回搓着胳膊。"我和迈克尔，莫妮卡以及洛雷娜相处太久了以至于我忽视了这些。我曾经看到过他们凭感觉能够做什么，但我自己却做不到。直到那个关于车祸的梦。"伊莉斯的眼睛看着咖啡。"我从来没有把这事告诉过别人，我也从来没有向别人寻求过，我认为我知道这是什么意思。"伊莉斯抬起头看着对面的门口。"但是我弄错了。"

汤姆静静地坐了一会儿，看着她。

"我不想同样的错误出现两次。这一次我愿意接受帮助。如果能遇到能够感知第六感的人……汲取心灵智慧……获得思想能量，我会去向他寻助。也许他们能够看到我所忽视的东西。或许他们能够提供更多的信息，让它更加清晰。这次我想得到正确的答案。"

汤姆向后靠在座位上，他盘子里的食物都已经吃干净了。"我认为谷歌可能是对的。这里的烤肉确实很好吃。虽然严格点说，我们应该吃完整个南方的烤肉后才能说这儿的是*最好*的。"

伊莉斯扭头看向她右边的窗外。外面雨依旧下着，雨滴落在人行道和建筑物上。她不知道为什么她会在这里，为什么会让汤姆离开高速公路来到比尔大街。总的来说，她非常讨厌城市，噪音和燥热的能量，她不想去听蓝调音乐了。她的生活中已经充满了忧伤。但是坐在这里并不能让她弄清楚任何事。她叹了口气。"你吃好了吗？"

"你不吃了吗?"汤姆指着伊莉斯盘子里面剩下的半个三明治。

伊莉斯摇摇头,汤姆用餐巾将三明治包起来。"没有必要浪费。"

他们再次进入雨中,伊莉斯慢慢地走着,试图弄清楚她为什么在这里,试图使脑海中的拼图变得更完整。她停下来,细看着街道两边的建筑,然后开始缓慢地行走在比尔大街上。音乐从门缝中传出来,人们大笑着从身旁挤过。霓虹灯光在潮湿的路面上闪烁着,在她们的脚下形成一条彩虹之路。

"再告诉我一次,我们到底在寻找什么?因为我已经忘记了。"

"我们能再走走吗?"

"在这里吗?"汤姆揉了一下鼻子,在兜帽下凝视着雨。他蜷缩在他的兜帽里,打着冷战,眼镜上布满雾气。

"你冻坏了吗?"

"我来自图森。这比我们一年中看到的雨还要多。"

伊莉斯继续走着,尽管大雨把她的鞋子和裤脚都浸湿了,她还是不紧不慢地漫步在比尔大街上。汤姆走在她旁边,把手机藏在衣袖里面,时不时地停下看看网上的信息。

"听说欧菲姆大剧院那儿闹鬼。一个在前面的大街上被杀害的小女孩出现在很多次的表演中。有人看见她穿着一件白色连衣裙。想去看看她想要说什么吗?感受一下她的能量?"他挑起眉毛,又藏在夹克的兜帽下。

伊莉斯瞪着他。

"我并不需要。"

汤姆在她身旁继续拖着脚步走着,相比于周围的环境,他更关注他的手机。"你知道吗,伊莉斯?有记录的第一首蓝调歌曲是在 1902 年?这是一种相对来说比较新的音乐类型,它是在内战和重建之后才开始兴起的,很有南部的特色,是一种典型的文化现象。"

伊莉斯继续往前走,在雨中保持头抬着。她把夹克衫的兜帽戴在头上,可是雨水还是顺着她的头发和睫毛滴下来,顺着她的脸颊流淌而下,落到了外套上。她的鞋子湿了,牛仔裤也湿了,身体也开始发抖。说实话,她不知道她为什么会在这里,走在暴雨天的孟菲斯街头,汤姆·杜甘紧跟在她身后,几乎不停地说个没完。

她在拐角处停了下来,几乎看不清川流不息的车流,数不清的汽车前灯和尾灯在雨水浸透的风景映射下看起来是原先的两三倍。这很疯狂,在十一月份离开家,和一个她几乎不认识的男人跨越整个国家,寻找什么呢?来自迈克尔的消息?仅仅因为在橡树林,由一个老妇人的话产生的某个无名的、无形的想法?*想想看,伊莉斯,打起精神来。*但是她越是想把她的想法集中到有意义的事情上时,她的思绪就越发分散。此时，她想倒在地上就此放弃。泪水顺着她的脸颊往下流，形成了另一条流入雨水海洋的河流。

她打算放弃，准备回到车里，离开这个烦躁和冗杂的地方。伊莉斯停下脚步，摒弃了把自己掏空的想法。就在此时，乌鸦直接飞过了她的头顶，朝着她刚刚离开的方向飞去。它沿着街道飞过了一个街区，向右拐去。伊莉斯转身紧跟其后。

即使夹杂着汽车和音乐的噪声，同时还伴随着雨声，但她还是听见了。在街对面，沿着她们下车的地方向前走，她能听到一个不常听见的音符，这声音与回荡在他们周围街道上的贝斯声、吉他声、鼓声和喇叭声都格格不入。这个声音是非自然的，就像来自另一个世界的音符。伊莉斯跟在后面，时不时地停下来去聆听。

在远离街道的地方，她发现了一些蓝色瓶子，挂在一个小隔板房子的前廊上。微风掠过瓶口，演奏出一首交响乐的怪异音符，仿佛死者在歌唱。**穿过河流。演奏着悲伤音符。**

她穿过大街，走近前门时放慢了脚步。这个地方的颜色很杂乱——从绿色的栅栏到亮黄色的墙板。百叶窗、门廊的栏杆和柱子都被漆成不同颜色：鲜红色，绿色，橙色和紫色。瓶子挂在屋前的树上，在风雨中微微摆动。蓝色的光影反射出房屋。在房子的墙壁和门廊的柱子上，她看到了许多骨头，小块的可能是猫、浣熊或其他小型哺乳动物的头骨和颚骨。**她等待着，**

与逝者共存。伊莉斯瞥了一眼门廊柱子上的小牌子，上面写着，"召唤"。

一个女人坐在门廊的影子里，她站了起来，走向栏杆。"那是你的吗？"她问，伊莉斯转向女人指的方向。那里乌鸦落在一棵高大的松树上。

伊莉斯转回身，点了一下头。

"那就来吧。"

伊莉斯站在门外，盯着有着不同鲜亮颜色的牌子，听着从那些瓶子里发出的声音。她没有多想，也不需要去想。那些奇怪的似曾相识的感觉向她涌来，那种走在门廊上的感觉，以及风吹过那些瓶口的声音都是那么自然。她之前做过很多次同样的事情。打开车门，不知不觉间沿着小路走上门廊。仿佛她的脚和身体，不再受自己控制，犹如有前进的动力一般。

汤姆站在门口，凝视着五彩缤纷的颜色。"伊莉斯？这是……？"他不情愿地跟着伊莉斯进了院子里。

女人穿着长袍，几乎和周围的房子一样色彩鲜艳。她站在那儿看着伊莉斯，目光落在门廊的宽木板上，又向下看着仍站在旁路上的汤姆。她弯下身子，在汤姆的脚边吐了一长串烟草汁。"他可以在外面等着。"

汤姆侧步避开烟草汁，跟着伊莉斯走上门廊。他坐在椅子上，舒展一下肩膀，偷偷看了一眼里面。他看到了伊莉斯的眼睛，皱起了眉头，前后摇晃着脑袋，

把手放在脸上，做出"扑克脸"的嘴型。

"我可以听到你在想什么，先生，"女人站在前门里面说。"你就在门廊前摆着那张扑克脸好了。"

他叹了口气，摇了摇头，手指着太阳穴，做出"她疯了"的手势。女人走回门廊，看着他。

"你更喜欢在街上等吗？"她皱着眉头说。

汤姆望着屋外的倾盆大雨，摇了摇头。女人又走了进去，他拿出手机，在伊莉斯身后的门关上之前打开屏幕。

女人走到一边，伊莉斯走进小房子的狭小客厅中。她不知道自己在哪里，也不知道"召唤"意味着什么，她环视着周围寻找线索。两面墙都是架子，陈列着一罐罐的草药和小棍子，一篮篮的石头，还有一些小动物的骨头，令人印象深刻。伊莉斯转了一圈，把所有的都看了一遍。"你到底是做什么的？"

"有些人把它叫做巫毒。但它不是。我是土著医生，一个魔女，我能看到神灵，知道人们需要什么。魔力、药水或者魔袋。"女人走向她，歪着头好像要把伊莉斯脸上的每一个特征都看一遍。"这儿的人都把它称为念咒施法。"

伊莉斯的脊背阵阵颤抖。

"他死多久了？"女人问，用嘴唇暗指着窗外的乌鸦。

伊莉斯看了看外面。她看到的全是如银线般的大雨，松树的暗枝。但在那只乌鸦张开翅膀晃了晃，似乎试图甩掉雨水时,她发现乌鸦左侧羽翼上少了一根羽毛。

伊莉斯回头看着那个女人。"八个月。"

"坐吧。"她说,指着窗户边小圆桌对面的两把椅子。桌子上铺着一条色彩鲜艳的披肩,布置与切莱斯蒂娜的里屋惊人的相似。

伊莉斯擦了擦夹克上的水,坐了下来。对面的女人看起来很年老,脸上长满了皱纹,像山上的沟渠。她的头发和眉毛都是白色的,两只手皱巴巴的,在桌子中央点燃一支蜡烛时双手微颤。

"这趟旅程是他送你来的吗?"女人盯着伊莉斯喃喃地说。

伊莉斯点了点头。"是的,我想是这样。"

"你也这么认为?还是你不知道?"她看着伊莉斯的眼睛。

伊莉斯发誓,这个女人能看到发生在自己身体里的一切,包括正在消化的食物。"是的。是他送我来的。"

女人靠在椅背上。"那更好。因为你需要一个确定的方向。船没有舵,它肯定是要迷失方向的。"

"你相信他吗?"女人把头转向外面。"你的丈夫?"

伊莉斯点了点头。

"你肯定吗?从来没有怀疑过他?"

伊莉斯嘴唇微张,慢慢地摇摇头。"是的,我从来没有怀疑过他。我的意思是……对，我信任他。"

"你最好弄清楚。因为孩子，你身处黑暗之中。"

"你指什么？"

"各种各样的黑暗，谎言，围绕着你。密如苍蝇。"

伊莉斯盯着她。

"我不是说它们来自于你的丈夫。但他们肯定来自某处。"

几秒钟过去了，心情慢慢放松下来。伊莉斯不知道要看哪里。每当她抬起头望着老妇人的眼睛时，她的喉咙噎着，像是要把午饭吐出来一样难受。

"你有多了解外面那个男人？"

伊莉斯摇了摇头。"不是很了解。"

"嗯。"女人继续盯着伊莉斯。

她身体前倾，直到她的脸凑到伊莉斯面前。"因为有人对你念咒施法，孩子。遍布了你的全身。如果你能知道他是谁的话就好了。"

伊莉斯深吸了一口气，强迫自己脸上不露出任何表情，尽力保持扑克脸，正如汤姆说的那样。

"你和死人说过话吗？"

伊莉斯喘着气，嘴巴微张。

"当然你说过。他去世还没多久，是吗？自然想跟他聊聊。"女人啪地一巴掌拍在桌上，伊莉斯跳了起来。"但那是一个危险的地方，与逝者在一起。他们不想被困在那里。"

伊莉斯咽了下口水。这声音，在过于安静的房间里显得格外的响亮。她确定那个女人也听到了。

"你即将要和死人打交道,所以最好做好准备,因为你并不知道可能会发生什么。"

女人用手捂着脸,在她的脸颊和下巴之间来来回回地搓动。她的眼睛紧盯着伊莉斯,好像正在进入伊莉斯的内心,并试图找出所有的秘密。

"我闻到了烟味。"女人闭上眼睛,深吸了一口气,仿佛她正在吸进什么东西,而不是房间里的霉味和桌上蜡烛的味道。她轻轻歪了下头,再次嗅了一嗅。"方头雪茄烟。有人在抽方头雪茄烟。"

伊莉斯僵住了。这不是那晚在寡妇和孤儿的晚宴中切莱斯蒂娜所说的吗?*烟雾进入了你的双眼。是雪茄抑或是方头雪茄烟。*

"你之前是个魔女吗?"女人看着伊莉斯,想要寻找答案。

伊莉斯摇了摇头:"不是。"

"你认识任何抽方头雪茄烟的人吗?"

伊莉斯再次摇了摇头。

"因为你身上有一道咒语,穿过烟雾。"女人的嘴角微扬,露出一丝笑容。"他们在呼唤你的名字,牵引着你。"

伊莉斯感到她的嘴放松下来。她也不确定是听见过还是梦见过,有人在叫她的名字。她还以为那是迈克尔。但是这都是在她梦见车祸、把一切都搞糟之前发生的。伊莉斯紧闭双唇,努力使自己保持镇定。

女人继续盯着伊莉斯。"你要去哪里？大烟山？"

伊莉斯身体一震，她点点头。

女人盯着烛焰看了一会儿，双手抚摸着嘴唇和鼻子。她摇了摇头，与伊莉斯目光交汇。"你以为是你在导演这场戏，选择你的道路去寻找答案。"那女人摇头晃脑。"并不是这样的。你今天怎么会来这里？是树上的那只乌鸦指引的？这都是计划中的一部分。它正在牵引着你，像飞蛾扑火般。孩子，你无法逃脱。有人正在行动，强大的符咒正在发挥着作用。"

女人身体靠后，双臂交叉在胸前。她盯着伊莉斯，好像通过揣摩她的脸和身体来预测接下来会发生的事情。她闭上眼睛，微微转过脸，再次嗅了一下空气。

"我闻到了……血的味道。"

伊莉斯抬手捂住嘴巴，身体向前微倾，感觉像是生病了一样。"血？"

"我需要给你一个护身符，"她小声说着，把手放在桌子上，蹲了下去。"为了保护你。"她拖着脚步走到架子边，从架子顶端拿出一个红色绒布袋。这个袋子很小，大约一个药袋那么大，接着她用两个手指打开它。女人在房间里徘徊，从篮子里捏起些许草药后，又从另一个篮子里拿起一小块琥珀色石头。她伸手在盘子里舀起了一些看起来像老鼠骨头一样的东西。接着又撕下一片看起来像蛇皮一样的东西。每添加一种东西，她都会停下来，侧过头来等待着，仿佛在听从某种看不见的力量的指示。当一切都完成后，她站在桌边，将袋口系了起来，把袋子扔到伊莉斯面前的桌上。

"如果将要和死人混在一起，你需要保护自己。孩子，把这个带在身边，要贴身带着它。套在脖子上，放在口袋里，要一直带着它。"

伊莉斯慢慢地将手伸向袋子，放在袋子上面，仿佛只要时间足够长她就能感受到它的能量。

"你不相信我吗？"女人问道。

伊莉斯看着她的眼睛。"我并不认识你。"

"到目前为止，这是你说过最聪明的话。"女人缓缓点了点头。"因为如果我是你，我不会相信任何人。"她望向窗外，再次看着汤姆，他正坐在摇椅上。她抬起头望着树上的乌鸦。"我指的是任何人。"

伊莉斯可以听到雨点打在屋顶上的声音，此时雨正在渐渐变小。她能听到女人的呼吸声，也能听到风吹过外面瓶口的声音。但她与这一切都断开联系，一心想着这女人的话。

她把手伸向袋子，拉了过来，放在自己夹克的口袋里。她没有问里面是什么。如果她和洛雷娜坐在一起，或是亲眼目睹过韦斯叔叔的仪式，她就永远不会问这样的问题。她又想起了女人的话。你不相信我？伊莉斯的手指在口袋中摸索着袋子。她的心平静下来。出于某种她无法理解的奇怪的原因，伊莉斯相信她。她确实想拿着这个袋子并时刻贴身带着它。

伊莉斯清了清嗓子："我该给你多少钱？"

那女人等了一会儿回答道:"你认为它值多少,就给我多少。"她双臂交叉在胸前,看着伊莉斯。

伊莉斯把手伸进口袋,想不出自己能给这女人什么值钱的东西。她的手里攥着从迈克尔夹克里掉下来的那块黑曜石,那块让她深信不疑地开始了这段旅程的黑玻璃。有那么一刻,她想把它拿出来放在桌子上。

伊莉斯站了起来,她的手紧攥着黑曜石,知道自己无法失去它。石头旁边,她摸到了一小时前在餐馆里得到的零钱。她之前付了五十美元,所以她有超过三十美元的零钱在她牛仔裤的口袋里。她用手裹着那卷钞票,放在了挨着旧镜子的桌上。"这些够吗?"

女人点了点头,眼睛还是紧盯着伊莉斯,目光并未转移到那卷钞票或关心具体的数目。

当伊莉斯正要走出店门时,女人轻声说:"睁大你的双眼,孩子。"

伊莉斯走出门廊,脑袋里不停回响着女人告诉她的一切。她从汤姆身边走过,汤姆一直坐在那儿盯着他的手机。他跳了起来,跟着伊莉斯步入雨中,雨小了,混合着蓝调音乐和吉他声。四面八方闪烁着霓虹灯。伊莉斯受够了这些噪声和颜色,她径直走向自己的停车位。

汤姆停下来等待路灯亮起,但伊莉斯瞥了一眼身旁,便冲入到街道中。汤姆急忙追上她。"当你在里面时,我谷歌了'召唤,巫毒教'。这太神奇了。我完全没有想到,你知道吗,伊莉斯,有一些蓝调歌曲里提到了巫毒教。我想这是有道理的，因为巫毒源自非洲，并且与南部的整个奴隶史有着紧密联系。巫毒教给他们信仰，一种使人们能够得到他们所想的魔法。比如幸运药剂，或者守护，甚至是坠入爱河。所以蓝调和巫毒是以南方黑人为根基的文化现象。"

"还记得博·迪德利的那首歌吗？'谁是你的爱人？'"汤姆开始哼起歌词，完全忽视了下着的雨，忽略了街道上他们身边还有其他人。不知不觉间，很明显他已经不在调儿上了。汤姆也没在意伊莉斯一路向前冲，没有说一句话。

汤姆在人行道上停了下来，一边别扭地跳着舞，一边继续唱着："谁是你的爱人？"

伊莉斯停下来看着他，眼神里充满了怀疑。

"真聪明，你不这么认为吗？所有的这些蛇皮和人骨。让他的女朋友和他一起散步。你爱的是谁？但实际上它是一个'你爱的是巫毒'的文字游戏。整件事就是关于巫毒的爱情迷药。而且我之前从未意识到这首歌我已经听过上百万遍了。"

"你是怎么知道这些事的？"

汤姆拿起手机。"谷歌。虽然不适用于真正的科学研究，但是它往往能够提供非常有用的，或至少很有趣的信息。"

"给我你的手机。"伊莉斯咬紧牙关，把手机从汤姆手里夺了过来，放进了夹克的口袋里，转身朝着他们的停车处走去。

汤姆小跑着追上了她。"你干什么？"

"使用谷歌战略。"伊莉斯看着他。她的睫毛湿透了，雨水打湿了她的脸。她转身继续朝教堂公园走去。

汤姆哼了一声，擦了擦脸上的雨水："谷歌战略，哈！有趣，谷歌策略，谷歌策略。"

汤姆转身急忙追上她。"刚才那里面发生了什么？你为什么要去拜访一个魔女？是巫毒，伊莉斯？你不觉得对你来说有点儿奇怪吗？似乎这并不是从你丈夫那里得到信息的最好方法。"

她停下来转向汤姆。他们身边仍然大雨瓢泼。"穿越河流，演奏着悲伤音符。那些蓝色瓶子，你知道吗？我能听到它们正在发出的声音。她等待着，与逝者同在。你看到门廊上那些挂在墙上和栏杆上的骨头了吗？她等待着，她就在那儿，在前廊等待着。"

汤姆点了点头。"当然，很有道理。你听到了……我不知道你从那个阿肯色女人那里得到什么信息，但它引导你一路来到这儿——这个魔女这儿。一切都十分合理。"

汤姆看着她。"我能听到她说的一些话。关于你身边的黑暗。我在书上看到过这些，伊莉斯。记得我告诉过你冷读术吗？他们是如何通过正确的方式或者不通过人们的肢体语言来读心的？显然有四五个标准线那些骗子会使用，这就是其中之一。'有一些黑暗力量在你的周围'。这一切都是诡计——引你上钩，以至于你会回去寻求更多的解读，或着找一个护身符，又或者石头，或是他们出售的可以保护你的东西。他们就是想让你害怕。这样子他们可以挣更多的钱。"

伊莉斯把她的手放在口袋里，摸着魔法袋。

"什么？你不相信我？拿着我的手机，搜索它。搜索'读心术'。"汤姆停下来，双臂交叉在胸前。

"汤姆，停下来好吗？停下来。"她移开目光，回头沿着街道看向魔女的屋子。"我知道你不相信这些。我知道我现在所做的事情，你看不到任何理由、道理或者意义。"

伊莉斯在搜寻合适的词，试图找到一种方法，能把自己朦胧的想法变成某种汤姆能够理解的论点。自她开始做那个梦以及迈克尔去世以来，这些疑虑一直伴随她左右。"是的，我一直在听这些灵媒的话。是的，我在追随一种莫名的感觉，但还不仅仅是这些。"

汤姆将他的双手举向两边。"是什么？"

伊莉斯确信，告诉他只会招来更多的嘲笑和侮辱。但是她知道她必须这么做。"有一只乌鸦。"她深深吸了一口气，然后继续说道。"自从几周前我进入迈克尔的工作室，它就不断地出现。每当我不确定接下来该做什么的时候，那只乌鸦就会出现。就像它在试图让我确认我一直以来的想法，或是感觉。"

"在我去参加寡妇和孤儿的晚宴那晚，它出现了。你来修太阳能热水器的那天，莫妮卡看到它了。

那天你提到奥拉勒它也出现了。还有正当我准备放弃孟菲斯的时候,它飞过我的头顶,刚好落到那个女人屋子外面的树上。"

汤姆看着她。雨水顺着他的头发往下滴。"伊莉斯,乌鸦几乎无处不在。"

"这是一只特别的乌鸦。你不是告诉我,那天你准备送柴火时,迷路了吗?一只乌鸦飞来,你跟着它一路才找的?"

汤姆眨了眨眼睛。他抬起眉毛,摇了摇头,然后耸了耸肩,伸出双手好像他不记得了。

"它左边的翅膀是不是缺了一根羽毛?"

"我不知道。我通常不会记录我看到的每一只乌鸦的羽毛数量。你想说什么?"

伊莉斯转身看着他,掩盖了看到他反应之后的恐惧感,直截了当地说:"我想那只乌鸦和我丈夫有关。或许它就是我的丈夫,或者是他的灵魂。我觉得他想告诉我些什么,想给我看些什么,并以某种方式指引着我,帮助我保持在正确的方向上。也许只是当我迷茫的时候,给我一个肯定的答案。"

汤姆突然大笑起来。他把头往后一仰,嘴巴张开,大笑着,直到他不得不抓住身边的东西。"所以,除了听从这些灵媒的话,你是在告诉我,你的冒险都是被一只乌鸦引导的?"

伊莉斯静静地站在人行道上,等待着。"是的。"

"是那只乌鸦把你带到魔女家的吗?"汤姆把脸

转向她,摇了摇头。雨滴溅湿了他的头发。

"是的。在街上它从我身边飞过,当我们走上魔女的门廊时,它落在一棵树的树枝上。那个女人也注意到了它,并且指了指它。"

汤姆继续摇头。"你认为这只乌鸦带着你已故丈夫的灵魂吗?"

伊莉斯向他点了点头。"是的。"

汤姆摇摇头。"我想我在为切莱斯蒂娜干活的时候,听到过这一切。但这击败了我所遇到的一切。"

"远不止那些。"伊莉斯觉得她的音调都提高了,强迫自己吸了口气。"在许多美洲土著部落里,这是一种很普遍的信仰。死者的灵魂可以附到鸟类身上。这样他们能给活着的人传递信息。古埃及人也相信这个。很久以前人们就相信鸟类和死者的灵魂存在着相互联系。"

汤姆再次看着她,撅起嘴。"一个信仰科学的人对此会如何反应呢?"他揉了揉前额,仿佛要试着向五岁的孩子解释生活中的真理一样。"伊莉斯,我们暂时先抛开这些乱七八糟的东西。从生物学的角度来看,这非常疯狂。"

"首先,这意味着有一只特别的乌鸦在跟着你,在过去的两天里它飞了将近一千两百英里。"他扬起眉毛,向空中挥舞双臂。"如果这还不够疯狂的话,那么让我们来看看不同物种间是怎么相互交流的。"

伊莉斯深吸了一口气,鼓起勇气。她为什么还要

去告诉汤姆?她吮吸着下嘴唇。

"有一个著名的生物学家贝尔特·海因里希,他研究过各种各样的乌鸦。他讲了一个女人的故事,那女人住在山里,屋旁有个柴堆。她正在那里堆木头,完全不知道一只山狮子在附近的一块岩石上,看着她并跟踪她。这时有只乌鸦飞起来,拍动翅膀,焦躁地嘎嘎叫着,她听到声音后转过身,看到山上的狮子后大声呼喊自己的丈夫。她丈夫出来后,山狮吓得跑了。这个女人到处说是乌鸦救了自己的命,是它飞起来发出警告,告诉她身旁有只狮子。"

伊莉斯耸了耸肩。"听起来就是这样。"

汤姆深吸了一口气。"但从生物学的角度来看,乌鸦向她发出旁边有狮子的警告是完全没有道理的。伊莉斯,仔细想一想,乌鸦是吃腐肉的,所以它们需要死人的尸体。它们自己不杀任何东西,所以如果它们想要生存的话,就需要食肉动物——熊,山狮,土狼什么的。所以在这种情况下如果有物种间的交流的话,那更有可能是乌鸦和山狮间的交流。更像是'嘿,狮子。快看!晚餐。大腿上的肉。'"

汤姆拍着大腿咯咯地笑着。"天啊,我太搞笑了!"

伊莉斯等他笑够。"所以你认为我的丈夫要把我领到狮子的嘴边?"

"不,我不是这个意思。过去的几周里看到一只乌鸦六七次,并不意味着是它就是你丈夫的灵魂。这只是巧合罢了。巧合就是巧合。这并不意味着什么。"

"但缺了一根羽毛的?显然是同一只乌鸦。"

汤姆停下来。"这只是巧合。我严重怀疑新墨西哥州的一只乌鸦跟着我们来到了孟菲斯。又或许是乌鸦身上缺一根羽毛是高概率事件,远不止一只乌鸦。拜托,伊莉斯。那只乌鸦不是你的丈夫。"

就在他说话的时候,一只乌鸦飞过他们的头顶,扔下了一根三英寸厚、将近十八英寸长的树枝。树枝摔在地上断开了,差一点砸到汤姆的头。"这……?"他缩了下脖子,抬起头。一只乌鸦飞到电线杆上,停在顶端,拍动翅膀。乌鸦的左边翅膀上少了一根羽毛。

他们两个看着乌鸦。它咯咯叫着,头歪向一边,一只眼睛紧盯着汤姆。

伊莉斯转过身,看着汤姆的眼睛。"是的。是的。我确信你是对的。"她伸手打开了吉普车的门。

第十七章

他们驶入即将到来的夜色之中。暴风雨带着厚厚的乌云,加上十一月的短昼,让黄昏来得早了一些。伊莉斯侧头盯着窗外,看着汤姆将要带他们离开的这个城市。刚好是上下班高峰期,他们正慢慢地穿过繁忙的街道。在川流不息的车辆中,前大灯和尾灯充斥着每一个可看到的空间。

"汤姆?你见过人死吗?"

汤姆转向伊莉斯,就好像她刚说的是希腊语一样。"什么?怎么会想问这个?"

伊莉斯静静地说:"我看到过迈克尔母亲去世时的样子。我们陪着她,一直到最后。一分钟前,她还躺在床上能够呼吸。她没有睁开眼睛,但她就在那里。然而……就走了。"

汤姆再次因为路况而停下来,扫视着她。

"我知道科学上是怎么说的。身体死去后,没有心跳,没有呼吸。大脑不再运转,像关掉电脑一样,系统关闭了。"她来回摇着头。"但当你真正看到死亡发生时,事实却并非如此。你会看到她身体里存在着某种东西。这种东西远不止是机器运作。像是某种意识,或是灵魂。或者……我不知道。如果我们用科学术语来解释会怎样?如果我们称之为……能量?"

打开车灯,汤姆聚精会神地找着重回高速的路。

"是爱因斯坦吗?说能量是既不能创造也不能被毁灭、只会改变存在形式的那个人?"伊莉斯转身看着汤姆。

他点了点头。

"那能量都去哪了?因为它肯定不会像关掉电脑一样。"伊莉斯再次望向窗外。"莫妮卡家,迈克尔家,他们都相信万物皆有灵魂和能量,包括每块岩石、树木、鸟儿和植物,星星还有大地。我见过他们,试着去敬畏那些能量和灵魂。当洛雷娜采集植物药用时,她只取她所需要的部分,而不是整株植物。她会请求植物的许可,然后感谢它的帮助。"

"我知道对你来说这听起来很疯狂。古老是原始,迷信。但我喜欢。我喜欢敬畏一切,喜欢尊重每个人的灵魂的说法。我相信我母亲和父亲,甚至我外祖母的亡灵仍然在某处。我喜欢迈克尔的灵魂……精神,能量——随你怎么叫它吧——仍然存在着的这种想法。也许就在那只乌鸦体内,也许是其他什么地方。"伊莉斯喘着粗气。她拂去脸上的湿气,过了一会儿才又开口。

"我不在乎科学是否能够证明。从来,我都不需要证明。"

她坐直了些,深吸了口气。"但如果科学还没有能力去证明它,是因为还没有设备复杂到能够测量这种能量呢?就像我们无法了解黑洞,直到望远镜足够发达时我们才能看到它们那样?"

汤姆全神贯注于交通,车流开始缓缓移动了。他们正在昏暗中,沿着通往高速公路的孟菲斯郊区行驶。"伊莉斯,有时候你论点很混乱,你究竟想说什么呢?"

"说得好像你比我好,比我优越,比我聪明似的——就因为你相信科学。但在我看来,如果你把你的所有生活都局限于可以用科学方法证明,你就会像我过去这些日子一样辗转反侧。科学会基于新的研究,新的证据和新的设备而不断变化着。曾经有科学研究还告诉我们不要吃动物脂肪,现在却说我们应该吃。科学曾经断定冥王星是一颗行星,但它并不是。当我们都还是孩子的时候,我确定——他们告诉我们原子是存在的最小单位。但现在我们发现还有纳米粒子。一百年前医生将砷用于医疗,但现在我们知道它是有毒的。"

"不久前,大多数人认为世界是平的。汤姆,你也曾这么认为吗?你会说科学并没有证明世界是圆的,所以这是不可能的?"

汤姆撅起嘴,推了推眼镜。"呐。我一直都走在最前沿。哈哈。"

伊莉斯转向汤姆,眼睛闪烁着光芒,犹如模糊了许久的想法终于知道该如何表达出来,好像说出这些就能够帮助自己找到所信仰的真理的内核一样。"在我看来,如果你只相信当前科学方法可以证明的东西,那么你的生活相当的狭隘和受限。从而会失去很多的可能性。有太多的东西我们还无法理解,或证明。科学并不领先于我们,汤姆。而是落后于我们。"

汤姆一言不发。

"那先让我有一只属于自己的乌鸦,可以吗?"

气氛有些紧张,伊莉斯在座位上向前倾,努力看着窗外的浓雾和夜色,尝试记住走过的线路。雨变成了雨夹雪,夹杂着一块块黑色的冰。汤姆缓慢前行。当他全神贯注于道路时,他的肩膀和脸都很紧张而僵硬。

"你有在夜里结冰的道路上开过车吗?"她低声问。

"在图森有过,但不多。"

"汤姆?"伊莉斯转向他。"我们停车吧。实在不行的话我们可以睡在车里。这实在太糟糕了。"她听到过太多的警告,太多关于进入迷雾和黑暗的说法。几个月前她的那个梦,弯曲的山路,交错弥漫的大雾。在切莱斯蒂娜的桌上翻过来的黑桃 A,她低声说过的"死亡之牌"。如今,还有那个巫毒女人告诉她有人对她施了咒。这些都牵引着她前进,走向死亡之地。仿佛她的命运已被书写。

伊莉斯不想在风暴中前行。她想停下来;想找个安全的地方,在里面休息一下。

汤姆没有转身看她,更没有回应她。他继续身体前倾,双手抓住方向盘,眼睛紧盯着各条线路。车子转了一个急转弯,汤姆脸上泛起粉色的光。伊莉斯转身看见一个闪着霓虹灯的汽车旅馆,明亮的粉色指示牌上"有房"二字照亮了夜空。汤姆示意一下,车子停了下来。

这附近没有小镇,汽车旅馆只是在河边搭建的一排小木屋,主要供夏季游客们使用。只剩下一个房间,两张双人床、厨房、火炉以及足够多的柴火,因为这里没有供暖系统。

"路上发生了一起严重的交通事故。他们关闭了道路。你们最远只能到这里了。"老板办完手续后说。"我们十一月份从来没有这么忙过,更不用说是假期。一定是因为这样的天气——人们才停下来,否则他们就会继续赶路了。"那人站着,等着信用卡收据。他抬头看着汤姆。"呃,先生?你的卡刷不出来。你还有别的支付方式吗?"

汤姆脸涨得通红,咽了下口水。伊莉斯看着他的脸,转身回到外面。"这边,用我的。"她把之前自己和迈克尔在外旅游时或只有紧急情况下才使用的信用卡递了过去。

缴费成功后所有人都舒了口气,尽管汤姆脸上的通红过了许久才慢慢褪去。

经理把木屋的钥匙递给汤姆。"屋子暖和起来不会花很长时间,这是一个不错的小木屋。你能听到如摇篮曲般的流水声。换个说法也就是小木屋的隔音效果不好,你能够听到外面河流的声音。你需要给火炉添柴,才能够让它保持整晚不灭。"

伊莉斯从浴室里出来,穿着法兰绒睡衣和迈克尔的绿色毛衣,用毛巾擦着头发。炉火熊熊燃烧;房间已经很暖和了。

汤姆坐在餐桌边,将苹果平板电脑放在自己面前,皱着眉头,表情严峻。他摘下眼镜,揉了揉鼻子和前额。

"在你洗澡的时候,我搜索了有关乌鸦的民间传说。"

伊莉斯摇了摇头。"哦,又来了。没有谷歌之前我们是怎么活过来的?"

汤姆继续说着,好像没有听到她的话一样。"这取决于你所谈论的是世界的哪个部分了,乌鸦在不同的地方有着不同的含义。例如在北欧神话中,主神奥丁有两只乌鸦:其中赫吉代表着思想与搜集信息的能力。"汤姆转过身看着她。"当然说的就是我。另外一只穆宁代表着精神的力量以及能够洞察一切

的直觉。"

"这说的是我吗?"伊莉斯问。

汤姆耸了耸肩。"科学,直觉。看上去好像两者我们都有了。还有些故事的版本说,两只乌鸦回去后把所有人的秘密都告诉了主神奥丁。"他对她挑了挑眉毛。"它们只是奥丁的眼线。"

"之后希腊人和罗马人有着这样的传说,乌鸦象征着太阳,或智慧之光,但它并不善于保守秘密。在一些欧洲神话中,它象征着一位信使,变形人,秘密守护者。这甚至没有考虑到美洲土著关于乌鸦的神话。一些部落认为乌鸦带来太阳之光——创造万物。有些部落则认为它吞下了太阳。而另一些认为它是骗子的化身,像丛林狼。还有一些故事认为乌鸦是改变、转变、净化的象征。乌鸦能够帮助你找到真相。"汤姆推了推鼻子上的眼镜。"所以,这取决于你信仰哪种传说,它可能引导你走向真理,也可能捉弄你。"

"你所有事都这么做的吗?"伊莉斯皱着眉头。"因为我真的看不出这里面哪一个是有用的。"

"那是因为我还没有完成呢,"汤姆说。"答案是肯定的。我所有事都是这么做的。没有谁能够不做研究就能搞清楚问题的。我的意思是,这是真的,伊莉斯。"他翻翻白眼。

"好吧,我在听。"

"有些部落认为邪恶的人会变成乌鸦的样子。它们可以吃掉你的灵魂。或者女巫会派乌鸦去追踪她们施加了咒语的人。"汤姆后靠在椅子上。"还有这种说法,乌鸦预示着死亡。如果它绕着一个房子的烟囱飞或者敲击房子的窗户,就意味着有人将要死去。"

伊莉斯完全安静下来,回想起当她带莫妮卡去迈克尔工作室看雕刻时,有只乌鸦轻轻拍打窗户的场景。

汤姆耸耸肩,"我只是收集信息,在电子表格中加了乌鸦一栏,就是想包括所有的基本信息。我把所有关于乌鸦的不同传说的关键词都输入进去。"

伊莉斯把毛巾放在腿上。她凝视着窗外的黑夜,想着迈克尔工作室里的那个乌鸦雕刻。她几乎能够看到那双黑曜石眼睛,在黑暗处望着她。

汤姆一下子瘫倒在椅子里,捏着眼镜下的鼻梁。"正如你从文献中看到的那样,那只乌鸦可以代表许多不同的含义,你很难区分。当然也有可能它什么也代表不了。"

他们静静地坐了一会儿,接着汤姆身体前倾,看着面前的苹果平板电脑。"我想我已经有了更新后的表格。包括韦内塔的解读,这……无论是什么……包括今天。当然这一切关于乌鸦的荒论——嗯,乌鸦的信息。"他结结巴巴地说。

汤姆又戴上眼镜。"你想看看这个吗?"他问。"你可能会觉得这很有趣。"

伊莉斯走到餐桌旁,坐在汤姆对面的椅子上。

他双唇紧闭,推了推眼镜,把平板电脑转了个方向，让伊莉斯可以看到。"你看——我列了一栏关于你的梦：结冰的道路、车祸、死亡。一栏关于切莱斯蒂娜的解读：有双黑眼睛的男人会帮助你，旅程、死亡。"

伊莉斯从她面前的表格抬起头，盯着汤姆的眼睛。

"那叫韦内塔的阿肯色人，不管她做了什么……"

"我认为这是一种降神会。"她低声说。

"耶，好吧。但我没有看到，"汤姆嘟哝着，他的眉毛挑起，就像是伊莉斯不允许他在旁观察才引起了所有的问题。"但我终于知道了她的……想法。穿过河流，演奏着悲伤音符。她等待着，与逝者同在。"

汤姆重重地叹了口气。"今天的魔女说的关于黑暗笼罩着你，与死人纠缠在一起，有人给你施了咒语，把你拉进来，鲜血什么的。现在又是这只乌鸦，因为你最后才告诉我这个的。所以我把所有关于乌鸦的说法——变形人，骗子，女巫的同伙，天神的眼线，死亡的预示者都输入表格。"

"如果你看了所有这些栏，关于她们的怪异且互不相关的胡言乱语，但每一栏中的主题都是一致的。"

伊莉斯扫了一眼表格，抬头看着他的眼睛。"死亡。"

汤姆捏着嘴唇，点了点头。"这不是科学，伊莉斯。这里面的一切……你从这些人那里听到的一切，都是胡扯——像是努力在维持一团迷云。如果你想相信这一切,那么你必须接受这样一个观念:通灵的知识确实存在。然后你不得不接受这些灵媒们知道她们在做什么,她们正在挖掘这些通灵知识。"

汤姆转过身,直直地看着她。"她们很有可能是从正在寻找答案的人身上骗取钱财。然后我们必须考虑一个事实,那就是这些想法中的每一个都有可能有多重含义。这张表格上的每一样东西都有可能有几个不同的意思。这根本毫无意义。"

伊莉斯后靠在椅背上。"那你为什么还要做这些?像这样把它们都记录下来呢?"

汤姆盯着她,就好像这个问题从来没有在他的大脑中出现过。"我想这样做会有所帮助。也许把所有的都列出来,能够帮助你看到各种事态的发展。我想这是因为我一直以来都是这么做的。尽可能……客观点,你知道吗?"

他们都沉默了片刻,火堆劈啪作响。"伊莉斯,我们刚开始的时候,我真的认为会很有趣,很开心……有机会去看这些超自然的东西都是如何运作的。但是现在我真不那么确定了。相比于刚开始时,你离知道你丈夫想告诉你什么更近些了吗?"

伊莉斯摇摇头。"不,并没有。"

伊莉斯靠在椅背上,她不能把这一切都抛开。这些年来,她和迈克尔、莫妮卡以及他们的家人一起看到过太多东西。太多她们知道的,看到的或是梦到过的——一些知识，信息，无论你管它叫什么——这些都是理性的科学不可能解释的。她看到这种敏感的东西太多次了，以至于不能够置之不顾。她知道确实有人拥有真正的通灵的能力。真正的好心人。真正想帮助她的人。

她望向窗外，她的声音柔和而刺耳，像是撕破纸的声音。"我有记忆起就一直爱着迈克尔。我会爱他一生一世。也许我是错的，也许这是一场疯狂的追寻，也许这甚至是……危险的。"她抬起目光看着汤姆。"但是如果他想要告诉我些什么呢？我必须要弄清楚。"她转过身，望向外面漆黑一片。"我必须要坚持下去。"

这些就是她所说的，也是她内心深处的想法。汤姆入睡后很久，房间里鼾声如雷，她坐在餐桌旁，凝视着窗外的黑暗。外面，群山和树木都被笼罩在浓雾中。她可以看到那条细细的银色小溪从汽车旅馆旁流过，她也可以看见在这个十一月的晚上，山胡桃树光秃秃的树枝。她还能看到一只乌鸦的黑影，坐在枝头上。

她的手上下搓着胳膊，抵御夜晚的寒冷和她内心恐惧的寒冷。她盯着乌鸦，低声对它说出自己的想法。你是谁？你要带我去哪里？

第十八章

莫妮卡从未感到过恐惧。这不是她生活中经常经历的情绪，就算有时偶尔冒出来也是短暂即逝的，就像有一次她卡车的轮胎在奎斯塔旁结冰的弯道上与路面失去接触，侧滑了几百英尺那样。卡车过了好一会儿才终于停了下来，之后她的心跳才恢复正常。但让她感到心理恐惧却非常罕见，而且通常在本质上都应属于生理的恐惧。

莫妮卡并不是一个传统的人——像她的叔叔韦斯和她母亲那样传统。他们践行古老的方式，尊重旧的传统。洛雷娜在陶斯印第安地区长大，每年春天她都会跳绿玉米舞。跳舞时她总是穿着自己做的传统的白色鹿皮鞋。她把头发扎成传统的普韦布洛风格。韦斯叔叔的发型也是固定的普韦布洛风格。他唱着老歌，击着小鼓，收集老鹰的羽毛，走向基瓦会堂，去探寻所有古老的知识。他认识每一个人；注视着一切事物。

但是莫妮卡没有。她年轻时对跳绿玉米舞从不感兴趣。"没有合适的衣服。"她告诉她母亲。莫妮卡更愿意参加在圣杰罗尼莫节日举行的专门为男人设置的竞走比赛。跑得快比任何舞蹈都要更吸引人。她看着这一切长大，她爱这些歌曲、故事和仪式。那些东西被烙进了她的肌肤，骨骼和血液当中。但除了出席普韦布洛正常的节日，她没有去践行任何旧传统。她只是生活在它旁边，看着它，在一些细胞水平吸收它。

多年以来，她曾见过她的母亲和韦斯叔叔做过一些令人吃惊的事情。韦斯能够在见到一个陌生人时只是看她们一眼就知道她们有多少任丈夫，或者是否有不跟她们说话的成年孩子。他以某种方式读心。莫妮卡从来不能够理解，但她也并不需要去理解。她经常看到这种事情发生，多到她已经相信它是真实的，并且接受了它。她对她母亲也有同样的感觉。多少次莫妮卡看到母亲坐在厨房的桌子旁和一个完全陌生——或者不是很陌生的人一起，事实证明，这些人是来拜访洛雷娜寻求治疗的。洛雷娜总是知道解决方法需从情感出发，而不是身体上的，她总能设法找到所需要的东西。

这些莫妮卡看到够多了，足以让她知道这些传统的方法是有一定的力量的。她看到足够多，足以让她相信梦境也是有意义的，巫医是能治病的，她母亲的确是可以和植物对话的,而且植物很可能也会回应她。莫妮卡不需要证据,不需要逻辑顺序。她知道超意识是真实存在的,很可能比用耳朵,眼睛,鼻子,嘴巴,和皮肤等非常有限的渠道收集到的信息更重要。

但这些都没有影响到她个人。这只是她周围生活的一部分,周围环境的一部分。对此她一点也不惊讶,她从来没有因为受此影响而不得不停止平常生活的例行日程,直到现在。

她已经有五十多岁了,她对了解植物和治病从来都不感兴趣。她对说好提瓦语也从来都不感兴趣。她能够说足够多的提瓦语与人交流;她能听懂大部分别人说的提瓦语。但她并没有什么欲望去了解她所能做到的事情,去保护这些——当像韦斯叔叔和她母亲这样的人不在了的时候——可能会消失的语言和传统。

莫妮卡和她的兄弟一起长大,她过去喜欢舒展身体,喜欢跑步、相互追逐。喜欢骑马时风掠过头发和脸颊的感觉。喜欢爬上树然后倒挂在树上。她也喜欢手掌刮树皮的感觉,喜欢软泥渗出手指间的感觉。她接受了这一切,并把它们作为了一种职业。她仍在玩泥巴,只是现在她把它变成了漂亮的瓷砖工作。她仍爬上爬下,倒挂在某处,只是现在爬的是梯子,挂在尴尬的位置,这样她就可以为有钱的白人铺设舌桦天花板。

她从来没有想过任何精神上的事物、任何直觉的事会来找上她。她并没有要求这些,也没有研究过这些，她更不想现在开始去了解。似乎没有一样是重要的。莫妮卡记得梦境中的每一个片段。她躺在漆黑的卧室里，脑海里仔细回想着那些画面，试着去回想细节。

她把车开到路上，准备到迈克尔和伊莉斯过去住了很久的小木屋去。一切都变了。道路的边缘出现了坍塌，使得上山的道路几乎不可能走得通。像往常一样，她把车快速地开进车道，导致卡车的尾巴转出来。她砰地一声关上门，开始走上小路，这时她回头看看迈克尔的工作室。窗户上的玻璃都没了，变成了一个个黑洞，空洞洞的，死气沉沉的。这让她不再寒冷。她慢慢转身朝着小屋走去。窗户上也没有了玻璃。空荡荡的房间紧盯着她，像藏在树林里的动物的双眼。

她开始心跳加速。她开始踏上门廊的台阶，缓慢挪动，仔细聆听存在的另一种声音。她如此专心地听着，几乎差点绊倒在地。当她往下看时，她意识到楼梯上有一些木板已经不在了。她的心快要跳到嗓子眼了，她走一步看一步，小心翼翼地把脚踏在门廊所剩无几的木板上。

她推开前门，门向后倒了下去，哗啦啦地砸在地板上。墙上、地板上被撕开了几个巨大的洞，通往楼上卧室的楼梯也损坏到无法通行的程度。大块的墙壁和天花板已经脱落。藤蔓穿过墙的裂缝，长满了整个厨房。这地方看起来像是已经被遗弃了好几年一样。

她转过身看着这一切。当她环视四周时，一幅幅画面在她脑海里闪过,以往的鬼魂附在如今的破败残垣上:匆匆瞥见她、迈克尔和伊莉斯在厨房桌子边一起分享着晚餐,另一幅画面是迈克尔和伊莉斯终于买了一张像样的床,他们三人费力地把这大号的床搬上楼梯。客厅中回荡着笑声,他们坐在客厅里讲故事,听着齐柏林飞艇乐队、鲍勃·马利以及卡洛斯·桑塔纳的歌曲,直到夜深。

在梦中,莫妮卡听到了一阵从客厅中传来的吵闹声,她小心翼翼地走着,努力避免从消失的地板处跌落下去。她伸出头看了看客厅。看到迈克尔亲手搭的一个壁炉。莫妮卡也曾帮忙过,他们俩堆砌泥和石头,伊莉斯用小推车运石头过来。莫妮卡双眼凝视时,沉浸在沉重的悲伤之中,她听到身后有东西从楼梯上下来。莫妮卡转身看见一大堆黑色羽毛和拍打的翅膀。

莫妮卡躺在床上,完全清醒了。一只乌鸦飞过她的脸颊。这只乌鸦,很像伊莉斯出发去旅行前,她在迈克尔工作室看到过的那只。她在那儿坐了一会儿,等着她的眼睛适应这黑暗,等着她的心跳恢复正常。她扭头看向左边的窗户。此时仍然是夜晚,但将要到来的黎明使天空显得不那么暗了。

那个声音再次传来,她以为这还是在梦中。现在她完全清醒了,但她仍然能听到那个声音,翅膀拍打的声音。莫妮卡翻开床上的被子,从床上跳起来。她站在漆黑的窗前,静静地听着,等待着。乌鸦再次飞起来,用它的喙敲打着她头顶上的玻璃,发出哒哒

哒的声响。

上百万个念头像爆米花机里的爆米花一样在她脑海里蹦了出来,试图吸引她的注意。是迈克尔想要告诉她什么吗?这梦到底意味着什么?她吐了一口气。所以这就是知道梦到的东西非常重要但又并不容易理解的感觉。对伊莉斯的思绪击败了所有其他的,突然间她明白了她的朋友面对自己前几个月前的梦境的感受。这有着重要的意义,她明显感觉到她需要去做些事,需要去了解些事,而这些将决定未来。但莫妮卡不知道那是什么。

她站在窗前,凝视着黎明时远处深灰蓝色的天空。乌鸦落在草地椅子的后面,把头转向她,每次都用一只眼睛审视着她。

"嘿,迈克尔,"她轻声说。"你饿了吗?"

第十九章

"莫妮卡?"

"你什么时候打算用手机?"

"也向你问好。"伊莉斯轻声笑着说。汤姆洗澡的时候,伊莉斯问他借了手机。"你是知道的。小木屋里手机不能用,有什么事吗?"

"我要提醒你的是现在你不在小木屋,而且你已经离开好几天了。我们一直都很担心你,妈妈一直在用心灵感应术的全面公告满世界找你,希望你能打个电话来。"

伊莉斯有点慌张,这几乎是无意识的反应,就像等待她的一定是坏消息一样,"发生什么事了吗?"

莫妮卡犹豫了一下。"对了,顺便问一下那个科学家先生——查理·曼森怎么样了?"

伊莉斯窃笑着说:"他话很多,开车不稳。总是长篇大论地聊些你根本不感兴趣的话题,让你感到很无聊。主要还是毫无头绪。"

"就是这样才吸引你,让你相信与他同行很安全。"

伊莉斯笑了,一度她考虑要告诉莫妮卡关于那个魔女和她说过的所有的话,但是想想还是算了。时间不够,她能听到浴室里水流的声音。汤姆在大声地、走调地唱歌,引吭高歌地唱着"黑魔女"的歌词,恐怕会吓着卡洛斯·桑塔纳。"我不能聊太长时间,他很快就洗好出来了。"

"你们两个住一间房?"

"旅馆全住满了。这儿发生了冰雪暴。我们不得不停下来,将就着住下。"伊莉斯停了一下,"别说你想的就是我认为你所想的那样,因为这不可能。"

莫妮卡沉默了一会,心扑通跳了几下。"我知道。只是……这有点奇怪,你不觉得吗?你,在旅馆房间里,跟一个不是迈克尔的男人在一起。"

"我也感觉很奇怪。"

两个人沉默了很久,就像中间拉着一张网,承载着她们谁都不愿说出来的话。

"伊莉斯?"莫妮卡开口了,又停顿了几秒钟。伊莉斯踌躇着,莫妮卡却说了出来,"我做了一个奇怪的梦。"

"哦?"

"跟小木屋有关。在梦里,它残破不堪,摇摇欲坠，像是被遗弃了许多年。"

伊莉斯感觉五脏六腑都冻住了，她无法呼吸。

"之后我醒了，看到有只乌鸦在院子上空。"

话从伊莉斯口中说出，轻得几乎别人都听不见。

"翅膀上少了一片羽毛？"

"我不确定——太黑了，很难分辨。"莫妮卡停了一会。"你见到迈克尔了？我指的就是那只乌鸦。"

"是的，"伊莉斯回答道。"就在昨天，在孟菲斯。还有昨天晚上我睡不着时，那只乌鸦就在小溪边。为什么这样问？莫妮卡，你什么时候见过它？"

"今天早晨，我从那个梦里醒来的时候。"

两个人都沉默了。莫妮卡先开口说："我在想它是不是只灵鸦，它能飞得很快，不是吗？"

伊莉斯没说话，但感到一阵寒意沿着胳膊蔓延，她想起那些汤姆跟她说过的所有关于乌鸦的故事。想起所有他输入电子表格的想法。眼线、骗子、女巫的同伙。

"伊莉斯，还有。"莫妮卡深吸了一口气。

"我去了陶斯的那家店，名字叫精神崇拜。我进去问汤姆的电话号码，想要联系你。我第一次去的时候没人，就随意逛了逛。然后我走进了一间密室。你知道的吧——屋子里摆满了圣像，蜡烛还有其他东西？"

"嗯，我知道那间屋子。"

"我没打算在那儿鬼鬼祟祟做什么，但是店里来了两个人，切莱斯蒂娜出来跟他们说话。我就在后面

静静地待着。我不是故意要偷听，但我听到了他们的谈话。那两个人是警探。"

伊莉斯呆住了。

"他们在问一个叫辛西娅什么的人。一个从达拉斯来的女人，在陶斯有个避暑的房子。"

"我见过她，"伊莉斯低声说。"在那次孤儿与寡妇的聚会上。"

"然后他们问起汤姆·杜甘。"

"汤姆？为什么问起他？"

"当然是这个辛西娅的私人住所被盗了，但不是你理解的瘾君子入室盗窃那样，一片狼藉。入室盗窃的人只偷走了艺术品。还仅仅是本土艺术品。警探说他们有明确的盗窃目标。"

伊莉斯的思想开始活跃起来。"那这跟汤姆有什么关系？"

"可能没什么关系。但他们说正在盘查每一个前几周去过那间房子的人。辛西娅跟他们提到了汤姆——因为大约两周前，汤姆去送过柴火。"

"但是……不可能是汤姆干的。他这段时间一直跟我在一起。"伊莉斯能听到汤姆的声音；她甚至能听到浴室洗手池的水声。

"他是在那里，和你一起只待了两天。警探并不确定盗窃发生的具体时间。辛西娅在达拉斯过了周末回来才发现的。盗窃案可能在你们离开之前就发生了。"

"不。"伊莉斯摇着头。"这不可能，不可能是汤姆做的。我不相信。"她记得汤姆曾经去过小木屋，修理太阳能热水器的加热器。他甚至看都没看一眼屋里的艺术品，也从未提过迈克尔工作室的作品，当时她和莫妮卡都在场。

"他们没说是汤姆干的。他们只是想跟他聊一聊，因为他曾经去过那里，而且他对那里很熟悉。"

"伊莉斯，你在听吗？"莫妮卡说完突然沉默了，伊莉斯仔细听着，担心如果莫妮卡冲着她发火，她会更沉默。"最奇怪的是，我看到他们给切莱斯蒂娜看了张照片，问她是否知道照片上的人在哪儿。"

"然后呢？"

"她说她不知道。她撒谎了。"

伊莉斯咽了下口水。"这并不能说明什么。我是说，如果警察们问我关于你的情况，我也很可能会撒谎。"

莫妮卡哼了一声。"这样我们两个都有罪。"她又准备开口之前停了一下。"伊莉斯，这件事情你能确定吗？也许你应该回来。田纳西州应该有机场，对吧？"

莫妮卡的话让伊莉斯愣了一下——她话里的一丝担忧缠绕着伊莉斯自己心中的疑虑和害怕，牢牢地抓着她，就像她可能会崩溃一样拉住她。有一瞬间，她考虑了下回新墨西哥州，逃离这一路的恐惧和不安，自从踏上这段旅程以来它们就像风暴系统一样一直

包围着她。

但随后,她想起那种孤独、痛苦和孤立,过去的鬼魂都在小木屋里等待着她。她把手伸进牛仔裤口袋,手指来回摸索着那块黑曜石。那块石头传递了一股电流穿过她的手,把她拉回现实。这让她想起她所做的这一切都为了一个原因,而且这一路有好几次她感觉自己所做的事是正确的。她离答案已经很近了,太近了所以现在绝不能放弃。她不能回去,现在还不是时候。她慢慢地呼了一口气,想把所有的疑虑都赶走,赶到空气中去。"我必须去,莫妮卡,我必须完成这件事。"

顾不上她心中的那点疑虑。"今天下午我们要到汉娜和大卫的家里去,如果不再有冰雪暴的话。"

"这样会让我心里踏实点吗?有更多切莱斯蒂娜的追随者的话?每个地方都有那个女人的追随者,他们就像一个邪教组织一样。"

电话里很久没有声音,却有担心和爱意从电话的两端流露出来。

"大家都还好吧?"伊莉斯问道。

莫妮卡吸了口气,"都好,妈妈跟你问好呢。"

伊莉斯朝浴室看了一眼,水声停了。

"莫妮卡,我得挂了。"

"伊莉斯?别轻信任何人,好吗?"

第二十章

天气晴朗，阳光灿烂。经过昨夜雨雪的冲刷，周围的一切都被冲刷得干干净净，在阳光下闪闪发光。他们驾车向大烟山驶去，伊莉斯心中却有些犹豫。回忆如波浪般不断涌现。许多次她和迈克尔离开家，还有每次他们归家途中，都会驶进大山。每当这时，她整个身心都放松下来。身处山峦之中，山谷绿树环绕，总有种东西让伊莉斯觉得安心。这些山脉与她原本熟悉的那些有所不同，这似乎也并无大碍。回新墨西哥州的路上，经过桑格里克利斯托山区，崎岖陡峭的山峰就像近在眼前。大烟山与之截然不同。平缓起伏的山岭重重叠叠，其间云雾缭绕。这些山峦看上去更加温柔，像来自年迈祖母的热情拥抱。她所有的担忧、疑虑，也似乎渐渐消散。

大约到了中午，他们在奥拉勒下了车。这地方不大，都称不上是一个"小镇"。一个交叉路口有四个停车标志，指示从主干路进入的道路，和与湖泊、河流和山脉平行的十字路口。交叉路口处只有几座建筑：邮局的旗帜在冷风中飘动；另一个角落里有一个加油站和一个车库；商店的宽大木门廊向前延伸；一家小咖啡馆坐落在湖边。半英里外，能看到一座白色隔板搭建的教堂，尖顶直指天空，像竖起的一根手指在给上帝传递讯息。四周也看不到学校和图书馆的标志。周围只有零零散散几户人家，但都相距甚远，似乎每家人都至少有几英亩的地方。

"我们去吃点中饭吧。"汤姆这一天第一次转头对伊莉斯说。

"你总是觉着饿吗？"

"差不多吧，是这样。"

奥拉勒咖啡馆是最靠近湖边的建筑物。它是个原木结构的建筑，两边和前门包围着有顶的木门廊。门廊里有几件旧古董，一个旧的厨灶，一张摇椅，几个旧熨斗和炊具。

咖啡馆里空间很小，只有几张桌子，桌子上都铺着红白格子的油布。朝湖的那面有一排窗户。向外望去，宽大的甲板上放着几张桌椅，因为天气寒冷而空荡荡的。甲板倚着两棵大松树而建，与松树融为一体。白色的圣诞串灯缠绕着树干，虽然现在刚过中午，灯却已经点亮了。

伊莉斯和汤姆坐在一张靠窗的桌子旁，伊莉斯的目光一直没能离开湖面。她对这湖水着了迷,风吹动着水面,卷进一个个灰色、灰蓝色和银白色的漩涡中去。阴云遮住了天空,仿佛又将有一场风暴来袭。

"真是个好地方。"汤姆轻声说。"如此湿润,在十一月份还如此绿意葱葱。"

伊莉斯看着他,皱了皱眉。只有松树还依然苍翠,大多数落叶树木都已经落叶了。"绿意葱葱?"

"噢,比图森的绿意多。"

一个中年女人走过来,她手里端着一壶水,倒进了红色塑料杯。"抱歉,今天没有菜单。店里冬天不提供完整菜单,因为镇上的人并不多。如果你们感兴趣的话,我们有肉糜卷配扇形土豆与青豆,九美元九十五美分。另外我妈妈做的派很美味,今天我们还有椰子奶油。"

"很好,我都要了。"汤姆说。

"这位女士,你呢?"

"一样,所有的东西。"伊莉斯看着女服务生在屋里走动。她可能和伊莉斯年龄相仿,有一头黑色的卷发。她来回走动,似乎站立、走动和端盘子都让她的背和膝盖付出了代价。伊莉斯看着她,想起自己曾在阿马利亚的咖啡馆做服务生。那时她正年轻,只有十几岁。她和迈克尔结婚后不久就辞了工作,建了小木屋。为了偶尔才有的微薄小费,专门驱车进城太不值得,特别是在冬季。伊莉斯转身又望着湖面。自己难道又要去做服务员?这可是除了编织,她仅做过的工作。她喝了一口水，寻思着阿玛利亚的咖啡馆是否还会雇她这样一个五十多岁的女人，而且三十多年都没再干过这个活了。

"我给大卫打了电话，"汤姆说，他把手机从耳边拿开。"他给我指了路。他说我们两个都能住在那儿。他们有客人小木屋之类的，听起来像是说房间足够我们两个人住。"

伊莉斯点点头，她的注意力又回到了湖面上。

"大卫和我这几个月以来一直通电话、发邮件。他买了太阳能电池板，还把它们装好了。所以我的工作，既然我们到这儿了，就是连点成面，把一切准备妥当了，让它运作起来。设计一个程序来操控一切。当然，我已经在做这事了。我只需要当场看看，处理下存在的问题就行了。"菜上了桌，汤姆停下来吃了一大口。他挑了挑眉。"不错，味道好极了。算得上田纳西州最好吃的肉糜卷了。"之后看了一眼女服务生，但她并没有微笑回应。

他又吃了一大口，继续往下说："我可能需要花几天时间让机器能够正常运转。我们在这儿的这几天你打算做些什么呢？有你想要聊聊天的人吗？"

伊莉斯看了他一眼，点点头："有的。"

"另一个塔罗牌解读者？巫毒师？还是茶叶占卜师？"汤姆笑着往嘴里又塞了一口吃的。

"你说的并不好笑。"伊莉斯脸上露出不悦。她把手伸进口袋，掏出了富兰克林·库伯的名片。"这就是我踏上这次旅程的原因。我想跟这个人谈谈。"

汤姆拿起名片看了看,又翻过来看了背面,之后把名片递回给伊莉斯。"他会看石头或其他相关的?"

伊莉斯向后靠在椅子上,"我完全不认识他。我想迈克尔在他那儿买过一些石头。我在迈克尔的衣服口袋里发现了这块石头和这张名片。"

汤姆看着伊莉斯的眼睛。"这就是你来这儿的全部原因?因为你在你丈夫的口袋里发现了这张名片?"他白了伊莉斯一眼,摇了摇头。

伊莉斯突然停了下来,眼神盯着餐盘,一只手里拿着叉子。不到一周前的那个晚上的记忆不断涌现。但她没提梦到迈克尔想给她些什么,也没提起壁橱的门怎么突然打开,石头怎么掉落在她脚边的。她不想再给汤姆一次机会嘲笑她,说些无聊的笑话。

汤姆抬起手做了个手势,示意伊莉斯停下来,"好了,好了。这是你自己的决定。但我觉得你不应该独自去那儿。我们一点儿也不了解这个地方,也不了解这个人。"汤姆指了指伊莉斯拿在手里的名片。之后他开始哼歌,几乎听不出来哼的是《激流四勇士》的主题曲。"或许我可以开车送你过去。我把汉娜和大卫家的事一忙完就送你去。"

伊莉斯脑海里又闪现出那张电子表格,表格里每一栏都排列整齐,而且每一栏都有相同的主题。死亡、垂死,逝者的尸骨。伊莉斯艰难地咽了下口水。"好的。"她轻声说。

他们起身，拿起夹克，走到柜台付账。玻璃橱倾斜，玻璃盖打开着，里面有一个褪色泛黄的雪茄烟盒，边缘印着描金的花体字。精致复古的正面用蓝色字体写着"老弗吉尼亚方头雪茄烟"。盒子里还有几根自制的烟卷儿。

伊莉斯抬头问女服务生："你住在附近吗？"

女服务生笑着回答："我出生也是在这条路上，我一辈子都在这。我妈妈多年以前开了这家餐馆。"

"对了，她做的椰子奶油派特别好吃。"汤姆插嘴说。

伊莉斯把那张名片递给这个女人，"你是否知道我怎么才能找到这个人？这上面并没有详细的地址。"

这个女人看了一眼名片，又翻过来看了背面。她抬头看着伊莉斯，又把名片递回给她，摇了摇头。"抱歉。帮不上你。"

伊莉斯把名片放回口袋。他们出了餐馆，向吉普车走去。突然伊莉斯停了片刻，转过身望向咖啡馆，脸上闪过不满的神情。"她在隐瞒着什么。"他们坐进车里，伊莉斯说道。

"你说什么？"汤姆用牙签剔了剔牙。

"那个女人，那个服务生。她在隐瞒些什么。我想她一定认识这个人。"

汤姆扬起眉毛。"你有什么证据吗？"

伊莉斯转向他，看着他的眼睛，一句话不说。

汤姆撇了撇嘴,点点头,发动引擎。"哦,我明白了。你有一种直觉。"

伊莉斯耸耸肩。"对,我是有。但是你看看这里……田纳西州,奥拉勒。它不是很大。那家咖啡馆很有可能就是这里的中心。她怎么可能不认识他?"

汤姆开车离开了咖啡馆,停在交叉路口。他慢慢地长舒了一口气,呼出了对这世上处理非理性、非科学谬论的判断,特别是对伊莉斯的。"好吧,随你。你有一种直觉。但是别太激动,行吗?事情也可能很普通,很无聊。可能他们俩曾经是夫妻,但是被她捉奸在床,再也不想跟他有任何瓜葛而已。"

"可能是你的胡乱猜测。"伊莉斯抱怨道。

汤姆转过头看她,向上推了推鼻子上的眼镜。"说真的,伊莉斯。你对事情解读得太多了。所有的事情都这样。你听上去要得妄想症了。"

第二十一章

他们一路沿着迂回曲折的山路进入了峡谷。到达一片砾石地时,路没了,一面是环抱的山脉,一面是潺潺的溪流。汤姆下车,看着路边漆成知更鸟蛋一样蓝色的邮筒,检查邮筒上的信息跟他记下的是否一致。他把纸条塞进衬衫口袋里之后,掉了头,沿着一条漫长的道路向汉娜和大卫的家驶去。路上开始飘雪,伊莉斯在她的大行李袋里找出了厚外套穿上。潮湿使寒冷如刺骨一般,比在家的时候还要寒冷,她缩进厚厚的毛衣里。

他们把车停进了院子。垂柳的枯枝在风中摇曳,像纤细的手指拂过草地。铺满卵石的小径一旁矗立着一棵巨大的云杉树,香味扑鼻。夜色降临,落雪纷纷,院子里芬芳四溢,宁静祥和。空气里弥漫着落叶和松树的味道,清甜宜人。伊莉斯跟着汤姆走在石板路上,看着周围绿树环绕，雪落在草地上，越积越厚，感觉心情舒畅。

他们快步走上门廊的台阶，汤姆敲了敲门。屋内柔和的琥珀色灯光透过门两边的窗户散落在门廊上，照进院子里。伊莉斯转身看见白英那橙黄色的浆果紧贴着藤蔓的枯叶，垂落在走门廊的围栏上。尽头是一片美国藤，如红棕色帘布般垂落下来，树叶随风摇曳。

房门是老松木做的，青绿色的油漆下显露出灰色的原木色。打开时吱吱作响的门，一位老妇人站在门口。她年近七十，不算高，但举止有力，身材匀称。她穿着一袭黑裙，纽扣一直扣到脖子，裙摆一直延伸到袜子。伊莉斯上上下下，仔细打量着她。颜色鲜艳的羊毛袜，每只脚趾的颜色都不同——橘色、黄色、樱桃红、蓝色还有紫色——她们从汉娜的黑色裙摆下向外张望。伊莉斯忍不住笑了。看过了鲜艳的袜子，她抬眼看看老妇人脸上光滑的皮肤和柔和灰色的眼睛。灰色的头发在后颈处随意打了个发髻。一缕缕白发散落在她的前额、双颊和脖颈处。

"我是汉娜。"老妇人双手握住伊莉斯的手，笑着说，"你一定是伊莉斯。真高兴你能来。"

她浑身焕发着亲切友善；伊莉斯内心的坚硬也开始放松下来。

汉娜向汤姆伸出手，"很高兴见到你，汤姆。你能来帮我们解决这件事真是太好了。切莱斯蒂娜总是赞扬你呢。"

汤姆身体向后一仰，开怀地笑了。

热情的氛围从屋里洋溢出来，汉娜粉红的脸颊和笑眼中也满是热情。他们跟着汉娜走进屋里。过道狭长而昏暗，中间一个向上的楼梯，木质的扶手和台阶有些年头了，光滑得在黑暗中泛着光。楼梯旁放着一张长椅，下面整齐地摆放着一排鞋子。

他们脱了鞋，跟着汉娜进了主室。

整个屋子都洋溢着温暖。外墙是木制的，内墙却刷上了金色，珊瑚红和深砖红色。木地板因年代已久变得暗沉平滑。他们向下走进客厅，伊莉斯的呼吸慢了下来，心情也轻松了许多。壁炉里烧着火，光影在墙上摇曳，桌上点着蜡烛。两边墙上的窗户满是深蓝的暮色。石砌的壁炉在两扇窗户之间，散发出光亮、温暖和松木燃烧的香气。这种味道一直对伊莉斯有种效果：像孩子最喜欢的毛毯一样，让她感到舒适安宁，让她想起她在马德里家的客厅里度过的那些夜晚，围着炉火，听莫妮卡的父亲和韦斯叔叔讲故事。

地上铺着纳瓦霍地毯，还有一些挂在墙上。伊莉斯仔细研究了上面的图案：两灰山，特克诺斯帕斯。即使在昏暗的灯光下，她也认出了霍皮人的克奇纳神和拉古纳普韦布洛的篮子。伊莉斯被一幅画所吸引，是用几何图形描绘的鸟和树。"这是托尼·阿贝亚塔的画作吗？"她喃喃低语。

汉娜站在她旁边，点点头。"我们曾去过圣达菲的印第安市场，大概……三十年前了吧。碰巧，在阿贝亚塔名声大噪之前买了它。我们对土著艺术很着迷，想必你也看到了。"

"是个不错的收藏。"伊莉斯回答道，"那你们在西南部生活过很长时间了吧？"

汉娜又点点头。"我一生的大部分时光都在那度过。我非常想念那里。但是……我有个外孙女在查塔努加，所以正在努力适应这里的生活。"

汉娜看向站在伊莉斯身后的汤姆。"你呢，汤姆？喜欢土著艺术吗？"

汤姆耸耸肩。"坦白说我似乎不懂艺术，"他盯着墙上那幅阿贝亚塔的作品，又走近看了看，摇摇头说，"有时候，他们看起来就像一堆杂乱的……东西。"

伊莉斯看着他的眼睛，他推了推鼻子上的眼镜。

这时汉娜伸出手。"这是我丈夫，大卫。"

一个高挑、精瘦的男人加好柴火站起身来。他远超过六英尺高，和他妻子一样，白色的长发向后扎了一个马尾。小丝镶边眼镜也藏不住他棕色眼睛里发出的和善目光。"汤姆，伊莉斯，很高兴你们能来。"

"我们看起像圣经里的人吗？就跟我们的名字一样——汉娜和大卫。"汉娜笑着说。

伊莉斯歪着头回答她："的确，是挺像圣经里的人，除了那双袜子。"

汉娜笑了。"这是我在大烟山过的第一个冬季。我还没完全适应这儿的潮湿。"她夸张地耸耸肩，"我想我需要采取点特别的措施。"

一个老人步履缓慢地走进屋子，大家都看向他，他的鹿皮靴在地板上磨出沙沙的响声。他的脸上布满了岁月的痕迹，深邃的眼睛闪着笑意的光芒。"这位就是……"汉娜走到老人身边，一手扶住他的胳膊，"这位是杰弗逊·海耶斯。海耶斯爷爷，切罗基族人。"

伊莉斯走上前去，向老人伸出手，垂下眼睛轻声说道："很高兴见到您。"

"我可不是圣经人物，"老人笑道，"但是有十足的总统风范。我母亲以第三位总统的名字给我起的名。我有两个哥哥，分别叫华盛顿和亚当斯。还有一个姐姐，叫贝奇·罗斯·海耶斯。"他仰头大笑，嘴里少了几颗牙齿。"可能她觉得这样就没人注意到我们是印第安人了。"

伊莉斯笑了。老人双手握住伊莉斯的手，站了良久。他握紧伊莉斯的手，凝视着她的眼睛。伊莉斯感觉他好像能读透她的灵魂一样。

"啊，"老人轻声抱怨。"原来你就是把鸟儿们带来的女人。"

伊莉斯倾听着他的话，手还没有抽回来，"您说什么？"

"是你在灵界的朋友们。"他用眼神示意伊莉斯的周围，低声说道。

他放开伊莉斯的手，向后退了一步，这时一个小女人弯腰驼背蹒跚地走进房间。她的脸上和老人一样布满了皱纹，但头发却几乎全黑。

"这位,"汉娜笑着介绍,"是莎拉·海耶斯奶奶。"

伊莉斯上前与莎拉握手。"很高兴认识您。"她们双手紧握,停了一会,伊莉斯才退回来。

"汉娜,你这屋子真漂亮。"伊莉斯问道,"你在这住多久了?"

"大概有六个月了。我们想跟住在查塔努加的女儿一家近一些,但是我自知不能适应城市里的生活。住在这儿就是我们的解决办法。这里舒适宁静,有树,有山,还有我们渴望的大自然。而且不到两小时就能到女儿家。很完美,真的。我们喜欢这里。不幸的是,房子之前的主人生活中的一切都是依靠发动机。不仅那噪音让我抓狂,汽油味也让我受不了。我们尽可能尝试用老式的方法——柴火和烛光。但是冰箱不行。所以希望汤姆能来帮我们装好太阳能设备,让一切正常运转起来,这样我们能再次跟上二十一世纪的步伐。"

伊莉斯笑了,之前准备好保护自己,不去信任切莱斯蒂娜的这个朋友。然而,看着身边来自西南部的艺术品和织品,感受到她身边人们的热情和真诚,她却感觉非常轻松自在。

"海耶斯一家是我们的邻居,他们就住在这条路上的几英里远处。我们邀请海耶斯爷爷今天晚上来,是为我们的新家做祈福仪式。我们希望能对上时间,这样你们也能参加。对汤姆的太阳能工作也会有所帮助。"

伊莉斯看了汤姆一眼，希望他别翻白眼或者夸张地叹气。她盯着汤姆，让他注意自己的举止。

"你有兴趣参加吗？"汉娜直接问伊莉斯，伊莉斯点点头。

"好的，当然有兴趣。"

"你呢，汤姆？你愿意参加吗？"汉娜转向汤姆看着他，汤姆向伊莉斯看过去。她点头。

"当然。何乐不为呢？"

"那好，先把你们俩安顿好，我们就开始吧。"

海耶斯爷爷靠着大卫的胳膊，坐在壁炉边一角的一堆地毯上。

恰好在这个时候，他的妻子挨着她丈夫在一块地毯上坐下。其他人呈马蹄形围坐在壁炉边。伊莉斯最终坐在汤姆和石砌壁炉当中，正对着海耶斯爷爷。大家都坐在地上，屋里只有散落的火光和烛光。

海耶斯爷爷点燃一根鼠尾草棒，用右手把烟雾扇到脸上、头上和身上。他手里拿的羽毛扇由四根老鹰羽毛，绑着红皮革和裹住羽茎的亮红珠子做成。他把这碗鼠尾草和羽毛扇传给他妻子。她在烟雾中洗礼后，又传给了大卫，之后房间里的每个人都轮了一遍。

海耶斯爷爷拿起了一个黄色皮革包裹住的大手鼓，鼓面上画着四只红尾鹰翱翔天际。鼓槌由手工雕刻而成，一头包裹着皮革。他慢慢地长舒了一口气，闭上双眼，开始击鼓。

伊莉斯用鼠尾草浸染自己后，把贝壳碗放在了所有人中间。她周身笼罩着烟雾，闭上了双眼。击鼓声如同心跳——重重地敲在心上，抬起时更像击鼓的回声。她曾和迈克尔、莫妮卡一起参加过很多仪式，但直到鼓点充满整个房间，她才想起这鼓声是多么的熟悉，多么的令人安心。她感觉自己的心跳随着鼓声律动，似乎整个地球都跟随着鼓点跳动起来，像是地球自身的心跳。

她慢慢放松下来，突然间，鼓声直接把她带回到迈克尔入葬的那天，把她带回到吉卡里拉人敲鼓歌唱，把迈克尔送到神灵之地的声音。鼓声冲击着她的大脑，深入她的血液中搏动，一瞬间，回忆似一波巨大的海浪向她扑来，她感觉自己快要晕倒。

海耶斯爷爷开始吟唱。他的歌声深沉而富有情感，带着年迈的颤音。她听到过莫妮卡的吟唱，在阿帕切族她听到过迈克尔的母亲用提瓦语吟唱，但这是第一次她听到有人用切罗基族人的语言吟唱。她的身体随着海耶斯爷爷高昂的音调，伴随着鼓声前后摇动。她失去了时间感和空间感，忘记自己身处何方，忘记了一切。

悲伤像一股巨大的激流将她吞噬，强大而有力地将她向下拖拽。并不只是迈克尔的死让她悲痛，而是生命中每一次痛失亲人而聚集的悲痛。巨大的伤痛一波波地冲刷着她：她早已忘却的丧父之痛，搬到新墨西哥州后比尤莱家里怪异的沉默氛围，之后不久的丧母之痛。但这一次，她没有鼓起勇气战胜悲痛，也没有试图将它驱散，她屈服了，任由自己随着失亲和孤独的潮水飘荡。就像乔纳和鲸鱼的故事一样，她被悲伤的海洋一口吞噬。黑暗中，伊莉斯能感受到他们每一个人的灵魂，在她身边飘荡：母亲，父亲，比尤莱。还有迈克尔，比生命都重要，比他们任何人都重要，陪伴了她这么长时间的迈克尔。

伊莉斯困在黑暗之中，看不见任何东西。她仍然能听到远方某个地方传来的击鼓声，海耶斯爷爷的吟唱声。但她迷失在一场梦境里，一次幻象中。她沿着台阶，走上小木屋的门廊。她几乎不能抬起双腿，几乎不能强撑着走上楼梯。她知道屋里某样东西，仅仅知道，当她走上台阶进屋后，整个世界会支离破碎。恐惧正敲打着她的太阳穴；她的脸上淌下了泪水。

一股香气伴着海耶斯爷爷吟唱的曲调，向她扑来，深入到她的感官里。是丁香花。她能嗅到丁香花的味道，那是死亡的味道。香味渗入到每一个毛孔里，无法抵抗，甜得快要发腻，仿佛她被真的花包围着。心里有个声音告诉她这不可能；现在是十一月，她在大烟山的一座房子里。这香气不可能是真的，但它却如此强烈，伊莉斯身体前倾，担心自己会晕倒。

过了很长时间，伊莉斯才睁开眼睛。她感觉很奇怪，像是刚结束一场长途旅行回来一样。她环顾四周，壁炉发出的光影在墙上、地板上和身边熟悉的脸庞舞动闪烁。海耶斯爷爷坐在她正对面，手里拿着烟斗靠近胸口。他双眼紧闭，身体前后晃动，在用切罗基语祈福，声音轻得几乎听不到。

内心一阵波涛汹涌之后，伊莉斯呆坐在那里。她没有四处张望，对周遭的其他人也都视若无睹。她浑身颤抖着，双手不听使唤，抬手擦擦脸上的泪水和汗水。

海耶斯爷爷的歌声渐渐沉寂，房间也安静下来；只有炉火燃烧的噼啪声不时地打破宁静。每个人仍安静地坐在原地，一动不动，坐了好一会。

汉娜第一个起身。她叹了口气，腿从身子下抽出来，朝前伸展到大家中间，晃动着她五颜六色的脚趾。

其他人站起来伸展四肢，听着他们嘴里的呻吟声和嘟哝声，还有僵硬的身体里的嘎吱声，伊莉斯歪了下嘴角，轻轻地笑了。汤姆站起身，手向上伸过头顶，摁响手指关节。他弯下腰，把手伸向伊莉斯。

伊莉斯还不能看向别人，她也没法自己站起身来。于是她摇了摇头。汤姆耸耸肩，跟着其他人走出了房间。伊莉斯能听到他们在隔壁房间说话的声音，听到锅碗瓢盆的碰撞声。她之前参加过土著人仪式，每次仪式结束后都有一顿大餐。她知道此时自己应该站起身，去厨房帮忙。但她不能动弹，就像打了一场大仗，耗尽了身上所有力气，那些情感的退潮将她搁浅下来。

"今晚来了很多灵界的人。"海耶斯爷爷轻声说，"为你而来。"

伊莉斯惊讶地抬起头。她以为所有人都去厨房感受温暖和香味去了，只留她孤身一人在这儿。但是海耶斯爷爷仍然坐在她对面的那堆地毯上。昏暗之中，他的双眼就像黑暗之池，但她能看到透露出和蔼的眼神。

"死亡一直跟随着你，就像一块乌云，我的孩子。"他的声音低沉沙哑，"似乎，跟随了你整个一生，甚至在你的梦里。"

她曾经跟韦斯叔叔和洛雷娜有过很多接触，所以有些人知道一些其他人无法知道的事情，她觉得没什么奇怪的。但这一次，那些神秘的知识，让她感到震惊。他怎么会知道？他怎么会在这么短的时间里如此了解她？

伊莉斯垂下头，生命中所有的失亲之痛压在她肩膀上，快要把她压垮了。一滴泪掉落在她的牛仔裤上。一句"我的孩子"让她瞬间融化了。韦斯叔叔也曾这样称呼过其他人，称他们为兄弟、姐妹、侄儿，尽管并没有血缘关系。但这提醒了我们每个人都有联系，所有人都灵魂相通。伊莉斯无法抬头看他，她知道自己一定会被另一浪感情冲垮。

"我看到你在黑暗中迷失。迷失在大雾中。你不知道该往哪去。"海耶斯爷爷看着她的眼睛。

伊莉斯感到无法呼吸。他的话和切莱斯蒂娜几周之前说过的话简直一模一样。

"很自然，你想要帮助，想要指引，想要答案。

你一直在寻找答案。"

伊莉斯点点头,尽管海耶斯爷爷并不是在问她,他已经知道答案。

"自从宇宙万物诞生之初,就是这样。人们一直在找寻答案。他们去看医生,去教堂求教牧师,问修道士和大师,解牌人、巫师和巫医。每个人都承诺能告诉他们怎样做才是正确的。"

她的嘴微微张开,被海耶斯爷爷和他沙哑的嗓音所吸引。

"有时,的确会有帮助。有时,这些人只能给你一部分答案。这时候还应该听取别人的建议,收集别人观点的信息。古时候,人们面临重大的决定时,会在市政厅开会。每个人都有机会发言——有机会说出他们的想法供大家讨论。每个人的看法都很重要,每个人的意见都有价值。"

震惊席卷了她的全身,她盯着海耶斯爷爷,忘了自我。

"但是我们每个人都只能看到冰山一角,林中一木。甚至那些最了解我们、最爱我们的人都不知道什么才是正确的。"他前后晃动了几下,眼睛盯着两人之间的地板。

"有时候别人的话会给我们帮助,有时候这些话也会欺骗我们。一个斗士进入战场,他不可能停下来寻求别人的指导。他必须自己想办法走出重重迷雾。这也是人类至今面临的最大的战争。要学会相信自己

的智慧。相信自己的学识，这是造物主赋予你的。"

伊莉斯抬起袖子，擦了擦脸。"但是……要是……要是我犯错了呢？要是我做错了呢？"

他和蔼地看着伊莉斯，眼中满是温柔和对她、以及她的处境的怜悯。"你真的觉得别人能保护你吗？能保护你使你一直不犯错吗？能让你永远不经历痛苦吗？"

伊莉斯泪水涟涟。

"没有人能保护你，孩子。痛苦也是生活的一部分。痛苦和欢乐就像硬币的两面。如果你想感受其中一个，你必定也会感受到另一个。"

伊莉斯咽了下口水，又擦了擦眼泪。

"你为什么来这？为什么一路长途跋涉？"

伊莉斯长舒了一口气，看着海耶斯爷爷的眼睛。"我觉得我的丈夫一直想告诉我些事。我觉得是他想让我来这儿的。"

"如果是这样，他会有办法让你知道。你也不必去追问这些……"海耶斯爷爷挥着手。"其他人。甚至那些研究科学的人——"他朝着汤姆刚才坐的地方撇撇嘴——"甚至专家……也不是什么事情都知道的。"他用手捶了下胸口，"听这儿的声音。造物主的箴言通过你的心传达。答案就在你心里。"他又捶捶胸口说："只要你认真聆听。"

他盯着炉火看了一会儿。"我们生活的世界有太多噪音。有太多事分散我们的注意力。手机、电脑、无线网络、电子游戏。噪音，无时无刻不在。每个人都有话要说，每个人都对你应该做什么评头论足。"他转向伊莉斯，"但是如果你想做正确的事，你必须要驱散身边所有的噪音。只听从自己内心的声音。因为答案就在那里。"

伊莉斯双手环抱胸前，前后摇晃。这正是迈克尔曾说过的话，迈克尔每次遇到难题时也就会去这么做。每次他雕刻一件作品，但并不顺利时，他就会离开，到树林里走走，或在石头上坐坐，有时一坐就是几个小时。用心地聆听着，等待着神灵们与他交谈。

她喜欢外出置身于大自然之中，喜欢沿溪而坐，俯瞰山谷。但是她从不喜欢等待——等待她并不确定自己是否相信其来源的知识，等待聆听到她并不十分确信的来自神灵的讯息，或者来自于假装相信自己内心的某个角落的讯息。这真的是来自神灵的声音吗，或仅仅是发自她内心的声音？各种想法像飞盘一样接踵而至。

"我试过。就几次。但我不确定自己听到的是什么。"

海耶斯爷爷仔细打量着她的脸，看着她脸上的每个地方。"当答案是正确的时候，你会感觉得到。在这里。"他又一次，用拳头轻敲自己的胸口。

伊莉斯凝视着他，看着他那双布满皱纹的棕色眼睛。那里有充满了智慧和沉着的力量，她真希望自己也能拥有。

她顿了一下，说："我害怕，害怕所有这些……"

他等着伊莉斯继续说下去。"害怕什么，我的孩子？"

她擦擦鼻子，努力回答道："我害怕把事情搞砸了。害怕犯错。我害怕会有人……死去。"

海耶斯爷爷抬了抬眉毛，耸耸肩。"我们都终有一死，孩子。这很糟糕吗？死亡？这是你能想到的最糟糕的事吗？"

从她第一次做梦出车祸的那天起，这几个月以来，伊莉斯一直这样认为。

"士兵在上战场之前已经做好了就义的准备。"他晃晃身体。"死亡并不是我们遇到的最坏的事。还有很多事情比死亡更糟糕。其中一个就是迷失自我，对自己失去信心，放弃自己的权力，过着别人认为你应该过的生活。如果是这样，你就是风中的一片树叶，被风吹到哪儿就是哪儿。那还不如死亡。"

伊莉斯很困难地咽了下口水。这样比死亡还糟糕吗？迷失自我，不能相信自己的直觉？她努力地想从混乱的思维中理出点头绪。

"没有所谓的错误。只有不同的选择，不同的道路。你丈夫的死不是你造成的。那天是他自己做的选择，他选择了自己的路。而现在你必须做出自己的选择。神灵一直都在指引你，甚至是今晚。"

"沉淀下来。用全部身心去聆听。你的心会告诉你想要知道的答案。"海耶斯爷爷又捶了捶胸口。"所有重要的，你需要的事——你在找寻的答案——都在这里。"他把拳头按在胸口。他看着伊莉斯。目光直抵伊莉斯内心深处，这目光感觉他像是早已知晓她正在找寻的答案，已经认识她很久，知道她所有的秘密，所有的担忧。

伊莉斯咽了下口水，点点头。

他们沉默地坐着，眼睛都盯着两人之间的地板，金黄的炉火照亮了他们的脸庞。厨房传来锅子在火炉上烧得嗞嗞作响的声音，飘来阵阵红辣椒和烤鸭的香味。伊莉斯听到汉娜开怀大笑的声音，这让伊莉斯都不禁笑了。

"别再逃跑。无论你在害怕什么，转过身去面对它。昂首挺胸地面对它。如果是死亡来找你，那就让它来吧。今天全力以赴，死而无憾。"他坐直身体，挺起胸膛。

伊莉斯咽了下口水，止住了泪水。神奇的是，她内心开始平静下来。她的呼吸恢复正常。他的话并没有宽慰的意思，然而，不知为何，她竟感到安心。第一次，她感觉到可以停止斗争。停止试图弄明白一切，停止试图抵抗。不再一个接一个地向别人寻求答案，帮她解读迈克尔的讯息。不再害怕找不到答案了。

伊莉斯看着他，像是被他低沉沙哑的嗓音给迷住，他和善的眼睛像黑夜中的湖水，反射着星星的光亮。她舒了一口气。

他们听到了厨房里传来的声音；能听到餐盘、银餐具的叮当声,以及低声的交谈和笑声。

海耶斯爷爷闻了闻,说道:"是时候吃饭了。我们过去吧?"

伊莉斯点点头,站起身。

"不介意的话,能帮老人家搭把手吗?"

伊莉斯笑了笑,伸手扶着他的胳膊。他慢慢地舒展,似乎想抚平臀部、膝盖和后背的褶皱。他们轻轻互相靠着站起身。

"闻起来很香啊,不是吗?"他闭上眼睛,抬起头闻着从厨房飘来的香味。他睁开双眼,又看着伊莉斯,"我饿了,饿得能吃下一匹马。"海耶斯爷爷朝着厨房迈了一步,又突然停下,一只手放在她的胳膊上。"开个玩笑!夏安族人才吃马呢。"他仰头开怀大笑,伊莉斯从他的笑容中感受到了温暖,也笑了。

第二十二章

第二天早晨用过早饭，伊莉斯和汉娜嘎吱嘎吱地穿过一英寸厚的雪地，向汉娜的工作室走去。汉娜的纺织工作室在房子后面的山坡上，看上去更像是原始的农家木屋。汉娜打开门，伊莉斯走进屋子。

"啊。"伊莉斯喘了口气。屋子从外面看上去没什么，里面却重新装修了一番，让人不禁赞叹。屋内透过窗户沐浴着阳光，窗外可鸟瞰山谷和后面的烟山。屋顶很高，橼条架着打结的松木顶蓬。后墙的架子上挂着各种颜色的线轴。伊莉斯的手指划过架子，看着这些丝线轴、马海毛线轴、美利奴羊毛线轴和薄棉线轴。

她转身打量着放置在屋子各个角落的织布机。有一台是 Glimakra 品牌的，产自瑞典的大纺织机。"哇，这太棒了，你一定很喜欢纺织。"她轻叹道，指着铺

在地上的波丝羊毛地毯，和墙上到处都挂满了的纺织品。

汉娜站在屋子中间，一动不动。"是的。从我还是个小女孩，在新墨西哥州时就很喜欢纺织。我们有个邻居是织工，她用各种天然的染料，给自己的毛织品染色。有时她想给挂毯增加些特别的效果，还会自己纺纱线。她织出的那些挂毯都特别漂亮。图案是立体的——有薄的，有厚的，有的还有些木材和丝带垂下来。她真算得上是纺织大师，我真是太喜欢她了。"

"我印象中的第一个纺织品是在洛雷娜家里看到的，那时候我大概五六岁。"伊莉斯说。"我也感觉差不多。那些线就像有魔力一样。与更深层的某种东西有联系……与我生命中失去的某种东西联系在一起。"

汉娜静静地站着，她的手搭在一台巨大的织布机上。她望向伊莉斯的眼睛。"它仍然存在，你知道的。"汉娜轻轻地说，"这种联系。在发生所有事情之后，现在你的织品会跟以前不同。魔力仍然在那里，等待着你。"

伊莉斯站在一台小一点的织布机旁，看着一根彩色的有条纹的经线。"这感觉不一样。"伊莉斯小声说。她不能和汉娜对视。"我感觉自己被灵感抛弃了，就像迈克尔抛弃了我一样。这段日子以来我没能纺织出一件作品。就像我忘记了怎样纺织一样。"她在屋子里慢慢踱步。"我坐在织布机前，但最后只能把它们都扯掉。"

"是挂毯吗？你织的是挂毯？"汉娜问她。

伊莉斯点点头，"我之前一直织挂毯。"

"织挂毯相当不容易啊。即使有最好的条件，也很难织。"汉娜走到两扇窗户中间的一处墙。"我给你看样东西。"

她把伊莉斯带到一处狭窄的墙壁处。一块挂毯挂在那里，只有十八英寸宽，六英尺长。上面是闪耀的彩色纹路，从深紫色开始，穿过暗红色、红色和橘色，到最后火焰般的金黄色和铜色。上面没有形状，没有棱角，也没有复杂的针法。没有精致的图案，也没有伊莉斯最喜欢的纳瓦霍族那错综复杂、迂回曲折的图案。只用了经线和纬纱，平实的织法，华丽的晚霞色。

"它很漂亮。"伊莉斯轻声说。

汉娜走到她身边，跟她一起看着这幅织品。"这是我刚完成的。在我这么大年纪的时候，翻山越岭，一路长途跋涉来到这里，并不容易。这改变了我的一生。我想念我的朋友们，想念切莱斯蒂娜，想念家乡的土地。我想念干爽的空气和闪闪发光的雪花。那里的一切都显得清脆干净。就像他们说的那样，新墨西哥州北部令人陶醉。"

伊莉斯点点头。

"这完全不同。"她指着这幅织品——"跟我住在新墨西哥州时完成的作品都不同。但是，它也是我献给那个地方的贡品。那片土地。那些记忆。我把对

那片土地的热爱,对那段时光的热爱,都织进了这幅作品里。"

"这作品太美了。"伊莉斯说着,不能从那绚丽的色彩中挪开眼睛。

"但是现在——"汉娜转身,走向放在工作室的一角,一台铜管制成的挂毯织机。"现在我在织大烟山。我开始织我亲眼看到的这片土地。这里的柔软,曲折和云彩。也很迷人,很美丽。"

汉娜的手轻轻抚过小挂毯织机上的经线,伊莉斯看着那些绿色的、蓝色的和紫色的绕在经条上的经线,织出了一棵棵抽象的树。属于绿色,属于一个空气潮湿、色彩缤纷、物种丰富的土地。

"如果我不会纺织,我不知道搬到这里来后,自己如何适应生活中的这种改变。"汉娜小声说道,她的手指仍抚摸着织品,"我把所有的悲伤,还有搬到新地方——认识新朋友——的激动都倾注到我的织品中去。我编织的是我的情感。"汉娜笑了笑。

"它们很漂亮。我能从中看出……那些感情。"

"这是所有伟大的艺术品的秘密,不是吗?"汉娜站在那幅织品前面。"我要说的是,并不是我觉得这是一幅伟大的作品,而是……因为有种东西在这作品里。我在其他创作里都没有发现的东西。情感,从我灵魂深处喷涌而出。"

伊莉斯坐在其中一个编织板凳上,"迈克尔曾经说过类似的话。不是情感,确切地说,是联系。与他所处之地神灵们的联系，与他祖先们的联系，与他们千百年来在山里的生活方式的联系。在一切都改变之前，在划分土著人保留地之前。"

她想起那只乌鸦，立在迈克尔工作室里；她想起指尖触摸它羽翼时的感觉。她似乎能感觉到那种联系，那个神灵。似乎它是活着的，可能不是传统意义上的活着的，不是任何汤姆能理解的方式。但是，那作品确实是有生命的。伊莉斯从未在自己的编织、自己的作品中发现过的生命。

"伊莉斯？为什么不待一段时间呢？我们有小客房，汤姆现在就住在那儿。你可以在这里工作，在我的工作室里。我一次最多用两三台织布机。如你所见——"汉娜转身伸出手臂——"我喜欢漂亮的织布机。这里的东西你都可以使用。"

"彭兰德工艺学校就在那几座山那儿，靠近阿什维尔。"汉娜指向前面的窗户。"他们有工作坊，如果你感兴趣的话。我打算有空去学一门课。独自一人制作太久，走出去和其他人待一会应该是件好事。汲取其他织工的能量，获取新的灵感。"

伊莉斯咽了下口水。"彭兰德工艺学校。我一直觉得在那上课一定会很有趣。"

汉娜转身看着伊莉斯。"你为什不表现那些情感，所有的悲痛和失去。挑选与你眼泪相配的颜色，把它们都倾注在织线上。"汉娜站在她那幅新墨西哥织品前说道。

伊莉斯看着墙上汉娜的那幅织品，打量着色彩细微的变化。一瞬间，她脑海里冒出了一个想法——一个要把这几个月发生的所有事情都用线织出来的想法。她的目光投向了那面墙，那里放满了不同颜色的纱线锥。她该选哪个颜色呢？到底，什么才是死亡的颜色？

第二十三章

伊莉斯独自一人待在屋子里。汉娜一早就前往查塔努加,去陪她的女儿和外孙女一天一夜。伊莉斯被邀请一起去,但是她谢绝了。花了整整三天时间翻山越岭,一刻都没独处过,她不愿意再花时间坐车去另一个城市。她觉得待在这儿,待在山里舒适的家中,更吸引她。汤姆和大卫几个小时前就出去了,去寻找需要的各种配件和零件,好让太阳能系统完全运转起来。

伊莉斯坐在汉娜的纺织工作室里。汉娜已经教过她怎样使用那台大的落地织布机,也已经织过洗碗布了。

"没什么难的,"汉娜告诉她。"你只需要让梭子来回穿梭就行了。"这也是伊莉斯几个小时来一直这么做的。她坐在织布机前,梭子从一只手传到另一只手，再拿起除尘棒，把新织好的纬纱拍平整。然后按照同样的步骤，朝相反的方向织。没什么复杂的地方，不需要她费力思考，也不像生活崩溃前，她经常织的精美的挂毯。这就像一种韵律，一根音乐线，穿过去，拍一拍，穿过去，拍一拍。这韵律让她放松下来，带她到一个完全感受不到时间、空间和自己身体的地方。她在冥想，她的思想在漂移。这是她几个月以来最放松的时候。

除了这韵律，伊莉斯感受不到周围的一切。突然一声巨响吓得她跳起来。她抓住梭子，一动不动，聚精会神地听着。她抬起头才发现，窗外天色已经黯淡下来。夜色正从森林深处慢慢升起，晚风也渐渐扬起。屋后什么地方突然响起同样的敲击声。

伊莉斯站起身，走到门口。周围没有一点光亮。发电机没有打开；太阳能系统还没有运转起来。汤姆和大卫也还没回来。这会儿，她想去找找发电机，看看怎样让它发动起来。

敲击声再次响起。她走过一段路，回到汉娜家。门廊很长，一直延伸到整个屋子的后墙。她又迈了几步走上去，站在门廊边上，向远处的树林和山脉望去。她身后的门，又一次砰地关上，声音比之前几次更响。原来是屋后的纱门被风吹开，又重重地撞到门框上。伊莉斯关紧了纱门。

伊莉斯？

她听到身后有声音，她慢慢转过身，仔细审视着这间房子黑暗的隐蔽处。她想到，可能是汤姆和大卫回来了。目光扫过车道和院子，大卫的卡车停在客房旁边，但是哪儿都看不到汤姆的吉普车。这里有很多房子——一间仓库，一个两车位的独立车库，一间工作室，一间小木屋客房，汤姆这些天住在里面。但是她看不到哪里有动静。

正值黄昏，蓝色时光。但是今晚，乌云重重，暴风雨即将来临，天空显现出更多的灰蓝色。伊莉斯不寒而栗，想起比尤莱多年以前站在暮色里，等待着聆听逝者的声音。比尤莱的话又回响在她的耳边，在她心灵深处低语。*此时是两个世界之间的屏障最薄弱的时候。是和逝者的亡灵交谈的最佳时刻。*伊莉斯没有进屋，她回到门廊边站着。屋后的树林里，枝叶摇摆，嘎吱作响。她静静地站着，仔细地聆听着。她把手伸进口袋里，指尖摩擦着那块黑曜石。那石头像是她的生命线，她和迈克尔的一种联系，也是她来到这里的全部原因。

伊莉斯？

她直勾勾地盯着树林，不确定声音是从哪里发出来的。一定是在那儿，在树林里的某个地方，某个地方的左边，通往汉娜和大卫的房子与大烟山国家公园的交界处。伊莉斯紧紧抓着身上的毛衣，走下门廊，朝着声音传来的方向走过去。

她动作缓慢，轻声迈步，每迈一步就停下来听一听。就跟她见到洛雷娜出去和植物说话时的动作一样,走一步便停一下。"迈克尔?"伊莉斯轻声问,"是你吗?"

没走多远,她发现一条小径,多年来被人们走得光秃秃的,天色暗淡,她沿着小路走下去,心里有些忐忑。她走几步就停下来,等待着,聆听着。

伊莉斯?

这一次,声音听起来就像在她周围,比前几次更响亮,也更坚定。但她还不能指出具体方向。可能在她上面或下面,也可能在前面或者后面。风在呼啸,没办法确定具体在哪个位置。她继续慢慢走着,走到了小径的尽头。尽头通往一片空地,一小块斜坡草地,绿树环绕,她又停下脚步。她的心怦怦直跳。这让她回想起在新墨西哥州小木屋里的那天晚上,她醒来后,确认有人在喊她的名字。她等待着,静静地聆听。不远处,有一只狗在叫。

"迈克尔?"伊莉斯又轻声喊了一句。

她身后刚刚走过的小径上,一个声音窸窣响起。一只乌鸦飞速穿越树林。它径直飞过伊莉斯头顶,落在草坪中央一棵光秃秃的山胡桃树的树枝上。阴暗的森林包围着她,光秃的树枝映衬着黑暗的夜空,那只黑鸟落在枝头,盯着伊莉斯,在昏暗的光线下看到它那红红的双眼。树枝像骨瘦嶙峋的手指伸向着她。

伊莉斯走到草坪中间,坐在一块木头上。她凝视着那只鸟,想起海耶斯爷爷在几天前的夜晚说过的话。聆听自己的内心。她逼迫自己深呼吸,好让自己平静下来。

她的心扑通扑通跳着,就像那天晚上的鼓声。那样的敲击声,那样的韵律,向下重拍,向上弱拍,就像回声一样,在她的血液里跳动。鼓声,心跳的节奏,像地球跳动的心脏,紧紧地拽住她。

海耶斯爷爷的话都在她脑海中回荡,如醍醐灌顶。她一直在寻找一个人,能为她解惑,告诉她需要做什么。但是她听得越多,就越糊涂,再也不相信任何事情。

她右手拿着孟菲斯魔女做的魔袋。她的手紧紧握着红色法兰绒袋子和里面的东西。她能感觉到护身符传递给她的力量,那些药草、石头和骨头转化而成的力量。这股力量从她的手流进身体,随着心脏和血液一起跳动。她的左手,攥着迈克尔口袋里的那块黑曜石。

她思考着过去几周听过的所有话语,所有的预言和建议。她想到汤姆,在他的电子表格上记下的所有东西,想到一路上遇到的人们,包括那些占卜师们也想帮助她,想要保护她。但是他们真的能吗?真的能吗?比她原本能够保护迈克尔不死还要多吗?

洛雷娜、莫妮卡和切莱斯蒂娜试图告诉她的话也许是对的。也许她几个月前梦到的那场车祸并不能让她阻止迈克尔离开。可能有些事情,某些特定的情况已经被某种强大的力量所操控,强大到她永远无法匹敌——某种她从不理解也从未相信过的力量。

回想起三月的那个下午,迈克尔从商店匆匆赶回家里,从门边的桌子上抓起车钥匙就向她的车跑去。他接过命运递过来的手,朝着死亡的夜色中驶去。是不是现在身处奥拉勒的她,也在做同样的事情?所有这些是不是某个神灵十足的冷幽默?让她一路奔波,像弹球游戏里的弹珠——从一个灵媒跑向另一个灵媒,想要逃离命运的掌控,最后不得不直面命运,在这里终结?她全身充满了死亡的能量,渗入她的发丝、衣服里,身体中和血液中,带着臭鼬的味道。她从未如此沉浸在死亡之中;似乎她已经满身是血。

海耶斯爷爷告诫她,要直面自己最害怕的事。如果是死亡在等待着她,那就转身去面对它。这种想法,这种念头,渗入到她的意识之中,一种绝对的平静随之而来。她停止奔跑;停止逃避那些把她拉来这儿的东西。她不再试图比命运之手跑得更快,不再试着弄清楚所有的迹象、梦境、言语和警告。最重要的是,她不再向别人寻求答案。

他的话搅动起伊莉斯心中所有的混沌,让她仔细筛选心中所有的担心害怕。他是对的。死亡不是她能想到的最糟糕的事。一直以来,她一直害怕它,首字母大写 D 的那个词①。害怕那只乌鸦想要告诉她些什么,害怕塔罗牌里不断显示的信息,韦内塔说的话,还有孟菲斯那个弯腰驼背的老妇人。现在,她不再害怕。恐惧已经烟消云散。她不再胡乱相信一个又一个

---

① 编者注:"死亡"的英文为 Death,此处"首字母大写 D 的那个词"即指"死亡"。

预言家，试图理解所有东西来拯救自己。她不会再理会汤姆的那些电子表格、冷读术和热读术，还有统计概率，来解释什么是可能、什么是不可能的。无论在这里，奥拉勒，无论等待着她的是什么，她都会抬头挺胸，目光清澈，走上前去面对它——今天将全力以赴，死而无憾。

伊莉斯现在明白这一点，她发现死亡并不让她感到害怕。几乎她曾经深爱过的每一个人都已经逝去，去了另一个世界，无论这意味着什么。在那里，她将会有很多人陪伴。不，让她真正害怕的并不是脱离道路，飞进死亡之谷。

现在，伊莉斯终于明白，为什么有些夫妻结婚多年，通常在另一半去世的几个月内就追随另一半而去了。她终于明白为什么她们一回到新墨西哥州，妈妈就变得恍然若失，沉默寡言，拒人千里。她也终于明白为什么医生们，甚至是洛雷娜，拥有多年的智慧能指引她的人，也不能帮助罗斯。死亡是阻力最小的一条路。死很容易。

而她最大的担忧，她最害怕的事，是继续活着——努力适应一个没有迈克尔的世界。她不愿知道没有他该怎样生活。她不想知道自己该怎样谋生，该去哪里生活，以及怎样面对那些孤独的峡谷，这些都已注定是未来生活的一部分。她也不想再经历另一个生命的逝去。几个月以来，她一直迷失在充满悲痛的冰雪荒岛上，动弹不得，无法思考，无法规划。被冰雪冻住，全身麻痹，没有一点心思去思考未来。

她不害怕死亡——她害怕的是活着。没有迈克尔的生活。全世界她最想做的事就是再跟迈克尔多待一会儿，有多一分的机会阻止他。跟他说那个三月的下午她没有说出的话。再多一次机会，夜晚躺在他身边，在他的怀抱里，感受他的呼吸。只要再来一次就足够。她低下头，泪水滴落在脚边的尘土里。

这些有什么用？有一点用吗？通灵知识，直觉，梦境？这些都没能帮她拯救这个世上她最爱的人。

她摊开两个手掌，看着手里拿着的东西。右手拿的是孟菲斯女巫给她的魔袋——袋子是用来帮助她抵御作用在她身上的外力的。左手拿的是迈克尔给她的黑曜石。她合上手指，把它握在手心，感受着每次触碰它都发出的相同的电流。伊莉斯闭上眼睛，感受它的力量颤动着穿透她的身体，就像一种和迈克尔的直接联系，像一种和灵界的直接联系。

伊莉斯擦掉脸上的泪水，站了起来。她穿越黑暗，沿着小径走回房子，打开门进入客厅。她目标明确，动作坚定，昂首挺胸，径直走到汉娜和大卫家客厅的壁炉旁。两块原木烧得发红，偶尔有一点火星窜上来。伊莉斯挨着炉火坐下后，摊开右手掌，把辟邪的红色法兰绒包扔进火里。原用来保护她安全的魔力，那魔力，保护她免受咒语的伤害。她不再想要保护，也不需要保护。她已经做好准备直面恐惧，准备好迎接即将来临的一切。

伊莉斯看得入迷，绒布开始冒烟。不一会儿，火苗窜起来，包裹住绒布包和包里的东西。各种颜色的火花，照进黑夜，像是发给神灵们的烟雾信号。带上我，我准备好了，我现在全力以赴，死而无憾。

第二十四章

伊莉斯、汤姆和大卫一起围坐在厨房的餐桌边。大卫煮了咖啡,做了他的早餐特餐——墨西哥式煎蛋和炸马铃薯。汤姆吃着饭,并目不转睛地盯着电脑;而伊莉斯在盘子里不停地搅动她的食物。

汤姆关上了平板电脑,并把它放到一边。"大卫,我搞砸了。我们需要三个那种软管接头,不是两个。你想让我返回镇上再买一个吗?"

大卫抬起头。"不,不用。我去买,反正我要回一趟镇里。我忘了去邮局取汉娜的包裹了。"

汤姆转过头看着伊莉斯。"这样看来今天早上我有一点时间了,我们去找找那个做石雕的家伙吧?"

大卫站起来把盘子放进水槽里。他转身看着伊莉斯。"昨天我们在镇上的时候我问了一圈,找个了知道那地方的人。很明显,那个地方在一个多风的小山路上，而且还挺远的。但我们记下了去那儿的路线，所以希望那边的脱线先生不会再让你找不到。"

汤姆推了推眼镜，朝着伊莉斯傻傻微笑。这时，汤姆的电话响了，他接了电话。没一会儿，汤姆把电话递给伊莉斯。"找你的，"他小声说。"是莫妮卡。"

伊莉斯接过电话。汤姆的脸瞬间变得通红，好像发烧了一样。"你生病了吗？"伊莉斯问道。

汤姆摇了摇头。

"早上好，莫妮卡，怎么了？现在那边是早上七点吗？"伊莉斯转过身，向窗户边走去。

"他能听到你说话吗？"莫妮卡低声说。"去外边说。"

"稍等一下，莫。这里信号不好。"伊莉斯把手机放在她身边，走出门来到后廊。"好了，我觉得现在好多了。有什么事吗？"伊莉斯感到胃里有个结，拉紧她的胸腔。她回头透过窗户看向厨房里。汤姆停下吃饭一直看着她。

莫妮卡舒了口气。"你确定他听不到吗？"

伊莉斯走出屋子，沿着通向树林的路走着。"是的，他听不到了。说吧，莫妮卡，什么事？"

"昨天下班后我和纳西索一起去了你的小木屋。"

伊莉斯屏住呼吸，等她接着说下去。

"有人去过那儿了。"莫妮卡的声音变小了。"伊莉斯，你肯定不会喜欢这样。那个乌鸦？那个迈克尔雕刻的乌鸦？"

伊莉斯觉得天旋地转,于是找了块石头坐了下来。

"它不见了。"

这个消息无疑对她是一个沉重的打击,就好像她再一次失去了迈克尔。那个乌鸦,虽然仅仅是一个物件,仅仅是一个东西,然而它却与迈克尔有着联系。迈克尔在那只乌鸦上倾注了他的心血,他生命的最后几天也全都放在这件作品上了。伊莉斯感觉头很晕;肚子在绞痛。她俯下身,好让自己呼吸得轻松些。

"我们四处查看,寻找车子的痕迹或者脚印。但是一无所获。"

"啊。"伊莉斯喘着气。"你们进屋了吗?他们有没有拿走其他东西?"

"我没发现什么不见了。那些工作室里的其他作品,那些迈克尔还没完成的,它们还在那里。我们也检查了房子,但如果他们真带走了什么,我想我没有发现。"

"伊莉斯?我们报了警,阿玛利亚的警察,但是仍然一无所获。也许,他们不知道应该做些什么。在他们做报告和提取指纹之前,我们在那儿已经待了很长时间了。他们做的还是那一老套。"

莫妮卡叹了口气。"也许他们都不知道自己在说什么,但是他们说这看起来像是有内鬼。"

"什么意思?"

"有人知道你的这个地方。他们确切地知道去哪里找他们想要的东西。"

伊莉斯让自己深吸一口气，再吐气，努力消化这些信息。

"我一直在想切莱斯蒂娜解读这一切的事。"莫妮卡停顿了一下。"她知道迈克尔是一个艺术家，知道他做木雕。这不就是你告诉过我的吗？"

伊莉斯点头，并用力回答道："是的，是的，她知道。"

"然后，她把那位'科学先生'派到那儿，给你送柴火，为你修理太阳能热水器，他那天也进了工作室。记得吗，当你给我看那只乌鸦的时候？然后她把你们俩送上了横跨美国的旅程。"

烟雾进入了你的双眼。有人对你撒了谎。有人在对你施巫毒。思绪在脑海萦绕，就像乌鸦，在尸骸边聚集。

"没有比这更好的安排了，你觉得呢？一个通灵解牌者，窥探所有痛苦寡妇的生活。所有这些精神错乱而且困惑的女人，走进她的店里，对她吐露了一切。"

"但是……为什么切莱斯蒂娜想要那个乌鸦？它对她意味着什么？"

莫妮卡哼了一声。"意味着什么？钱。那只乌鸦一定值一些钱的，迈克尔……"话说到一半她停了一下。"几天以前，就在你离开后，在'新墨西哥圣达菲'上有一篇文章，是关于印第安艺术家迈克尔·马德里的。另一颗新墨西哥新星，英年早逝。关于他作品的价格是如何飙升的，我母亲给你留了一份报纸。"

伊莉斯强迫自己呼吸，强迫自己努力思考。"好吧，汤姆并没有拿，他一直和我在一起。"

"当然没有。汤姆只是一个棋子。想一下吧，伊莉斯。汤姆就是个愚蠢的助手。他就是去修修东西，送送柴火。他就是跑跑所有痛苦寡妇的家里。他就是那个涵盖一切，了解这地方所有事的人。他甚至有辛西娅家的钥匙。"

"那么，你认为他知道？你认为他知道切莱丝蒂娜要干什么？"

"也许是，也许不是。也许切莱丝蒂娜只是在利用他。"莫妮卡停顿了一会。

伊莉斯凝视着那片树林。

"伊莉斯，也许他真是无辜的。也许切莱丝蒂娜并没有牵扯进来。但是整件事看起来很可疑。我认为你不能再冒险了。而且是时候远离那个家伙了。"

伊莉斯站在那里，背对着房子，电话贴着她的耳朵。

"伊莉斯？或许你应该找个地方躲一下。让我过去接你。"莫妮卡的声音冷静且平静。"我们并不了解这个素不相识的家伙。谁知道在他来这儿之前在图森做了什么。甚至没人知道他到底是不是来自图森。我不喜欢这样，不喜欢这种感觉。"

伊莉斯呼了口气。她没有告诉莫妮卡她很害怕。她没有告诉莫妮卡那个孟菲斯的巫毒女人对自己说的话。拉她进来，就像飞蛾扑火，给她施巫毒。"但是……这段时间以来，我并没有觉得他是危险的。他有点……我不知道该怎么说……他的脑袋像是在迷雾中或者其他什么地方。"

"也许那是因为他正试图蒙蔽你的眼睛。"

伊莉斯转过身，看到汤姆仍旧站在窗前看着她。"莫妮卡，我该回去了。我会再打给你的。"

"伊莉斯？"伊莉斯能听见莫妮卡在电话的那头深吸了一口气。"务必要小心啊。"

伊莉斯按下"结束"键，把手机在胸前握了一会。她朝着花园看去，但是她并没有看到任何植物。她所能看到的是汉娜和大卫房子里的许多美国本土的艺术作品，所有这些作品在她第一次来的时候她就品评欣赏过。伊莉斯转过身，朝门口走去。她把手机从胳膊下抽出来。屏幕上显示着近期的通话记录。莫妮卡的号码在最上边。下边是切莱丝蒂娜，连续三个。在下边还有几个通话，伊莉斯看到了肯恩·布莱克的名字，显示着区号505——这是新墨西哥北部和圣达菲的区号。肯恩·布莱克，圣达菲的艺术经销商，肯恩烦扰了伊莉斯几个月，想看看迈克尔的工作室里有没有什么可以出售的作品。肯恩·布莱克是她不能忍受的人，即使有迈克尔陪着她让气氛更融洽些。肯恩·布莱克很明显是一个什么也无法阻止他从本土艺术上赚钱的人。

她点击屏幕退出,浑身在颤抖。

纱门砰的一声巨响,汤姆走上门廊。"准备好了吗?"

第二十五章

伊莉斯看着汤姆站在那里,手里拿着她的夹克。她慢慢伸出手接过夹克穿上。伊莉斯本能地跟着汤姆走到吉普车边,蜷身坐到乘客座位上。

她的想法开始像一片片拼图迅速地拼合起来。切莱丝蒂娜用她的塔罗牌和那些寡妇孤儿们主导了整件事。伊莉斯回想起她第一次看到那只乌鸦的时候,是在她去切莱丝蒂娜那儿解牌之后。就是那一天,切莱丝蒂娜打电话邀请她参加寡妇和孤儿的晚宴。那天,切莱丝蒂娜笑着四处打听并找到了伊莉斯的电话号码。那只乌鸦就停在门廊;在她挂断和切莱丝蒂娜的电话后还看到过它。她咬着指甲,尽力使自己不那么恐慌。

然后她想起海耶斯爷爷,就在两天前告诉她,会有这么一段时间,当她不能再去寻求建议、不能再向其他人询问她该怎么办时,她要像上战场的勇士一样。唯一应对这场战斗、穿过这场风暴的办法就是听从自己内心的声音,听从自己的感觉。海耶斯爷爷告诉她,要听从这里的声音,他用拳头轻敲自己的胸口,然后你将知道该做什么。

她吸了口气,然后将注意力集中到自己的内心,她内心的智慧。伊莉斯记得那种感觉,在乌鸦出现前,驱使她第一次去了切莱丝蒂娜的店。迈克尔要告诉她一些事。她知道,她身体里的每一根神经都知道。她现在不能停止,当她离真相如此接近时,她绝不能在恐惧中退缩。

她把手伸进毛衣口袋里,手里紧握着黑色的玻璃石头。每当她触碰到这块石头时总能感觉到与它的某种连接,这感觉能让她平静下来,安抚她并温暖她。她该走了。不管切莱丝蒂娜是为了什么,或者汤姆是怎么牵扯进来的,以及肯恩·布莱克的号码为何会出现在汤姆的手机上,这些都不重要。她必须这么做。

他们一路蜿蜒曲折地开上陡峭的山坡。路面狭窄而且蜿蜒,满地的砾石让她想起了那条通往小木屋的回家路。车子开在崎岖不平的山路上,震得他们牙齿直打战。因为路旁山坡的倾斜,以及两边长得又粗又高的大树,使得大部分路段都处于阴影中。

"希望他不做摩闪威士忌酒。"汤姆嘟哝道。"今天我可不想被击中。"他转向伊莉斯,露出一脸傻傻的微笑，推了推鼻子上的眼镜。

伊莉斯看着汤姆，一堆问题又涌现在她的脑海里。你到底是谁？你在隐藏什么？

他们绕过了路上的一个弯，汤姆把车停下来。在一条长长的车道边上有一个亮黄色的邮箱，汤姆把手伸进口袋拿出一张折成四折的纸。"我觉得就是它，黄色邮箱。"他转向右边，他们沿着这条蜿蜒的、长长的、留有车辙的车道走着。

回到树林里，在山的阴凉处有一个小木屋，烟从蓝钢烟囱管中飘出。有两只狗——一只是大的猎犬，另一只小而年长，但说不清是什么品种，从门廊里跑出来，对着卡车吠叫。汤姆熄了火，他们坐了一会儿，看着那两只狗。

一个男人从门廊里走出来。他又瘦又高，头发灰白，还留着和发色相配的胡子。伊莉斯把窗户摇下几英寸。"我们想找富兰克林·库珀。"

那个人前倾了下身体，朝地上吐了口唾沫。

"有一个石雕师叫富兰克林·库珀，就是您吗？"

"也许是，也许不是。"那人一只手靠在门廊柱上，站在那里。

"狗咬人吗？"伊莉斯问道。

"不，除非我让它们这么做。"那个男人嘟哝道。

伊莉斯打开车门，一只脚伸出来。两只狗朝她靠过来，一边叫一边嗅着。她趁机整个人跳出吉普车。她在那只大狗前伸出一只手，这样它能好好嗅她，然

后她慢慢走到门廊。"我在找富兰克林·库珀。他雕了这块黑曜石。"

伊莉斯拿出石头给他看,他接过来,翻来覆去看了好几遍。

他又递还给了伊莉斯。

"你是从税务局来的?"

伊莉斯摇摇头。"我想这是我丈夫去年春天从您那里买的,在新墨西哥州的某个地方。"

男人透过吉普车的挡风玻璃朝里张望,试图看清汤姆。"是他吗?"

伊莉斯再次摇头。"不,我丈夫在去年三月份去世了。大概一周前我在他的夹克里发现了这个,还有您的名片。"

富兰克林·库珀看着她的眼睛。他没有表露出任何感情,他的脸和他的雕刻作品一样无动于衷。"我想你不妨进来谈。"

他打开纱门,伊莉斯跟着进了小木屋。两只狗坐在前廊上,头和爪子指向着汤姆,就好像得到了指示要一直盯着汤姆。

伊莉斯环顾小屋。壁炉边有两把椅子。在她右手边是一个小厨房,她瞥见厨房后边是卧室和浴室。在前窗下边有一张长松木桌子,上面摆满了工具。工作区有一束光,在它的中间立着另一块黑曜石,大约有鸡蛋那么大。

库珀走上前去,关掉了开关。他伸手指着壁炉旁边的椅子，示意伊莉斯坐下。他坐在另一把椅子上。

伊莉斯盯着他们之间的地板，不知道从什么地方开始。"我不知道我为什么来这儿，真的。我不知道迈克尔从哪里找到您的，或者他是怎么得到这个东西的。但是我在他夹克口袋里发现了这个，而且感觉很……我不知道……重要。"她抬起头看着他。

这人一动不动，没有点头，也没有表示这总与他多少有些关系。火焰在壁炉里噼啪地响着。她甚至能听到水壶里水蒸气的嘶嘶声。

库珀探身过去，看着她手里的那块石头。"这不是我刻的。"

"不是你刻的？"

"我不刻石头，这是事实。"他抬起手指着窗边的工作桌。"除了那块。"

伊莉斯完全糊涂了。"对不起，我只是假设……"她的目光落到了脚边的地毯上，完全不知道接下来该做什么。她深呼吸，尽力使自己的情绪稳定。"我真的不知道为什么来这儿。只是……"伊莉斯现在明白她真的没有任何理由来到这个男人家里打扰他了。她没有明确的问题。她想不出能跟他说些什么，以得到在她第一次离开新墨西哥州时希望找到的有一丝联系的答案。所有的想法现在对她来说都很荒唐。

"你的丈夫是个印第安人？长长的黑发？"

伊莉斯看着他点点头。"你还记得他？"

这人点点头。"我当时在高速路上抛锚了，就在奎斯塔北部。我去了图森的矿物展。在我卡车上有各种各样的石头,价值几千美元。而且我听说过有关新墨西哥州高速公路上发生的故事。附近的白人并不多,你知道吗?"

伊莉斯看着他,嘴唇紧抿成一条线。

"我支起引擎盖,检查发动机,这时我看见你丈夫把车停在我后边。他开着一辆老旧的尼桑卡车。"

伊莉斯点头说:"对,对,就是他。"

"我得告诉你,女士。当我看到他是印第安人的时候我觉得挺不自在的。"

伊莉斯浑身变得僵硬。

"他问我是否需要帮助。我当时很警惕,密切注视着他并努力留意他是否有我没有发现的同伴。我浑身不自在。"

库珀斜靠在椅子上,朝着铜桶里吐了口痰。"你丈夫注意到了我的车牌,问我是田纳西州哪里人,说他一直想看看这里的群山。"

伊莉斯点点头。

"嗯,我们开始在引擎盖下四处查看,他发现我的散热器的塞子不见了。冷却水都干了。然后他回到他的车里,取回来这块木头,然后开始削一个刚好能堵住那个孔的木塞。接着又带来一罐水。说这些足够我撑到下山,回到奎斯塔。"

"我告诉他我没有太多现金,却有很多石头,我提出给他一些我雕刻的作品作为回报。我们还聊了一会儿关于雕刻的话题。"

"然后我拿出一些我的黑曜石作品,告诉他可以拿走任何他喜欢的。"

伊莉斯用手握住那块石头,然后看着房间的角落。

"他拿了两件我雕刻的作品。然后他的目光落在这块石头上。"库珀指着伊莉斯手里的那块石头。"他捡起它,在手里拿了一分钟,然后看着上边的雕刻问我想要卖多少钱。"

"我告诉他这不是我刻的。这是在我回来的路上,别人给我的。我甚至不确定为什么我会带着它。我告诉他如果他真的喜欢,尽管拿走。我真不记得它从哪里来的了。只是觉得他应该知道这并不是我刻的。"

伊莉斯点点头。

他们坐着沉默了一会。钟表在滴答地响着。

"库珀先生,他还有没有说别的?"她感到有些绝望,想再寻找一些线索,任何能让这趟行程、这整个考验有价值的线索。

"叫我弗兰克。库珀先生是我父亲的名字。"他笑道。"他说他有时间会来这里。或许来看看我的工作室。还说或许我们可以一起雕刻出一些作品。或许我可以教他关于石雕的技巧。但是我觉得这并不是他来的真正原因。"

"你为什么会这么觉得?"

弗兰克耸了耸肩。"说不清楚。只是听起来不像真的,你知道吗?我的上帝,那些在祖尼普韦布洛的

雕刻者是世界上最棒的,而且离你家更近一些。也许他只是想来看看斯莫基山脉。我不知道,也许这只是一个借口。"

她并不确定自己对一路赶来和富兰克林·库珀交谈有什么具体的期待。但这并不是她所期待的。现在所说的,无论如何还远远不够。她的脸上一定早就显露出她的震惊和失望,因为富兰克林·库珀轻轻朝她弯下腰,声音低沉。

"女士,你想喝点什么?喝点水或者来杯咖啡?"

伊莉斯摇摇头。"不,不用。很抱歉打扰你了。"她站起来,仍然迷失在库珀故事的重重迷雾中,然后她伸出手。他们握手,他握着她的手,停留了一会儿。

"你一路赶过来,我真希望能告诉你更多的事。"他看着外边的吉普车,然后转身注视着伊莉斯。"但是我想不起来其他任何事了。"

伊莉斯点点头。她抑制住自己的失望。"没事的,谢谢您的接待。"

第二十六章

伊莉斯几乎迈不开步子走回吉普车。眼泪顺着她的脸颊流下来,她用夹克的袖子擦了擦眼泪。她再一次理解错了这一切,就像几个月前自己做过的梦一样。伊莉斯将手伸进口袋,手指在石头上摸索着。她一直非常确信自己需要到这里来,来见见这个人。她想方设法要做的就是离开家,给别人拿走迈克尔雕刻的那只乌鸦的机会。她有什么事是顺心的吗?

她不想回到那辆车上。她想站在这里大叫,那凄厉、恐怖的叫声在群山中回荡,一路回响着回到新墨西哥州去。伊莉斯深吸了一口气,打开吉普车门,瘫坐到座位上。

"要买点摩闪威士忌酒吗?"汤姆拱起眉毛。

"你不要说话,汤姆·杜甘。"伊莉斯转过身去,盯着乘客窗口,一串串的眼泪模糊了她的视线,汤姆

发动吉普车，精神饱满地开上车道。

突然间，伊莉斯怒不可遏，她为切莱斯蒂娜和她的计划而愤怒，为汤姆的喋喋不休和他那老是掉下来的眼镜而愤怒，为自己再次犯错而愤怒。怒火在伊莉斯体内蔓延，她深吸了一口气，然后像喷火龙一样吐出来。"好吧，汤姆，告诉我实话，你在隐瞒什么？"

汤姆的嘴微微张开，他将原本盯着道路的目光转向伊莉斯，看着她。"你在说什么？"

伊莉斯盯着他。"我知道你没有告诉我实情。"

汤姆转回头继续看着前方的道路，伊莉斯看见他在咽口水，他的喉结上下移动着。此刻，她确定汤姆一定在隐藏着什么，伊莉斯可以从他转过身去不知如何回答的样子看出来，伊莉斯心中的恐惧油然而生。

"只是……我真的不知道该如何……这很尴尬，你知道吗？因为那并不是我一贯的表现。你……我就陷入了这种境地，在你知道之前，一切都发生得太快……"汤姆又瞥了伊莉斯一眼。"如果要说什么安慰的话，我感觉很糟糕。"

伊莉斯目不转睛地盯着他的脸。

汤姆又叹了口气。"当韦恩走进我们俩时，南希开始哭了……"

"什么？韦恩是谁？南希是谁？你在说什么啊？"

"没错，我的搭档和我的妻子有了外遇。韦恩和阿兰娜。南希怀疑过，而我没有。你知道吗？我对这种事完全不在行。但关于我走进屋子看到他俩的那部分并不是真的。他才是那个走进来并且当场抓获我们的人。他才是那个想把手枪放在我脑袋上的人。"

伊莉斯无法掩饰自己的困惑。"什么？"

"我骗了你，骗了所有人。是的，我有一个叫阿兰娜的妻子。就像我描述的那样。她是南希和韦恩多年来给我介绍众多女人中的一个。我们约会了四个月就结婚。我知道这太快了，这一切都是个大大的错误。"

汤姆又咽了咽口水，伊莉斯靠在车门旁，摇了摇头。

"这个故事是真的，只是不完全是我之前说的那样，一天早上，我去韦恩和南希的家，拿一些我们需要的文件，南希开始告诉我她对韦恩和阿兰娜两人关系的这些感觉。"

"她开始哭泣。告诉了我韦恩总是迟到，总是能在他衬衫上闻到阿兰娜的香水味道。看到她哭泣，我搂住了她。那……"他呼了一口气。"一件事的发生会导致另一件事发生，在我意识到之前，我们就在沙发上，紧紧拥抱在一起。"

汤姆停了一会儿，眼睛盯着前面的道路。"这个故事大部分是真实的——也正像我告诉大家的那样。我只是换了几个代词。不是*我的妻子*，而是*他的妻子*。不是我走进房间抓获他们，事实是他走进房间抓获我们。"

伊莉斯盯着他，对此她大吃一惊。"代词？"

"我不是那种人,真的不是,我都不知道发生了什么。就是她站在我旁边,不停地哭泣。"汤姆扫了伊莉斯一眼。

"如果这真的重要的话,我们实际上并没有做狂野的事情。我们只是……彼此紧紧拥抱在一起,你知道。然后韦恩就走了进来。所有的错误,各种各样的误会,他才是一直在欺骗别人的人,而我们却被当场抓奸了。"

伊莉斯摇了摇头。"这就是你撒谎的内容吗?"

"这几个月来我一直感觉很糟糕。但我离开图森有点匆忙,我的合伙人……前合伙人和我,对于生意的分割还没有达成任何协议。"

"切莱斯蒂娜没有识破这些吗?什么样的灵媒不能看出这样的谎言?"

汤姆又推了推鼻子上的眼镜。"事实上,切莱斯蒂娜是知道的。那天晚上,当我在她屋外抛锚的时候,我告诉过你她所说的一部分,关于她一直在等我到那儿。但她也说了,'我看到了你周围的那些谎言。'"

"切莱斯蒂娜都知道?"

汤姆点点头。

过了片刻,伊莉斯竭力保持镇定。这根本不是她想听的。"还有什么,汤姆?你还一直隐瞒了什么?"

汤姆看着她。"伊莉斯,我刚才鼓足了勇气才把最糟糕的一个秘密说给你,你还想听什么?这难道还不够吗?"

"但是……你在经济上有些麻烦,不是吗?那天晚上你的信用卡刷不出?辛西娅家的艺术品是怎么回事?为什么你的手机里会出现肯恩·布莱克的号码?我丈夫雕刻的那只乌鸦在哪里?"她坐直了身子,她的话掷地有声,每问一个问题,音量都变得越来越大。

"你在说什么?"汤姆皱起眉头。他把目光从道路转向伊莉斯。

她转回头望向前方的道路。一只乌鸦突然从树林中飞起,直冲冲地飞向挡风玻璃。伊莉斯尖叫道:"当心!"

汤姆回过头看,急忙转动方向盘,踩下刹车,试图避开那只乌鸦,但他开得太快了。车轮卡住了;轮胎在碎石上滑行。吉普车没能在山路上急转弯。汤姆紧紧抓住方向盘。"抓紧!我们要掉下去了!"

她之前都见到过这一切——左边的弯道,她右手边山下的小溪。在某个瞬间,她被直接带回到了自己前几个月的梦境之中。她梦到汽车从山的一侧掉了下去。但这和她的梦并不完全一样。梦中一直是在夜里;道路是结了冰的平路。但她能感觉到那个梦背后的深意正在逼近她,她能感受到自己已可怕地意识到这一切都已经完全不在她的可控范围内了。

这一刻就像她一直以来听到的一样,以往的生活场景在她面前一一闪现:和母亲一起开车回到新墨西哥州的场景,不到两年后站在母亲墓前的场景。和迈

克尔见面的场景,迈克尔去世的场景。所有的这些警告,所有灵媒们的话,死亡之牌,都被牵扯进来,像飞蛾扑火一样。还有血的味道。她举起一只手撑住车顶,另一手用力抵在仪表盘上,试图在车子跌落下山穿过厚厚的灌木丛时,不让她的头撞到车顶上。

一开始这方法能起点作用,但后来就不行了。伊莉斯的头重重地撞到了车顶,眼前一片漆黑。

乌鸦飞落到一棵山茱萸树的树枝上,轻轻地咕咕叫着。

第二十七章

她能闻到空气中死亡的气味。死亡有种独特的气味,就像晚春开花的雪松或菩提树。哈蒂应该知道,她的生活中经常闻到这种气味。此刻,气味还很微弱,混在柴火的烟味和落叶的气味中,也混在苹果掉落到地上腐烂了和准备沉睡的大地的气味之中,几乎无法辨别。在这么多气味之中,潜藏着死亡的气味。它不是很强,也不是很明显,但也并不遥远。

多年前她第一次闻到它时,这气味也很微弱,就像今天一样。她一直站在院子那边的洗手盆旁,搅动着小男孩儿穿的棉质衣服。小男孩正在泥地里玩耍,穿着她做的小皮拖鞋蹒跚学步,追逐着自己家那只老狗的尾巴。金杰很聪明,它待在那里一动不动,直到小男孩走近能够抓住它的尾巴,然后它站起来再向前走一段。哈蒂回想起当时看着他们两个,自己都笑了。

之后，那种气味在微风中飘荡，吸引了她的注意。那种气味并不同于你在树林里发现一个死去的生物腐烂时的味道，完全不同。它更像是烟雾，掺杂了某种更黑暗的东西。也许是燃烧玻璃的味道，一片漆黑。失去的香气，从漆黑的森林向她蔓延过来。

她把这事完全遗忘了，直到两个月后她们埋葬了那个小男孩她才想起，神灵们向她发出过警告。没过几年，那香气又回来了。这一次，她辨认出了这种气味。站在前廊上，远眺着薄雾缭绕的山峰，那淡淡的气息侵入她的鼻孔，贴在她的舌头后面。在她知道这种气味意味着什么之后，她所能做的就是尽量不要犯恶心。

第二次是她的丈夫。早在她邻居把四轮马车停在她院子里很久之前她就知道了，马车后面放着她丈夫的遗体，上面盖着一条床单。又一个死者，又一个深爱的人，去了神灵世界。那时她还不到十八岁。她再也没有结婚，没有其他的孩子。但是他们两个人的灵魂总是伴随在她的周围，在树上，她的小男孩变成了小山雀，小巧又天真。她的丈夫变成了一只乌鸦，总是嘎嘎地叫着提醒她在下雨前把洗的衣服收回去。她已经习惯了他们的陪伴，以神灵的这种独特的方式陪伴着她。她就是这样生活着，住在他们一起搭建的小木屋旁，把自己锁在这样一个与神灵世界、与逝去的那些人保持着永恒的联系的世界中。

度过了孤独的两年，她再次闻到了这种气味，它乘着风飞过峡谷。虽然，这一次这种气味不是冲着她来的。哈蒂花了好几天去追踪这气味的来源，最后她终于在河边找到了。她静静地坐在那儿，等待着。

她这几天看着两个孩子，慢慢地她把所有的拼图都收集起来。她坐在小河的岸边，霰弹枪靠在一只手臂上，这两个孩子把她蓝色的船拉到沙滩上，试着把它放回到下水之前他们发现它的样子。

"你们这些小屁孩儿都有拿别人东西的习惯吗？"哈蒂问道。

孩子们吃惊地看着她，眼睛睁得大大的，他们没有看见哈蒂坐在松树下的一块石头上，没有意识到他们正在被监视。哈蒂有那种将自己融入到周围环境之中的能力，直到她想暴露自己为止。她的皮肤是树皮的颜色；她知道如何像石头一样一动不动地坐着。

"我们只是借一下，夫人，"男孩结结巴巴地说。"你看，我们并没有弄坏它。我们都会把它放回到原位。"小女孩一动不动地站着，当她用那双蓝色的大眼睛看着哈蒂时，她的肚子挤到她面前，下巴几乎掉到了她的胸口。她穿着一件脏衣服，没有穿鞋。

哈蒂看着小男孩的脸。他看起来不像是坏孩子，有着一头像她自己去世的孩子一样的黑色卷发。她停止了回忆，撅起嘴示意被小女孩拉到沙滩上的那一串鱼。"你们打算用那些鱼做什么？"

"我打算把它们油炸了，给我和妹妹。"特德睁大了眼睛严肃地说。

"你们有煎锅吗?"

男孩摇了摇头。"没有,夫人。"

"裹在鱼外面的玉米面有吗?"

特德又摇了摇头。

哈蒂等了片刻,看着这两个脏兮兮的孩子。"嗯,我有一个煎锅,一些玉米面,凉拌卷心菜和玉米面包。如果你们两个能和我分享那些鱼的话,我不会因为你们偷我的船而向你们开枪。你们要做的就是抓鱼,我要做的就是烧鱼。"

当哈蒂那天在河边发现他们时,特德六岁,弗娜四岁。他们的爸爸死于煤矿之中;妈妈和第一个为她买酒的人私奔了。他们在煤矿老板把自己送去孤儿院之前偷偷溜出公司的房子,在过去的一周里,他们一直在哈蒂的领地内露营,每天晚上生个火堆,在哈蒂的花园和棚子里设法偷些能吃的东西。特德望着他的小妹妹,然后回头看哈蒂。"听起来对我来说是个公平的交易。"

那晚雷声轰鸣,雨水在小屋的屋顶跳舞,哈蒂告诉他们她有一些旧毯子,他们应该在地板上垫一层,熬过今夜的暴风雨。哈蒂躺在自己的床上,听到隔壁房间里的那两个孩子在轻声低语,意识到那晚死亡的气味来自于他们的父亲,而不是临死的预警。她意识到,在她把孩子们带进小屋后,那种气味已渗透到他们的衣服、皮肤和头发里。她在床上翻来覆去,想着如何才能帮他们把这些都洗尽,如何才能清除黏在他们身上的死亡气味。

从那开始,她像抚养自己亲生的孩子一样抚养他们。像对自己的小男孩儿和没机会生的亲生女儿一样疼爱他们。帮他们洗漱干净,教他们除草,劈柴和挑水。男孩特德,很有用,什么事情都能帮上哈蒂。女孩弗娜,看起来有些吃力,她不喜欢做家务,有时哈蒂会让特德去做原本吩咐弗娜要做的事情,只是为了不让他妹妹惹麻烦。哈蒂总是对男孩微笑,她觉得男孩就像是一枚明亮的,闪闪发光的便士,确实如此。

有关特德的一些事直击哈蒂的内心。她曾因痛失至亲而心碎不已,撕心裂肺,而那些琐碎的记忆又常常勾起令她悸动和伤心的往事。但现在,这个有着一头黑发和蓝色眼睛的小男孩似乎恰好可以弥补她破碎的内心。填补了哈蒂内心的失落、渴望和孤独,抚平了她的伤口,使她不再那么痛苦。渐渐地,她把那两个孩子视为己出,有时她甚至完全忘记了特德并不是她的亲生骨肉。

有很多哈蒂知道无法解释的事情,就像她知道当克莱斯勒汽车转进车道,当特德走出驾驶座抱着弗娜转了一大圈,当那个金发女人走出乘客座椅,没有人为她打开车门时,哈蒂就知道一定会有麻烦了。

当特德把弗娜放回地上,走近那个金发女郎的时候,哈蒂不必观察弗娜脸色的变化。当他搂住罗斯并且介绍这是她妻子的时候,她不必去观察弗娜脸色的变化。她不必去看罗丝和特德甜蜜的对视,或者弗娜

的身体变得像干涸的海绵一样僵硬，这意想不到的变化猛扭着弗娜就像哈蒂洗完抹布拼命把它拧干一样。

哈蒂对麻烦习以为常。她见过太多的麻烦，比如要辨认出一种会要人命的藤本植物，野葛的种子，甚至在它发芽前。哈蒂很高兴能见到他，这个孩子，这个男人，在这里被深深地怀念着。即使她拥抱他，后退了一步，望着他的眼睛，她能够看出，眼前的这个年轻人已不再是几年前加入海军、远渡韩国的那个人了。

哈蒂认出了他的眼神，这个眼神经历了世间沧桑，目睹了死亡、毁灭和完全不合逻辑的战争模式。那经历如何让一个人离开原来的位置并让朋友站在旁边。1956年的那天，在一个院子里，特德身上散发着恶臭，散发着自己所看到的和经历过的死亡和毁灭的气息。他那蓝色眼睛蒙上了一层阴影，他迅速移开了目光，已无法站在那里和哈蒂对视了。

他的新婚妻子罗斯个子不高，是一个如芦苇般纤细的美丽少女。哈蒂立刻发现弗娜感觉到了威胁。这么多年来，弗娜是这附近公认的美女，她那黑色卷发和大眼睛，娇小的曲线吸引了每个男人的目光。她十二三岁时，身体就变得丰满，那时的她就开始成为焦点了。在此期间，特德有很多次机会保护她的美丽，血染自己的拳头。哈蒂曾看到特德没有看到的画面：弗娜走路说话时，眼睛顾盼传情，像是故意要吸引男人的关注，挑逗他们对着自己吹流氓哨。她陶醉地看着哥哥保护她,她喜欢这种走在小镇上被重视、吸引所有人的注意力的感觉。

罗斯则是另一种完全不同的美丽。金色头发,蓝色眼睛,雪白的皮肤,以及如一片小草般苗条而纤细的身材——如果她想的话,她可以比格雷丝·凯丽还要美。然而罗斯并没有摆动臀部,闪着眼睛去抛媚眼。她只是站在那里,被整个世界注视,有那么一瞬间忘记了呼吸。

当哈蒂还是个孩子的时候,就被教导要学会安静和观察。这项技能在她的家庭非常重要。她的曾祖父母是藏在田纳西州的斯莫基山脉和北卡罗莱纳州的一小支切罗基族人,他们设法躲避了官兵阻止切罗基人西迁的围捕,后来被称为"血泪之路"。哈蒂的祖先是幸运的:他们躲了过去,并且最终被允许留在了这些山里,这也是切罗基人最开始居住的地方。在他们的许多朋友或者家庭离开这里,死在寻找新定居点的路上的时候,他们仍然继续生活在这片土地上。

静静的观察这项技能已经传给了哈蒂。所以她看着特德和罗斯望向对方的眼睛、依偎在一起的样子。哈蒂知道,还没完成所有的介绍,麻烦就已经被带进院子里了。麻烦有着死亡的气味,已被缝在布料上,哪怕在它真正发生的几年前。

罗斯是家中唯一的孩子,父亲待她如公主般呵护。但自从她十三岁时父亲去世后,罗斯就一直在寻找另一个男人来接替父亲的"工作"。这是不是很有趣？哈蒂想。罗斯在寻找一个能像她父亲一样保护她，呵护她的人。而特德从小就被训练去保护呵护别人。他有一个从来不允许任何人替代自己成为特德生命中最重要的女人的妹妹，但是他的妻子认为这个角色应该理所当然属于自己。这将会有很大麻烦，哈蒂在她们几个把这事公开化之前就已经预料到了。

哈蒂知道她这儿有活儿要做了，她要以一位外科医生的微妙精确性来完成这项任务。她马上就能看出，他们几个不可能同时住在她那三间房的小屋里。弗娜和她的丈夫，雷，一个房间；哈蒂一直用着另一个房间。尽管现金短缺，她想出了一个办法，让特德和罗斯拥有自己的房子，在沿着连接小屋的车道旁，她让雷和特德立即开工。他们砍伐了周围的部分木材，并设法建造了六百平方英尺的屋子。圣诞节之前罗斯和特德就住在那里面了。

这方法很有用。首先，缓解了原来屋子过度拥挤的状况，也至少缓和了弗娜和罗斯之间的嫉妒。其次，新房子给了罗斯一个属于自己的地方，一个她可以花上几天的时间来不断改进的地方，比如做新房子窗帘，清扫地面，一个可以让她实现自己梦想的地方。

哈蒂看着弗娜千方百计地排挤罗斯。弗娜有数不清的故事可以回忆，"特德，还记得当我们……"她准备走时，总会边说边笑，同时斜眼看看罗斯有没有理解自己讲故事的真正含义：*我是他的妹妹，我和他*

有血缘关系，在这里我是老大，而你对大家来说什么都不是。

哈蒂走进来。她会和罗斯一起坐在门廊上，两人一起剥着豌豆和四季豆。最终，罗斯心里会舒服一些，开始说话。她告诉哈蒂自己是在新墨西哥州长大以及她父亲在煤矿当工头。很久之后，罗斯说出了事实：她父亲在煤矿的地位让自己在阿马利亚的一所小学校里备受排挤，因为这所小学校里很多学生的父亲都为她的父亲工作。显然罗斯有足够的经验去应对这种被边缘化、感觉像是局外人的状况。她有一位好朋友叫帕特丽夏·吉龙，帕特丽夏不顾她父亲的地位而接受了她。她们两人越来越亲近，并且计划着高中毕业后就一起去阿尔伯克基上大学。

最后，罗斯告诉哈蒂，帕特丽夏爱上了一个叫比利·萨拉查的人，比利也参加了海军并且和特德驻扎在一起。当比利和特德刚从部队退役出现在阿马利亚时，罗斯看着帕特丽夏和比利注册结婚了。罗斯并没有说，但哈蒂能够看出，她的朋友选择结婚而没有去上大学，这让她犹豫了，她没有足够的勇气独自去阿尔伯克基上大学。

哈蒂还能看出罗斯就在那时爱上特德的。就在她自己的梦想在眼前破碎时，来了一个黑发、蓝眼、一生都在照顾身边女人的男人。一切都如风卷云涌般发生了，就像经常发生的那样。当然，罗斯已经爱上了他，她不想再和一向苛刻而又沉闷的母亲待在一起，

她也不想逼着自己去上没有帕特丽夏陪伴的大学。这都是命运的安排,派了一个高大,黝黑,帅气的男人来拯救她。

她们达成了一个暂时休战的协议,确实是休战了。但是罗斯仍然在门廊上寻求哈蒂的庇护,轻声细语地说话。休战期间有时仍会感到局面紧张,但一切寂静,没有爆发出来。

直到有一天,哈蒂又一次闻到了死亡的气息。

一天,她突然意识到,今天与往日有所不同。她听到汽车开离公路,撞到树林中的声音。哈蒂坐回到她的摇椅上,等待着。

鲁比来到前门,推开纱门,手里拿着一叠毛巾。在那儿站了一会儿,转向哈蒂。"你听到声音了吗?"

哈蒂没有回答,她开始用切罗基语吟唱。一首她这一生中唱过许多遍的歌,一首她希望永远不要再唱的歌曲。死亡圣歌的音调在十一月份的空中升起,像烟雾一样飘荡。

第二十八章

"伊莉斯?伊莉斯?"

她睁开眼。汤姆站在她旁边,在吉普车的乘客座位这一侧。他撬开车门,摇晃着她的肩膀。"我们得赶紧下车,到处都在漏油,你能站起来吗?"

伊莉斯从座位后面抬起头。血从头上的伤口处流下来;她全身都是伤。但她还是可以移动她的手臂和手指,腿部还有知觉。"我想可以。"她低声说。

"你们需要帮助吗?"一个女人在几英尺外的地方冲着他们大喊。她背着背包,朝着汤姆站着的靠伊莉斯的这边走过去。"我们需要把这安全带解掉。"她说。

"我知道,它被卡住了。"汤姆回答道。

伊莉斯再次躺下头,等待着这个女人从背包里翻找出一把剪刀。她剪断安全带,和汤姆一起帮助伊莉斯挪出车外，来到几英尺外的石头上。伊莉斯背靠着石头，她的头很晕。这个女人把外套卷成一团垫在伊莉斯的头下面，然后靠在伊莉斯旁边检查她头上的伤口。

"你看起来有点脸熟。"伊莉斯低声说。

那个女人盯着她的眼睛看了一会儿，然后继续在她包里翻找东西。她把一块抹布按压在伊莉斯的额头上。"嗯，是的。几天前你们在奥拉勒的咖啡馆用午餐时，我为你们服务过。"

"哦。"伊莉斯闭了一会眼。她的内心深处在颤抖，强忍着想哭的冲动。

"我叫鲁比。"那个女人说。"鲁比·库珀。"

伊莉斯突然睁开眼睛，她的脑子一片混沌，思维迟钝。"库珀？和富兰克林·库珀一样吗？那个石雕工？"这话从她嘴里说出后不久，她就开始不确定这是否真的是那个石雕工的名字。一切都乱七八糟的。

伊莉斯继续看着这个女人。"你们之间有关系吗？"

"没有血缘关系。"她说着，用小手电筒检查伊莉斯的瞳孔。"他是我的丈夫，很快就要成为前夫了。"

伊莉斯听完。"但是……几天前，当我们在寻找他的时候，你说你不认识他呀。"

"我没有说我不认识他，我是说我不能帮助你。"她又把手伸进包里，拿出布来给伊莉斯包扎着头上的伤口。"不要动，伤看起来并不严重。"

"但是为什么你要……"

鲁比盯着伊莉斯的眼睛。"那个卑鄙的狗娘养的出去找了个红发女郎。我们结婚三十年,有三个孩子。他还出去找小三。"鲁比愤怒地说道。"我要压扁他的胖脑袋,压得比橡树皮还要扁。"她抬起伊莉斯的胳膊,伸出手指按着她的手腕,眼睛看着自己的手表。检查完伊莉斯的脉搏又说道:"我要在他身上踩个洞,再把它踩干。"

"我以为你是一个服务员。"汤姆看着鲁比正在做的事说道。

"多年前我就获得了注册护士证,但是在奥拉勒不需要太多护士,而我又厌倦了一路开车去加特林堡做这工作,所以大约一年前我开始在咖啡馆工作。"

汤姆把手伸到夹克口袋去拿手机。"你觉得我们需要打电话叫救护车吗?"

那个女人看着他摇了摇头。"那没有用的。手机在这里没有信号。沿着这条路在我妈妈家有一个固定电话。但是救护车需要一个半小时才能到达这里。如果你快死了,那等他们到这里时你已经死了。"她转向伊莉斯笑了。"如果你感觉还好的话我们就不用麻烦了。"

伊莉斯扮了个鬼脸。她身体的每一部位都受伤了,自己被这种痛苦折磨得浑身颤抖。"我想我会好起来的。"

"好的,那么。"鲁比站起来,看着伊莉斯。"我可以回家找一辆车然后把它开到这里来,如果那样更好的话。"

"有多远?"汤姆问道。

"就在山坡那边,不到四分之一英里。当我听到撞车声时我是跑过来的。"

"你觉得你可以吗?"汤姆问伊莉斯。"在我们的帮助下?"

伊莉斯点头,用手抓住自己已经肿起来的脚踝。"嗯嗯,我应该可以的,也许吧。"

他们尽量让伊莉斯在他们俩的搀扶下能够保持平衡,慢慢地沿着通往车道的道路走着。伊莉斯不敢让肿胀的脚踝承受任何重量;她因为太虚弱整个身子下沉,每走几英尺就低下头,需要重新寻找平衡。他们到达了山坡顶,伊莉斯向下看着鲁比的家园。这里有两个小木屋,一个巨大的红色谷仓。一条小溪从屋前流过,道路越过河面。一棵巨大的柳树垂落下枝条,轻拂着地面。伊莉斯低头看着小溪中的水,又感到一阵眩晕。当她再次直起身子时,她看见一个小木屋的烟囱里正冒出的烟。

她结结巴巴地轻声说:"真有趣,我几乎可以发誓我以前见过这个地方。那些树,那个门廊以及那个谷仓。"

汤姆看着她,推了推鼻梁上的眼镜。眼镜的一块镜片已经破裂了,裂纹从镜片的中心向四周辐射。"我听说过这个。大脑颞叶区域无论何时出现了问题,它都会产生一种叫做记忆错觉的现象。刚刚你的大脑受到了剧烈的撞击,你的颞叶区很可能像炒鸡蛋一样被破坏了。"

伊莉斯和鲁比转头看向汤姆,鲁比对他沉下脸。"你的头受伤了吗?先生。"她问道。

汤姆扬起眉毛,摇了摇头。"我不这么认为。我有方向盘可以抓住,它能够让我保持平稳。"

"那么就不要像个傻子似的说个不停。"

他们继续缓慢地、一拐一拐地前行。当他们走过谷仓时伊莉斯再一次停下来。她俯下身,把头放在膝盖之间。

"你需要坐下来吗?"鲁比问。

"不,只要给我一分钟,"伊莉斯回答道。她站起来,重重地靠在汤姆的身上。"有一分钟,我觉得我好像闻到了丁香花的味道。"

"就在那边我们有一大片丁香花,"鲁比指着谷仓后,从小屋那儿穿过道路的那块地说。"但是亲爱的,现在是十一月。现在丁香花没有开花,或许你弄错了。也许我们应该叫医生过来看看。"

伊莉斯把手举到嘴边,害怕自己可能生病了。丁香花的味道非常强烈。她转身看着右手边的小屋,左边有一棵树,树上的叶子全都掉了。几乎所有的树枝上都挂满了蓝色的玻璃。有些是磁盘,像瓶子的底部。有些就是瓶子,铁丝缠绕着在它们的瓶颈处,把它们挂在树枝上,就好像刚刚被处决一样。她能够听到在

孟菲斯听到过的同样的声音——风吹过瓶颈时发出的沙沙声。

鲁比抬起右手，指向那棵树。"瓶子树。这里的人都认为你可以把邪灵抓到瓶子里，这样他们就不会进到屋子里了。然后当太阳升起的时候，它会烧掉被抓到玻璃瓶里的邪灵。"

伊莉斯停了下来，在汤姆和鲁比之间微微摇摆。她觉得一阵晕眩。*穿过河流，演奏着悲伤音符。*

从她们面前的门廊，她能够听见圣歌声，听起来很像用切罗基语演唱的，几天前的晚上他们听海耶斯爷爷也唱过。一个老女人，像坚果一样棕褐色的皮肤，看起来至少有九十岁，坐在摇椅中。白色的头发盘到头顶上，摇椅不停地前后摇晃，她用切罗基语唱着歌。

"祖母，"鲁比严厉地说道。"你可以停止唱这首死亡圣歌了，没有人死了。"她飞快地瞥了一眼汤姆。"至少现在还没有。"

那个老妇人仍然唱了一两分钟，在适当的地方结束了演唱。"鲁比，我还没有那么老。"当她们走近时老女人说道。"我仍然能够区分死亡和活着的区别。"

"每个人都很好。小小地撞了下，汽车本身损坏严重，但这两个人没事。"鲁比继续说道，她帮汤姆把伊莉斯扶上门廊的台阶。

那个老女人盯着伊莉斯。她站起来，缓慢而摇晃地走向伊莉斯她们，重重地靠在拐杖上。"我不是在为离开这世界的人歌唱，"她平静地说。"我是在为回到这里的人唱歌。"

伊莉斯抬起她的眼睛，看着这个老妇人，看着她盘到头顶的白发。哈蒂靠得更近了，伊莉斯能够看见她的眼睛里面蒙着一层白内障。老妇人把她的手放在伊莉斯的脸上。

她等待着，与逝者同在。

"我每天都在祈祷。在烟雾中，点燃方头雪茄烟。祈祷你能回来。祈祷我能在死前再见到你。我一遍又一遍呼唤你的名字。"老妇人把她的手放在伊莉斯脸颊两边，凝视着她。"你头发的颜色毫无疑问遗传了你的妈妈。但身体的其他部分，从上到下都遗传了你的爸爸。"

伊莉斯盯着那双深邃的眼睛，吓得说不出话来。

另外一个女人来到门口，推开纱门。哈蒂抬起手指着那个黑发女人。"你还记得你的弗娜阿姨吗？"

伊莉斯转身看向她。虽然她的头发仍然乌黑卷曲，眼睛依然是充满生机的蓝色，但她看上去已经七十多岁了。几周前的那个梦突然浮现在她的脑海中。那个梦中她回到了儿时，在草地上奔跑。梦里她被那个有着黑色卷发，蓝色眼睛的男人双手抱起来。这个女人站在门口，盯着伊莉斯，就像那个男人那样。就像看着她去世很久的父亲的眼睛。

伊莉斯嘴里发出喘气声。她的双膝弯曲。

汤姆在她倒地之前抓住了她。

第二十九章

大家立刻开始讨论起来。汤姆把伊莉斯移到一个椅子上；鲁比跪在她旁边，当伊莉斯睁开眼时观察着她。

"也许我们应该叫医生了。"鲁比喃喃地说。

"不，不。我哪里也不去。"伊莉斯坚持说。"至少不是现在。我只是……不能相信这些。"

"我的天！"弗娜双手捂着嘴低声说。"你看起来太像我的哥哥了。"她开始颤抖和哭泣。

哈蒂把她的椅子挪到伊莉斯旁边，然后坐下。"孩子，你还记得我们吗？"

伊莉斯摇头。"不记得了。"

"你还记得鲁比吗？你们俩曾经一直在一起玩。"

"伊莉斯？这是伊莉斯？过了这些多年，我真不敢相信。"她打量着伊莉斯。"当我听到汽车驶出公路时，我没想到是这样的。"她看着哈蒂，摇了摇头。"我们曾经就在这个院子里一起玩耍。"

伊莉斯顺着鲁比手指的地方看去。

"我们有一只三只脚的宠物羊。还记得'南瓜'吗？"

伊莉斯摇头，但随后一段记忆浮现出来。她记得每当她在外面玩累的时候，就蜷缩在那只羊身旁。另一段破碎且被遗忘许久的记忆也开始浮现在心头。"有点记起来了，这里有只鸭是吗？"

鲁比大笑。"叫佛洛伊德。南瓜有三只脚，佛洛伊德不能飞。佛洛伊德曾经吃掉了所有从苹果树上掉下来的烂苹果。"她指着车道对面草地上光秃秃的苹果树。"它完全醉了，两脚朝天、双目无神地躺在草地上。超能少年和恶棍是哈蒂曾经给我们的称号。还记得吗？我们爬上门廊，她就会说，'超能少年和恶棍，你们到现在一直都在忙什么？'"

鲁比继续她的护理工作，抬起伊莉斯的脚把它放到脚凳上，设法找到了另一个冰袋。汤姆坐在伊莉斯对面，看着整个过程，破裂的镜片后面他瞪大了眼睛。

"你母亲怎么样了？"哈蒂问，坐在摇椅上的身体前倾，把手放在伊莉斯的手臂上。

"她因为肺炎在我七岁的时候就去世了。她从来都没有提到过田纳西州。她死后我曾问过比尤莱，在别的地方我是否有其他的亲戚。她说没有——我父亲的父母在他很小的时候就去世了。"

"嗯，这部分是真的。"弗娜激动地说。"当我们父母去世的时候，我四岁，特德六岁。哈蒂——"她抬起手指着坐在摇椅里的老妇人——"她收养了我们。把我们当成她自己的孩子一样抚养长大。"弗娜转向小屋的门口，她的手扫过长长的门廊。"你父亲就是在这房子里长大的。"

伊莉斯努力消化着这一切。这是她第一次得到去世已久的父亲的消息。她摇晃着头，眼泪顺着脸颊流了下来。

"我们把信和贺卡寄到阿马利亚的那个地方。但是所有的都被标记着'退回寄件人'给送回来了。"哈蒂摇着头。"我知道罗斯的母亲没有告诉你实情。她不希望和我们有联系，不想让你离开她的视线。"

伊莉斯想起了比尤莱，罗斯死后她唯一依靠的人。她立刻想起了孟菲斯的那个魔女说过的话：有人欺骗了你。

汤姆清了清喉咙。"你介意我用一下你的电话吗？我需要找辆拖车把吉普车送去维修。"

"哦，天呀，把你给忘记了。"鲁比站起来说道。"我给我哥哥特迪打电话。他在奥拉勒开了一家小修车店，他会帮你修好的。"

"伊莉斯，这是你丈夫吗？"弗娜第一次转头看向汤姆，问道。

伊莉斯摇头。"不，这是汤姆·杜甘。他是……"她停了一会儿，试图说清汤姆的身份。在车祸发生之前,她仍然不知道自己所有疑惑的答案。她不知道在新墨西哥州,迈克尔的乌鸦以及辛西娅的艺术品都发生了什么。但是正是汤姆把她带上了这条路上,是汤姆设法带着她来到了这里,与这个她从不知道存在着的家庭如此之近。"他是我的……朋友。"

汤姆看着伊莉斯,把他撞碎的眼镜推上鼻梁。右边的镜片看起来好像蜘蛛网一样,完全看不清后面的眼睛。

伊莉斯的注意力重新回到坐在她两旁的两个女人身上。"我丈夫去年春天去世了。"

"啊,亲爱的!我很遗憾。"弗娜低声说。她坐回她的椅子上,拍拍伊莉斯的手臂。"十年前的这个时候我失去了雷,我告诉你,这是一个很难度过的坎。"

伊莉斯点头。"是我丈夫指引我来到这里的。"她抬头看哈蒂,看着那被掐灭放在小烟灰缸的方头雪茄烟。"嗯,我的丈夫和哈蒂。"她从口袋里掏出那块石头,把它放在手掌上。

弗娜喘着气,抬起双手捂住她的嘴巴和鼻子。

"两周之前,我在我丈夫的外套口袋里发现了这块石头和这张名片。富兰克林·库珀。田纳西州,奥拉勒,石山雕刻。"她抬头与鲁比对视了一眼。"这就是我为什么来这里,出现在这条路上的原因。"伊莉斯抬头看见弗娜的眼睛再次睁得大大的。

"亲爱的,我能摸摸它吗?"弗娜问道。

伊莉斯把石头递给她。弗娜用手指轻轻地抚摸着精细的小狗雕刻。她紧握着石头，坐了回去。"我的哥哥……也就是你的父亲……就是雕刻黑曜石的，箭头之类的。"

哈蒂点头。"当他们俩还小，过来和我一起生活后，我经常带着他们翻过这座山去北卡罗来纳州的切罗基族。我用这儿的藤条和忍冬编织篮子，是我母亲教我的老切罗基式样。每年都有一次我会带他们去切罗基族举办的奎拉那工艺品展，在那儿我卖了很长一段时间的篮子。"哈蒂笑道。"不管怎样，你的父亲当时应该是八九岁的样子，还很小。他看到有人在那里敲打火石，被迷住了，坐在那老家伙旁边，那个人给他看了几样东西。我们回到家，在我发现之前他一直在这儿凿黑石头。他做得非常不错。在那边的房子里我们收集了他所有的作品。"哈蒂抬起粗糙的手指向路对面的小屋。

弗娜张开拳头，又看着这块石雕。"他也雕刻了一个这样的。这是在你和鲁比还很小的时候，我们之前养过的一只老狗。"

她把石头放回伊莉斯的手掌里，伊莉斯又一次感受到那股电流穿过她的手和手臂。她盯着这个石雕，盯着这只沉睡中的狗，它的头、耳朵和脚都很模糊，几乎辨认不清。"费斯特斯？"

"你还记得？"弗娜微笑道。"你父亲更喜欢叫它枪烟。"

伊莉斯握紧石头,把它放在胸前一会儿。她的手变得温暖起来。

"你丈夫是从弗兰克那里得到这个的吗?"鲁比的话里充满了敌意。

伊莉斯点点头。

鲁比双手抱胸。"好吧,那条邪恶的、腐烂的蛇。这是我几年前给他的。当时他刚开始学习雕刻。"

伊莉斯坐了一会儿,回忆起出现在他们的生活中,并带领他们来到这里的一系列的事情。这一系列接连发生的事情,先是弗兰克的车在奎斯塔的路上抛锚,然后迈克尔停下来帮助他,接着他选择了这块石头,而正是这块石头甚至在他死后帮助自己找到了这里。然后那只乌鸦,指引着她旅程中的每一步,包括扑到挡风玻璃上迫使汤姆急转弯,跌落到如此接近这个家的地方。一个她不曾记得,从来不知道存在着的家庭。伊莉斯转身看向对面的小屋。和这个相比,它要更小一些。白色的花边窗帘挂在一个窗户上,另一段记忆闪现在伊莉斯脑海中——在她很小的时候,看见那窗帘在厨房的餐桌旁飞扬。"那是我们生活过的地方吗?"

哈蒂点头。"如果你想在这里停留一段时间,你可以住在那里。几个月前,我让一个年轻人帮我把那里都打扫干净了。"哈蒂坐回到摇椅里,冲着伊利斯咧嘴笑。"孩子,我一直在为你准备着。"

伊莉斯摇摇头。"一直以来我都认为我小时候生活在查塔努加，我的出生证明上是那样写的。离这里有两小时的车程吧？"

弗娜点点头。"你的母亲不是我见过的最强壮的女人。在你出生之前她怀过一次孕，经历过一番挣扎，最终还是在孩子出生之前失去了他。所以当你快要出生时，她和你父亲一起待在朋友那里。我想他们在那里待了大约六周。只是尽量确保安全。"

"鲁比，去拿那本相册。我敢打赌她还没有见过她的父亲，是吗？"弗娜转身看着伊莉斯。"你母亲离开时忘记带上这本相册了。我猜想没有任何可以怀恋他的东西，这让她伤透了心。"

几分钟后，鲁比带着一个边缘镶着蓝色装饰物的淡金色雪茄烟盒回来了。盖子上褪色的字母写着"老弗吉尼亚方头雪茄烟"。就像几天前她在咖啡馆看到的那个盒子一样。*方头雪茄烟*。鲁比把盒子放在伊莉斯的腿上。她慢慢地打开盒子，取出她自己的出生证明原件，以及她父母的结婚证明，特德和罗斯于1956年在阿肯色州的奥克格罗夫注册结婚。

这里面还有几张旧照片，由于时间久了都卷起来了。这几张都是黑白照片；都是那个年代独有的扇形切割的照片。照片上是她的父母手挽着手，并肩站在一棵松树下。

弗娜靠在她的肩膀上。"这是他们一起来到这里的那一天，从新墨西哥州一路私奔到这里，所以我们都把它叫做他们的结婚照。"

这里还有她父亲的另外一张照片，坐在一艘蓝色小船的船沿上，哈蒂坐在旁边的岩石上。伊莉斯还记得这艘船。她记得在湖面上，父亲坐在船头，她的母亲坐在船尾。她记得自己坐在中间，脚边蜷缩着一只小狗。

另外一张照片上特德和弗娜站在奥拉勒的咖啡馆前，两人都在喝啤酒。然后伊莉斯抬手捂住嘴巴。这里有一张她父亲的照片，黑头发和蓝眼睛，把她抱在手里。她看上去像三岁的样子，长长的金色卷发，也有一双蓝眼睛。他穿着一件牛仔衬衫，袖子卷起来露出他的肱二头肌。她能够看到一个口袋里面有一包香烟的轮廓。正如她几周前梦到的那样。

"好了，现在够了。"鲁比命令道。她站起来再次打开纱门。"桌子上有我做好的晚饭，你们最好在我切断开关前进屋。"

第三十章

这是一个傍晚时分,是蓝色时光,尽管空气中有阵阵寒意,他们又一次来到门廊上。哈蒂、弗娜以及鲁比排成一排坐在摇椅上。每个人手上都拿着藤条在编织篮子。

"伊莉斯,你做过编织活吗?"鲁比问。

伊莉斯笑了。"不是这种。但是我大部分时间都在用羊毛进行编织,织挂毯。"

"好的,过来这边一点点。"弗娜指了指自己旁边说道。"现在是你学习编织篮子的时候了。"

哈蒂坐在她的一边,弗娜坐在另一边,鲁比坐在弗娜的另外一边。她们手里拿着藤条,安静地坐在那里上下编织着。伊莉斯很快就学会了——"如鱼得水"是弗娜对她的评价。

"有些样式是我母亲教给我的。"哈蒂低声说,手指专注于她的工作。"但是有些是源自于……我也不知道，或许内心深处吧。"她左手拿着织品，右手紧握拳头，轻轻敲打着胸口。"源自内心，源自祖先。"

伊莉斯静静地坐着，注视着前面的黑暗。"这是我丈夫以前总说的。"她深吸一口气，记起那些对话。"他用朽木雕刻鸟儿。他说他内心深处总会告诉自己这块木头雕刻成什么样子。就好像祖先在跟他交流。"她低头看着手中突出的藤条。"我从来没有真正理解过他的意思。我自己编织的时候从来没有过这种感觉。我无法感受到任何一位祖先，任何一种联系。我的编织总是感觉有点平淡……不知何故，好像还不够，就像作品里还缺点什么似的。"

她们没有说话。伊莉斯想起肯恩·布莱克第一次出现在他们面前，对迈克尔的作品完全着迷了，但却把她的作品完全忽略了。每次他们碰到肯恩都会有同样的感觉，每次他们去位于圣达菲的画廊参加迈克尔作品的开幕时都会有同样的感觉。就好像她的编织永远都不够好，仿佛缺少了点什么似的。

汤姆走出屋子来到门廊上，坐在摇椅里。把他的眼镜往鼻梁上推了推。

"你能看懂这些东西吗？"伊莉斯问道。

"比没有它们看得更懂。"他手里拿着手机，即使在这群山中手机没有任何用处。"鲁比让我借用了她们的电话，我打了几个电话，大卫说他马上过来接我。"

伊莉斯点点头。

"我一直在思考你之前在车上问我的那些事情。"汤姆瞥了一眼那些安静地坐在门廊上的女人们。"那天晚上那张刷不出来的信用卡？上面仍然有阿兰娜的名字。很明显，她还一直在用这张卡购物。"

伊莉斯没有说话，等他继续。

"然后关于肯恩·布莱克的事？切莱斯蒂娜昨天打电话说，肯恩·布莱克想让我在回新墨西哥州后做一些太阳能的活儿。我想他的妻子是切莱斯蒂娜的客户，每年都会见几次面。你知道切莱斯蒂娜的，她总是尝试解决每个人的生活问题。她会找任何机会去推荐我的太阳能设计服务。她让我保证把他的名字和电话号码存到我手机上，并让我一回去就打电话给他。"

伊莉斯舒了一口气。

"在屋里的时候我给切莱斯蒂娜打了个电话，向她询问了……其他的事。"汤姆咽了下口水。"我猜想前几天她的店里去了几个侦探，试图找出是谁拿了辛西娅的艺术品。当然，因为我去过她家，所以他们向切莱斯蒂娜询问了关于我的事。然后他们给她看了另外一个人的照片。那个人曾经多次去过店里，去的时候说自己叫约翰·怀特。"

四个女人都盯着汤姆。"当然，这不是他的真名。他是一个骗子。显然他先与一些寡妇们搞好关系，然后再抢劫她们。他在塞多纳也曾多次故技重施。辛西娅一直在和他约会。"

汤姆叹了口气。"只是最糟糕的是,切莱斯蒂娜是撮合他们俩的人。他来她的店里解读塔罗牌,告诉切莱斯蒂娜他很孤独,他希望自己能够遇到某人。也就是那个时候,切莱斯蒂娜一拍大脑就做了那件事。"汤姆把头歪向一边。"就像一个老母鸡一样,试图去解决每一个人的生活问题。然后你就懂了,天造地设的一对或者说是切莱斯蒂娜促成的一对。但事实并非如此。"

汤姆摇着头。"对于塔罗牌或者类似的东西她还可以,但是她的婚介技巧嘛?"汤姆再次摇头。"几个月前当我第一次注意到她在做媒时,我就开始制作电子表格。她试图撮合我和索尼亚,还有辛西娅。但是我很惊讶,她竟然没有试图撮合我和帕布洛。"

他飞快地瞥了伊莉斯一眼。"我有点担心她所做的事,派我去你那儿送柴火,告诉你即将开始旅程了。当然这之中也充满她春药的味道。"汤姆靠回到椅子上。"你知道她是怎么用那些春药的吗?"

伊莉斯摇摇头。

"放在食物里,她把春药放到食物里。当然必须要很小心,因为如果她把春药放在百乐餐里的话,后果就会不堪设想。"

伊莉斯记得那天汤姆来她家修理太阳能热水器。他带来一篮子食物,那是切莱斯蒂娜送的礼物。伊莉斯记得自己坐在桌旁,看着汤姆大口吞着三明治,莫妮卡也吃了一个三明治。但是她自己几乎没有动她

的食物。

"那我的乌鸦呢？迈克尔的乌鸦，他雕刻的那只呢？"

汤姆摇头。"我不知道关于这个的任何事，切莱斯蒂娜也不知道。"

她们听到砾石路上的轮胎声，每个人都抬头看见一辆车开进院子停了下来。"是大卫。"汤姆喃喃地说。

"你这个傻瓜，那不是大卫。"鲁比嘟哝着。"你眼瞎了吗？"

汉娜走出驾驶室，大声向大家问好，并走去门廊。乘客门打开了，另一个人走了出来，在傍晚昏暗的光线下难以看清楚。她个子矮小，留着黑发。

伊莉斯站起来，蹒跚地走到门廊边。"是莫妮卡吗？"

她们彼此拥抱了一会儿。

"我坐第一班飞机来到查塔努加。切莱斯蒂娜给了我汉娜的手机号，她刚好就在查塔努加，于是来机场接我。"莫妮卡和伊莉斯彼此看着对方。"幸好你没事，白人女子。"

伊莉斯挨个作了介绍。"这是莫妮卡·马德里，她是我的……"伊莉斯搜索着可以用来表达莫妮卡对她有多重要的词。"她是我在新墨西哥州的家人，也是我最好的朋友。"

"你是说我是你唯一的朋友。"莫妮卡插嘴说。

伊莉斯瞥了汤姆一眼。"现在我也许不止一个了。"即使在昏暗的光线下,她也能看到他的脸红了,一直红到耳根。

"伊莉斯?我有一些好消息告诉你。你的乌鸦没有失踪。"

伊莉斯坐在一把椅子上,莫妮卡坐在她旁边。

"我想韦斯叔叔在我做梦那晚也做了一个梦。只是韦斯叔叔想明白了。他叫我哥哥托马斯开车带他去你的小木屋,告诉托马斯你一时半会儿回不来。他们把乌鸦带回到韦斯叔叔位于普韦布洛的家里。他说如果它在那里都不安全的话,那么它在任何地方都不安全了。"莫妮卡停下来看着汤姆。"看来我应该得出一些关于这个白人男孩的结论了。"

伊莉斯擦掉泪珠。"你不会是唯一的一个。"

第三十一章

早上七点,伊莉斯透过小屋的窗户向外看,她看见哈蒂坐在外面的门廊上。亮光刚刚划破天际,伊莉斯拿起她的毛衣和夹克,以及一条盖在大腿上的毛毯,向哈蒂走去,与她一起坐在门廊上。她决定要尽可能地多与这个女人相处。她仍然有很多问题,有很多她想了解的事情。

"你不冷吗?"当伊莉斯坐到哈蒂旁边的摇椅后问道,并把毛毯盖在自己腿上。她看见哈蒂也同样把毛毯盖在腿上。哈蒂正抽着方头雪茄烟,把烟吸到嘴里而不是肺中,并朝着清晨的空气中吐出一个个小烟圈。

"不冷,我尽可能沉浸在晨光中。我汲取了大部分的阳光。"

她们坐着沉默了一会儿,烟圈在寒冷中变得很完美。

"哈蒂？我父亲死的那天发生了什么？为什么我的母亲回到新墨西哥州？这对我来说想不通。她和比尤莱看起来好像相处得并不太好。"

哈蒂安静地坐着，凝视着大地。她吸了一口雪茄烟，然后俯身向前，把雪茄的末端踩在鞋子的底部。她往后坐了坐，脸突然变得沉重起来。"你父亲买了一块地，就在道路那边。弗兰克现在住在那里，他和鲁比曾经一起住在那里。"

她停顿了一会儿。"他很兴奋——正为你们建造一栋房子，彼此靠近但又是分开的，你懂吗？所以你母亲能够有一点空间，一个属于她自己的地方。"

"一天早上他沿着那条狭窄的老路开过去。"哈蒂朝着她们上面的那条路努了努嘴。"你看这路有多弯曲，像搓衣板一样的路。当时发生了一些事，导致他没能转好弯，径直向右边开了过去，有点像你们昨天那样。只是他的卡车继续行驶到道路更陡峭的地方，然后他一路跌到了谷底。"

伊莉斯在毯子下面颤抖着。

哈蒂看向头顶远处的山脉。"我开始觉得那片土地上有咒语，对于所有路过那里的人来说都不会有好结果。"

"那天，你父亲掉下去的那天，有一个人住在上面，他听到了撞击声。是他过去发现了……把你父亲的尸体装在他的卡车后面运了回来。"哈蒂在风中抬

起她的鼻子。"在他开口前我已经知道了。甚至在他手拿帽子,走出卡车,紧张而颤抖,在那之前我已经知道了。我知道这些是因为我能够从空气中闻到死亡的气息。然后我开始唱死亡圣歌。"

这些回忆给伊莉斯带来了很重的冲击,就像被当头一棒。她直接坐了下来。"我当时正在丁香花丛中玩吗?"

"你和鲁比都在那里。当我们叫她的时候她从那里出来了。但是你没有,就好像你知道整个世界都已经改变了。你在花丛中待了一整天直到晚上。不是没有人足够小能够进入里面把你拉出来。"

"我就在这门廊上。死亡圣歌需要唱三天三夜不能停下来,所以我就一直唱下去。但后来我确实得到了来自老杰弗逊·海耶斯和他妻子的帮助。"

伊莉斯看着她。

"我从小就认识他们。他们住得不是很远。"哈蒂停了下来。她的摇椅前后摇晃着,回忆搅动着她周围的空气。"是他在那晚把你带出了丁香花丛,也是他牵着你的手带着你走到这个屋子。"

"你父亲的尸体就在这里面。"哈蒂指着她们身后那个大木屋的房间说道。"放在门板上。"

伊莉斯能够感受到那晚游走在她的胳膊上的阵阵寒意,搅动了她尘封已久的记忆。丁香花的味道萦绕着她一整天:当时天快黑了,她很害怕。她想去上厕所,但又害怕离开那个花丛的安全,害怕走上门廊的台阶。因为她知道发生了很可怕的事,她的整个人生都要颠倒了。

她还记得从窗户和门里溢出的灯光;记得死亡圣歌的歌声,掺杂着那歌声的是微风的声音,轻拂过树上所有蓝色瓶子的瓶颈处,像鬼魂一样呻吟。她记得有人叫她的名字,在她耳边低语。"伊莉斯?该出来了。"她记得牵着那只手,慢慢地走上小木屋的台阶。她的内心尖叫着:不,不,不!她几乎不能抬起腿走上那些台阶。

在木屋里,她看见母亲像块石头一样坐在那里。离她不远处坐着弗娜阿姨,黑色的卷发遮住了她的脸,但是她的身体在颤抖并发出呻吟声。

伊莉斯还记得自己的目光从那两个女人身上移开,看到躺在她们旁边的尸体。她能看见黑色的头发,闻到依旧粘附在他身上的血腥味。她转向那具尸体,发自内心地尖叫道:"爸爸?"

伊莉斯俯下身,她的手捂在嘴上。现在丁香花的味道,鲜血的气味,死亡的气息,这一切都能说得通了。尘封的记忆如潮水般涌现,让她感觉很难受,她久久说不出话来。

"几天前的晚上我在汉娜家遇见了杰弗逊·海耶斯,他听到了我的名字,他知道我是谁?但是他什么也没有说吗?"

"这不是他的风格。他不想告诉你该怎么做。"哈蒂伸手拍了拍伊莉斯的膝盖。"你已经做了那么多。

他知道你会找到回家的路。"

伊莉斯靠在椅背上,努力去消化这一切。

"你父亲去世的那天,弗娜彻底崩溃了,开始嚎啕大哭。你的母亲只是瘫坐在地上,脸色苍白如纸。你母亲没有发出很多噪声。她的悲痛安静得可怕。"

"但是弗娜完全不同。她追着你的母亲,开始打她,大喊着这一切都是她的错。她说如果你父亲不去建造那个房子他就不会开到那条道路上,也就不会死了。说你母亲一直都不够好,说了许多关于你母亲的事。但说再多也无法表达弗娜的悲痛之情。"

"你的母亲把所有的话都听进去了。然后当你父亲下葬之后,她就收拾好你们的东西离开了。"

"我一直不明白我们为什么要回去。我从未见过母亲和比尤莱相处融洽。"

哈蒂撅起嘴,看着远方。"我不知道你母亲和你外祖母之间发生了什么。但被弗娜一通搅和之后,我想她觉得不得不离开这里了。除了回家她没有别的地方可去。"

"我们把他葬在那上面。"哈蒂说着,撅起嘴指向对面空地的一块地方。"就在那棵橡树下,你想过去看看吗?"

她们把毯子裹在肩上。伊莉斯和哈蒂互相搀扶着,一个年老腿脚不方便,另一个还处于脚踝扭伤的恢复中。她们一瘸一拐地穿过田野,来到那棵橡树下。那里放着一块普通的石头,只有特德·布鲁克斯的名字刻在花岗岩上，没有日期，也没有其他信息。

天空开始有了色彩，开始由夜晚的暗灰色转向黎明的深蓝色。两个女人站着，依偎在一起，注视着破晓的来临。在寂静的头顶上方传来一阵拍打翅膀的声音，伊莉斯听到了乌鸦的叫声。

它落在靠近橡树顶端的地方，并向站在下面的女人温柔地咕咕叫着。

伊莉斯抬头看着乌鸦。"你知道有件事我仍然不明白吗？一直以来，这只乌鸦在帮助我，当我不知道接着该怎么做时会指引我方向。迈克尔怎么知道把我带到这儿来？"

"迈克尔？"哈蒂低声说。她转身看着伊莉斯。"亲爱的，那只乌鸦是你的父亲。"

伊莉斯的身体颤抖着，她盯着这只鸟。"我父亲？它是不是缺少……"伊莉斯抬头，她能看见在它左边翅膀下面的三分之一处，缺少了一根羽毛。

哈蒂转身看向她。"我一直点着方头雪茄烟，呼唤着你的名字，试图把你呼唤回来很长时间了。最终，不知是九月还是十月的某一天，我问你的父亲是否能够帮助我，指引你回到这里。"

伊莉斯看看哈蒂，又看看那只乌鸦。

乌鸦大声叫了起来。伊莉斯在附近的一块大圆石上坐下来。"一直以来我都以为它是迈克尔。"

哈蒂在她身旁坐下，拍拍她的腿。"我确信你的丈夫起到了帮助的作用。毕竟他从弗兰克那里得到了这块石头，然后这块石头帮助你找到这里。我想你在许多不同的地方都得到了帮助。心灵研究方面，科学方面，还有灵界方面。但是，孩子，如果你不听从这些的话，它们就不会起到任何作用。"

伊莉斯转身看着她。

"你来到这里不是因为这只乌鸦，也不是因为灵媒们对你说过的那些话。即使在收到警告不要再前行时，你还是坚持继续前行。"

伊莉斯点点头，意识渗入她的大脑，就像黎明的曙光爬越山顶那样。"我有一种感觉。一路以来我都有这种感觉。"

"这正是海耶斯想让你明白的。"哈蒂靠在她的拐杖上。"你做出选择，去聆听，去相信这种感觉。"

哈蒂直视着伊莉斯的眼睛。"你丈夫在他死的那天也做了同样的事情。不管他是否知道接下来的事情，他都选择去了。我们都会遵循对我们来说是对的感觉，不管它会指引我们到哪里去。"

第三十二章

　　汤姆,伊莉斯和莫妮卡站在哈蒂家的前廊上。她们刚刚吃完饭,在这里被叫做午餐。鲁比和弗娜做了土豆胡萝卜烤牛肉,肉汁和饼干,以及培根四季豆,香蕉奶油派作为甜点。

　　"香蕉奶油是你父亲的最爱。"弗娜告诉她们。

　　现在哈蒂坐在她的摇椅上,在午后打了个盹。弗娜也来到门廊上。鲁比和她们告别,留下了烂摊子出发去奥拉勒的咖啡馆工作了。

　　汤姆的吉普车停在院子里,所有的凹痕和折弯处都被修好了,发动机也比几年前工作得更好。显然,表哥特迪是个相当不错的机修工。

　　"所以你确定你想待在这儿吗?"汤姆问。

　　伊莉斯咽了下口水,搂着莫妮卡。她知道自己会想念莫妮卡,洛雷娜以及她现在称之为新墨西哥州家庭。但是至少现在她不能回去。"待一段时间。"她说道。"我会在小时候生活的小屋待一段时间。我会睡在我父母曾经睡过的床上。我会倾听哈蒂和弗娜能够想起的每一个故事。"她撅起嘴指向门廊,然后与汤姆对视了一眼。

"我会学习编织切诺基篮子,花一些时间在汉娜的工作室里织挂毯。我有各种各样的想法,既然我知道了这一切。"她抬起手指着周围的一切,有她曾藏匿于其中的丁香花丛,也有她父亲被埋葬的地方。"终于,我想我又能工作了。在迈克尔死后的这几个月里,我感觉整个人好像被冰冻住了。冰冻瘫痪在北极的荒野中。"

乌鸦在附近的树上啼叫着。他们转身望向它。他们看着那只站在枝头整理自己羽毛的乌鸦。伊莉斯看着汤姆。"你仍然不相信,是吗?尽管发生的这些事?尽管表格上的每件事,以及每一个预言都变成了现实?"

汤姆笑着摇摇头。"巧合,所有的这些都经不起严格的科学考验。"他抬头又看向那只乌鸦。

伊莉斯大笑。她和莫妮卡走向吉普车的乘客那一侧。在座位上,她看到一摞书,最上面那本书的书名吸引了她的注意。她打开车门拿起书。《魂灵:死后生命的科学探索》,作者:玛丽·罗奇。在它下面,她发现了另外一本书,《天堂的证据:一个神经外科医生的来世旅程》。"这些是什么?"她举起这两本书问道。

汤姆脸红了。"我想做一点谷歌之外的研究。"

伊莉斯笑了。"关于时间。"她把书放回座位上。"所以汤姆，接下来你要做些什么？"

汤姆打开吉普车的驾驶室门，却站在门外，一只手靠在车门上说道："我会回陶斯村。"

"做灵媒助手适合你，是吧？"

汤姆笑道。"可以啊，就工作而言。"他停了一下。"而且，莫妮卡需要搭车回家。"

伊莉斯看着汤姆，看着他脸颊的颜色，看着他一直盯着莫妮卡。

莫妮卡站在乘客侧的门边，回瞪着汤姆。"不要有任何其他的想法。白人男孩。我们是截然不同的。"

他笑道。"完全一致啊。"

"截然不同。"莫妮卡吐了口唾沫。她夸张地翻着白眼，转向伊莉斯。"我就知道我应该买往返票的。"

伊莉斯大笑。"莫妮卡，不要担心。你们至少有一个共同点，那就是你们都喜欢卡洛斯·桑塔纳。"

汤姆咧嘴笑了。"至少联系已经建立起来了。"

伊莉斯笑着，莫妮卡摆摆手，然后坐进了乘客座位。"我可能会在我们穿过州界之前就把他杀了。"

汤姆抬起眉头笑道。"这很有趣。"他在门上靠了一分多钟。"伊莉斯，我会想你的，以及你所经历的所有怪异的疯狂事情。"

"是灵媒，不是疯子。你需要磨练一下你的英

语。"伊莉斯紧闭嘴唇。她走到驾驶室一侧,搂住汤姆的腰。"脱线先生,感谢你把我送到这里。当然,恰巧在合适的地方出了车祸。当然,仅仅是巧合。"

他们站在那里尴尬地拥抱了一会儿。伊莉斯退后一步。"我也会想你们的。"她抚摸着自己的脸颊。

"哦,他们还会回来的。"哈蒂在门廊上说,她的声音隔断了空气,让所有人感到惊讶。

他们三个都转过身看着她。

"他们现在都是布鲁克斯家族的荣誉成员了。他们还会回来的。"她拿着方头雪茄烟,缓慢地点燃,烟雾在空气中缭绕。"我自有办法。"

图书在版编目（CIP）数据

黑曜石之眼/(美)伊丽莎白·霍尔著；王捷译. -- 上海：上海文艺出版社,2017
(黑莓文学)
ISBN 978-7-5321-6492-9

Ⅰ.①黑… Ⅱ.①伊…②王… Ⅲ.①长篇小说—美国—现代
Ⅳ.①I712.45

中国版本图书馆CIP数据核字(2017)第294198号

IN THE BLUE HOUR by Elizabeth Hall

Copyright: ©This edition is made possible under a license arrangement originating with Amazon Publishing, www.apub.com.

Simplified Chinese edition copyright:

2017 SHANGHAI LITERATURE AND ART PUBLISHING HOUSE

All rights reserved.

著作权合同登记图字：09-2017-181号

发 行 人：陈　征
责任编辑：望　越
封面设计：朱晓彦

书　　名：黑曜石之眼
作　　者：(美)伊丽莎白·霍尔
译　　者：王　捷
出　　版：上海世纪出版集团　　上海文艺出版社
地　　址：上海绍兴路7号　200020
发　　行：上海文艺出版社发行中心发行
　　　　　上海市绍兴路50号　200020　www.ewen.co
印　　刷：上海文艺大一印刷有限公司
开　　本：850×1168　1/32
印　　张：11.625
插　　页：5
字　　数：171,000
印　　次：2018年1月第1版　2018年1月第1次印刷
Ｉ Ｓ Ｂ Ｎ：978-7-5321-6492-9/Ｉ·5182
定　　价：63.00元

告　读　者：如发现本书有质量问题请与印刷厂质量科联系　T：021-59404766